KNUT DIERS

Der Spion von Büsum

WAS WÄRE WENN Beim Abriss eines Hauses am Büsumer Kurpark werden im Fundament menschliche Knochen gefunden. Wer ist der oder die Tote, und wie kam die Person ums Leben? Chefermittler Henry Hansen – gerade von Sylt in seine alte Heimat an der schleswig-holsteinischen Westküste in Dithmarschen zurückgekehrt – ist schon bald der Verzweiflung nahe. Er und seine junge, kesse Kollegin Merit Hoyer dürfen zunächst nicht weiterermitteln, denn sie stoßen auf Geheimdienstkreise und eine Spur zu Willy Brandt. Wird es Chefermittler Hansen trotzdem gelingen, den 40 Jahre zurückliegenden Mord aufzuklären? Brandt hatte im Hochhaus von Büsum eine Ferienwohnung und einen engen Mitarbeiter, der Ende 1978 spurlos verschwand. Doch was Brandt politisch gelang, war eine der größten Überraschungen: Er konnte nicht nur früh die beiden deutschen Staaten vereinen – eine Herzenssache – nein, er brachte es sogar zu den Vereinigten Staaten von Europa und wurde deren erster Präsident. Die Menschen waren euphorisch wie lange nicht mehr ...

Knut Diers, Jahrgang 1959, hat die Zeit Willy Brandts noch miterlebt. Der studierte Geograph und ausgebildete Redakteur ist in Hannover mit seinem Redaktionsbüro Buenos Diers Media selbstständig. Ihn reizen neben dem Schreiben von Reisebüchern und -führern vor allem fiktive Geschichten. Diesmal lässt er seinen Lieblingskommissar Hansen, den er bereits bei »Wer mordet schon auf Sylt?« einsetzte, in Büsum zu Hochform auflaufen.

KNUT DIERS

Der Spion von Büsum

KRIMINALROMAN

Die automatisierte Analyse des Werkes, um daraus
Informationen insbesondere über Muster, Trends und
Korrelationen gemäß § 44b UrhG (»Text und Data Mining«)
zu gewinnen, ist untersagt.

Bei Fragen zur Produktsicherheit gemäß der Verordnung
über die allgemeine Produktsicherheit (GPSR) wenden Sie
sich bitte an den Verlag.

Immer informiert

Spannung pur – mit unserem Newsletter informieren wir Sie
regelmäßig über Wissenswertes aus unserer Bücherwelt.

Facebook: @Gmeiner.Verlag
Instagram: @gmeinerverlag
Twitter: @GmeinerVerlag

Besuchen Sie uns im Internet:
www.gmeiner-verlag.de

© 2019 – Gmeiner-Verlag GmbH
Im Ehnried 5, 88605 Meßkirch
Telefon 0 75 75 / 20 95 - 0
info@gmeiner-verlag.de
Alle Rechte vorbehalten

Lektorat: Claudia Senghaas, Kirchardt
Herstellung: Mirjam Hecht
Umschlaggestaltung: U.O.R.G. Lutz Eberle, Stuttgart
unter Verwendung eines Fotos von: © Katja Xenikis / fotolia.com
Druck: Libri Plureos GmbH, Friedensallee 273, 22763 Hamburg
Printed in Germany
ISBN 978-3-8392-2370-3

Personen und Handlung sind frei erfunden.
Ähnlichkeiten mit lebenden oder toten Personen
sind rein zufällig und nicht beabsichtigt.

DIE BÜSUMER MORDAKTE BRANDT

Willy Brandt gründet die Vereinigten Staaten von Europa

Wer die Stichworte »Willy Brandt«, »Günter Guillaume«, »DDR-Spion« und »Rücktritt« in seine innere (oder externe) Suchmaschine eingibt, landet im Jahr 1974. Der deutsche Bundeskanzler erklärte im Mai seinen Rücktritt. In diesem Buch verläuft die Geschichte jedoch anders und wird höchst spannend, denn Willy Brandt tritt nicht zurück. Das liegt ganz einfach daran, dass es keinen Anlass dazu gibt, denn Ostberlin hat den unerkannten Spion rechtzeitig aus dem Kanzleramt abgezogen. Erstens bringt der nichts, und zweitens ist Willy Brandt so auf Moskaukurs, den dürfen wir nicht gefährden, lautete die fiktive Überlegung. So kann der erste sozialdemokratische Bundeskanzler der Bundesrepublik Deutschland, der sein Amt im Oktober 1969 angetreten hatte, weiterregieren und zur Verblüffung aller nicht nur beide deutschen Staaten vereinigen, sondern ganz Europa.

Die Realität bis zu diesem fiktiven Wendepunkt im Mai 1974 sah so aus: Brandt hatte sich gerade in Osteuropa einen guten Ruf erworben. Der Kniefall von Warschau im Dezember 1970 als Demutsgeste und der im selben Jahr ausgehandelte Moskauer Vertrag waren der Anfang. Der Vertrag galt als Modell für weitere Ostverträge, mit Polen wurde auch ein entsprechender Vertrag geschlossen. Darin wurden die Nachkriegsgrenzen anerkannt und zugesichert, auf jegliche Gewalt zu verzichten, und das bei der Hochrüstung auf allen Seiten, denn es herrschte schließlich Kalter Krieg. 1972 schlossen die Bundesrepublik und die DDR den Grundlagenvertrag ab, der vielen Bundesbürgern mit Verwandten oder Freunden im Osten Deutschlands Reiseerleichterungen verschaffte. 1973 folgte als letzter Ostvertrag der Prager Vertrag mit der Tschechoslowakei.

Alles nach Mai 1974 ist dann reine Fiktion, wenngleich ein paar Einzelheiten auch in der Realität so abliefen. Brandt war also für Moskau und Ostberlin sowie den übrigen Ostblock ein Garant der Aussöhnung und für ein mögliches Ende des Kalten Krieges. Er sollte unbedingt an der Macht bleiben. Das wünschten sich sowohl die Ostberliner wie auch die Moskauer Strategen. Diese Vertrauensbildung machte Brandts Weg zum großen Europa erst möglich. Dabei kommt Brandt die Schwäche der USA recht gelegen. In seiner – fiktiven – Büsumer Ferienwohnung erfährt er vom Rücktritt Richard Nixons am 9. August 1974 wegen der Watergate-Affäre. Brandt zündet sich eine »Ernte 23« an und schenkt sich einen Dujardin ein. »Das gibt jetzt frische Luft«, soll er dabei sinniert haben. In der gesamten Nachkriegszeit war die Bundesrepublik eng mit den USA verwoben. Sie waren die Besatzer, wenn auch seit vielen Jahren unauffällig. Doch die Westbindung Bonns war eher eine Fessel als eine frei gewählte Möglichkeit. Jetzt, mit einem neuen US-Präsidenten, könnte er diese Bindung etwas lockern, vermutet Brandt richtig.

Brandt war schon immer bekannt dafür, ausgetretene Pfade zu verlassen, Jahrzehnte im Voraus zu denken, dabei aber bestehende Bündnisse und Verabredungen nicht gleich infrage zu stellen. Intellektuell vorn und emotional mitreißend, war er in der Lage, andere Staatsmänner und -frauen auf seine Seite zu ziehen. Für ihn wird die deutsche Einheit schnell zur Wirklichkeit: Am 17. Juni 1978 entsteht ein wiedervereinigtes Deutschland, Brandts Herzenswunsch. Das alles wirft erstaunlich wenige Probleme auf. Das Beste aus beiden Ländern wird umgesetzt. Das reicht vom genialen Abfall- und Recyclingsystem SERO (Sekundärrohstofferfassung) der DDR über kostenlose Kindergartenbetreuung für alle Kinder bis sechs Jahre bis zum halbjährigen Pflichtdienst an der Gemeinschaft für alle jungen Menschen ab 18 Jahren. Allein die Namensfindung für den neuen deutschen Staat bereitet anfangs Probleme. Die Vorschläge reichen von den »Vereinigten deutschen Provinzen« (VdP) über »BDDR« bis zu »Neues Deutschland«. Schließlich heißt das neue Land dann schlicht »Republik Deutschland« (RD). Sitz der Regierung wird Berlin, wohin Brandt dann auch umzieht. Doch ist es nur eine Zwischenstation auf dem Weg zum Vereinten Europa.

Und das entsteht rasch. Am 1. Januar 1982 ist es so weit: Die Vereinigten Staaten von Europa werden gegründet. Es ist das Werk Willy Brandts. Er genießt Ansehen in aller Welt. Er versteht sich darauf, das politisch Mögliche mit dem Denkbaren zu kombinieren. Er hat nicht nur Visionen, er kann sie auch mit Realpolitik untermauern. »Mehr Demokratie wagen«, so lautete ein Motto von ihm. Jetzt wird aus dem Wagen ein Gewinnen, denn Europa wird zur größten Demokratie der Welt. Da liegt es nahe, dass Willy Brandt selbst die ersten zwei Jahre als Präsident diesem neuen Europa vorsteht. Es wird von Prag aus regiert, der neuen Hauptstadt des Kontinents. Das Besondere: Auch Russland gehört zu Europa, zumindest bis zum Ural. Genau dafür hatte Willy Brandt, der mit seiner Ostpolitik früh genug anfing, kräftig geworben. Er fand beim russischen Präsidenten Leonid Breschnew das richtige Verständnis und einen vertrauensvollen Umgang.

Was für ein politischer Meilenstein: Zu Europa gehören Irland, Großbritannien und Portugal als die westlichsten Vertreter genauso wie Russland bis zum Ural im Osten und die Türkei im Südosten. Skandinavien mit Island im Norden gesellt sich ebenfalls dazu. Auch die Schweiz ist dabei. Die neue europäische Hauptstadt Prag wird als unabhängige Zone Europas eingerichtet. Sie hat kulturelle Tradition und als Auslöser des Dreißigjährigen Krieges mit dem »Prager Fenstersturz« eine europäische Dimension, wenn auch eine traurige. Diese aber wird nun besser. Der neue Nabel Europas gewinnt an Format. Die Stadt selbst wächst und inspiriert gerade junge Menschen, sich hier aufzuhalten. Zudem: Prag liegt etwa in der geografischen Mitte des neuen Kontinents.

Der Vorsitz der europäischen Zentralregierung rotiert nach Brandts ersten zwei Jahren dann halbjährlich. Russland erhält mehr Gewicht: Alle sechs Jahre steht für ein Jahr ein russischer Präsident an der Spitze Europas. »Einen besseren Garanten für Frieden gibt es nicht«, hatte Willy Brandt immer wieder gesagt, »als Russland mit dem Westen Europas eng zu verzahnen.« Das scheint nun gelungen.

50 Länder und eine Milliarde Einwohner gehören zu Europa. Es ist damit etwas größer als China, das aber

mehr Bewohner hat. Die USA sind etwa auch so groß wie China, dort leben aber nur 300 Millionen Menschen und es werden täglich Hunderttausende weniger. Die traurige Wahrheit sieht überraschenderweise so aus: Amerika hat sich als Global Player weitgehend verabschiedet. Willy Brandt besucht Washington hin und wieder, denn er ist dort zumindest offiziell gern gesehen, das aber nur, weil er für die bankrotte US-Wirtschaft Kredite mitbringt. Als Handelspartner ist Amerika für den Weltmarkt unattraktiv geworden, denn in den USA sind nach der massiven Auswanderung innovativer Firmen von 1974 bis 1984 (»brain drain«) und dem Niedergang ganzer Industriezweige Millionen Menschen arbeitslos. Abschottung, Strafzölle und falsche wirtschaftspolitische Entscheidungen reihenweise lauten die Gründe. Was immerhin noch läuft, ist die Herstellung billiger Massenprodukte. Viele Menschen aller Altersgruppen und Hautfarben haben das Land verlassen; Flüchtlinge sind meist Richtung Europa oder Asien unterwegs. Nur durch extrem niedrig bezahlte Jobs kann die Wirtschaft überhaupt in Gang gehalten werden. Es gibt vielerorts Aufstände, vereinzelt Bürgerkrieg in den größeren US-Städten. Durch ein Referendum spaltet sich Kalifornien ab und wird zum eigenen Staat; die Südstaaten vereinigen sich und die Bundesstaaten im Norden an den Großen Seen schließen sich Kanada an.

Zu gern hätten die USA den Aufstieg Europas zur Weltmacht verhindert. Fast jeder Preis wäre ihnen recht gewesen, Brandts gute Beziehungen zu Moskau zu unterbinden. Auf keinen Fall sollte Russland sich Europa anschließen. Doch dazu fehlen den Amerikanern die Macht, der Mut und die Kraft. Das aufgespaltene Land, eine frühere Weltmacht, liegt wie ein röchelndes Tier in den letzten Zuckungen am Boden. Jetzt müssen die USA bis zur Gründung Europas sogar ihre restlichen Truppen aus Europa abziehen. Zur Gründungsfeier am 1. Januar 1982 bleibt Reagan dann auch fern.

Europa wird hingegen zu einem Weltmarktführer, politisch wie ökonomisch. Oft hat es in der Geschichte solche Zeitfenster für Veränderungen gegeben, diese Jahre von 1974 bis 1984 sind eines davon, ein sehr großes sogar. Nur ist so eine Gunst der Stunde das eine, das andere sind Menschen, die beherzt zugreifen und wissen, was zu tun ist. So ein Mann ist Willy Brandt. Er hat gute Berater um sich, er kann zuhören und sich bei Bedarf auch zurückziehen, um das Gehörte zu filtern und neu zu sortieren. Zudem ist er kein Ideologe. Er weiß, was den kleinen Mann, die kleine Frau, schlicht gesagt: das einfache Volk, bedrückt und was es begehrt. Die Gabe, das in kluge Politik zu verwandeln, ist nicht vielen gegeben.

Brandt hat ein lebendiges, quirliges, demokratisches Europa vor Augen. Es darf auch Widerspruch geben, es muss Opposition möglich sein. Nur so kann im Dialog Neues entstehen. Und dieses Europa ist auf gar keinen Fall etwas Künstliches, die Menschen in den einzelnen Ländern leben es. Einige der Beispiele sehen so aus: Es gibt ein einheitliches Bildungssystem ohne Studiengebühren, mit gleichen Schulinhalten vom Nordkap bis Sizilien. Somit ist ein Schulwechsel höchst simpel. Zudem wird ab der fünften Klasse überall die zweite Amtssprache Esperanto gelehrt. Die ist für alle neu, aber einfach zu sprechen. Sie enthält Vokabeln aus fast allen Sprachen Europas. Die regionalen Sprachen bleiben zudem erhalten, aber wenn sich Menschen verschiedener Länder unterhalten, können sie das immer problemlos auf Esperanto tun.

Es herrscht überall das duale System der Ausbildung von Lehre und Berufsschule. Dieses einst deutsche Modell einer qualifizierten Ausbildung vom Elektromeister bis zum Malergesellen hat sich schnell verbreitet. Auch was die Absicherung angeht, gibt es immense Fortschritte: Alle Europäer sind in einer gesetzlichen Krankenkasse, alle erhalten einheitlichen Mindestlohn. Der Länderfinanzausgleich zwischen ärmeren und reichen Regionen funktioniert. Das ist elementar, denn nur so können die unterschiedlichen Lebensverhältnisse angeglichen werden. Das Verkehrsnetz ist auf schnelle Schienenverbindungen, umweltfreundliche Flugzeuge und innerstädtische Radstraßen gegründet. Autos gibt es auch, aber die Staus werden intelligent vermieden. Zudem ist Reisen schnell und günstig möglich. Das vermeidet Verdruss. Kurz gesagt: Es ist das ganz alltägliche Leben, was sich spürbar verbessert, was die Menschen mitreißt und mit dem Gedanken Europa verbindet. Militärbündnisse gibt es nicht mehr. An die Stelle von NATO und Warschauer Pakt ist eine gemeinsame Außenverteidigung Europas getreten. Doch die hat fast nur symbolischen Wert, denn wer sollte den Kontinent angreifen?

Und der erste Präsident Willy Brandt schwebt als »König der Könige« nicht über allem, sondern besucht die Menschen, redet mit ihnen und den anderen »Königen«. Dieses System, die einzelnen Länder nicht völlig zu entmachten, leitet sich vom alten Persepolis in Persien ab. Dort wurde der erste Vielvölkerstaat der Welt lange Zeit so regiert. Das System kommt deshalb gut an, weil in jedem Land, das zu Europa gehört, die örtlichen Regierungen erhalten bleiben. Sie haben Provinzparlamente wie früher die Bundesländer. Dort können sie über ihre regionalen Belange entscheiden, aber die Fragen der Außen- und Sicherheitspolitik, der Finanzen, der Wirtschaft und in weiten Teilen der Kultur werden von den nach Prag entsandten Parlamentariern und gewählten Ministern beantwortet. Als gemeinsame Währung ist der Ecu eingeführt.

Es gäbe noch so viel zu berichten, was die junge Demokratie Europa ausmacht, die auch die Urzelle der »Volksherrschaft« einschließt: Griechenland. Um dieses Land aufzuwerten, wird auch dort viel der Vergangenheit gedacht, aber es werden gerade junge Menschen begeistert, es in eine gute Zukunft zu führen. Junge Firmen überziehen das Land. Überhaupt gilt aber: Junge Menschen in ganz Europa erhalten mit 18 Jahren einen halbjährig geltenden Railway-Pass für den Kontinent. Sie müssen durch die Nachbarländer reisen, dort warten Dienstleistungsjobs auf sie, die von einem »Büro für Youroupeans« vermittelt werden. Die Vielfalt der Jobangebote ist riesig und reicht vom Bauernhof bis zur Bandnudelfabrik. Willy Brandt sagte: »Nur wer mit seinen Nachbarn ein gutes Verhältnis hat, wird Frieden finden, und dazu gehört die Begegnung junger Menschen untereinander mit denen im Nachbarland.« In diesem Sinne entwickelt sich allmählich ein Wir-Gefühl für Europa, in dem die Grenzen verschwinden und die Kontrollen innerhalb des Kontinents längst abgeschafft sind, nicht jedoch an den Außengrenzen.

Noch eines gelingt: Europa kann es nur gutgehen, so lautet Brandts Credo, wenn es dem südlichen Nachbarn Afrika Jobs liefert. So gelingt es der europäischen Regierung in Prag, gerade in Nordafrika Kleinindustrien aufzubauen, Manufakturen zu gründen und das Leben der Menschen dort auch kulturell zu sichern. Ein großes Werk, denn viel Kapital fließt aus Europa in den Süden, aber es lohnt sich. Die Menschen bleiben in ihren Ländern, viele kehren sogar nach einer Ausbildung in Europa wieder zurück, wie es von den örtlichen Regierungen geplant und gewünscht ist. So erhält Europa in der Welt schnell das Etikett des Problemlösers, des Zuhörers sowie des demütigen Verhandlers. So wird Willy Brandt auch als Vermittler zwischen Russland und China an der Grenze zu Nordkorea aktiv. Russland östlich des Urals hat sich wirtschaftlich bald mit China verbunden, das Teile seiner Bevölkerung dorthin übersiedeln lässt. Der Wohlstand der Russen hat sich merklich verbessert, was sich auch daran ablesen lässt, dass viele Firmen und Familien im Land bleiben.

China beherrscht den Weltmarkt mit Perfektion, produziert bedarfsgerecht in kleinen Einheiten genau maßgeschnitten und nicht mehr Massenwaren. Diese Rolle haben die USA nun zwangsweise übernommen. Europa zeigt sich als weltoffen, als eine Demokratie, ein Vielvölkerstaat. Es hat für alle Anliegen fremder Völker ein offenes Ohr.

Für Willy Brandt, der wie geplant Ende 1984 als Präsident Europas abtritt, geht ein erfülltes politisches Leben zu Ende. Da ist er 71 Jahre alt und kann sich zur Ruhe setzen. Den Mietvertrag seiner Penthouse-Wohnung im 21. Stockwerk an der Büsumer Küste hat er rechtzeitig verlängert.

KAPITEL 1
HENRY: ANGEKOMMEN

Büsum 2019

»So wie du arbeitest, so möchte ich mal Urlaub machen«, poltert Peer Taubald oben in der »360-Grad-Bar« von Büsum drauflos. Der drahtige Mittvierziger mit dem lustigen Schnurrbart und der tätowierten Seejungfrau auf dem rechten Schultergelenk haut dem Kripomann Henry Hansen so kräftig auf den Rücken, dass der aufheult wie eine junge Kegelrobbe. Der 52-Jährige dreht ihm das Gesicht zu und kneift wegen der Sonne ein Auge zu. »Das ist ja fast Beamtenbeleidigung, Peer, setz dich«, meint Hansen trocken.

»Der Herr Kriminal hat wohl keinen Fall zu lösen, da kann er in der Sonne dösen«, dichtet Peer und untermalt das mit einem breiten Grinsen.

Die beiden kennen sich vom Segeln, und Peer ist froh, dass Henry wieder in Büsum lebt. »So viele Jahre als Kripomann auf Sylt, das tut doch nicht gut, oder? Nun bist du ja zurück in deiner alten Heimat, Henry. Du, ich habe eine neue Jolle, die müssen wir uns im Seglerhafen morgen mal ansehen und eine Runde fahren«, schlägt Peer vor. Von seinem skurrilen Hobby erzählt er Hansen heute lieber nichts. Peer Taubald hat seit fast 20 Jahren den Ehrgeiz, ohne Ticket in die teuersten und prominentesten Bereiche aller möglichen Veranstaltungen zu kommen. So etwa tausendmal ist es ihm schon gelungen. »Ich zahle doch keinen Eintritt«, begründet er seine Coups. Doch wie er das anstellt, das verrät er nicht. So hatte Peer schon 14-mal Michael Jackson erlebt, Rod Stewart hinter der Bühne getroffen, war oft bei der Preisverleihung der Goldenen Kamera und mehrfach im Tennis-Mekka in Wimbledon. Als er Henry vor einiger Zeit mal davon erzählte, war der schnell aufgebracht. »Bürschchen, das ist Betrug, ich komme dir noch auf die Schliche«, hatte der Polizist ihm gedroht.

»Wie heißt denn dein gutes Stück?«, will Hansen jetzt wissen.

»Das ist die ›Trischen‹«, verkündet Peer stolz.

»Ach, wie die Sandinsel da draußen in der Meldorfer Bucht, weil du da schon mal stecken geblieben bist, Peer!«, lästert Hansen.

»Du musst immer in alten Wunden bohren, ja, aber meine neue ›Trischen‹, die bleibt nirgends stecken. Also morgen 16.30 Uhr legen wir zusammen ab, okay?«

»Okay, Peer. Mit der ›Trischen‹ einmal um Trischen, wenn das man gutgeht«, antwortet Henry, schmunzelt und haut Peer in den Rücken – eine kleine Revanche. Während Peer geht, genießt Hansen noch etwas von seinem geliebten Büsum. Der Blick auf die Nordsee von der »360-Grad-Bar« aus gefällt Hansen – weit und klar bis zum Horizont an diesem schönen Frühlingstag. »Rüm Hart, klar Kimming«, sagen die Friesen weiter nördlich: großes Herz und weiter Horizont. Das hat Hansen gelebt, als er noch auf Sylt war. Vielleicht sitzt der Kriminaloberkommissar deshalb zu gern morgens hier oben unter den grünen Schirmen der Beachbar. Der Fußweg auf die »Watt'n Insel« führt über einen Steg durch die Familienlagune Perlebucht. Es hat sich in der kurzen Zeit für ihn ein Ritual entwickelt: Hansen trinkt einen Cappuccino und blickt einfach so aufs Wattenmeer. »Funny Girl«, sagt der 52-Jährige dann leise zu sich und schmunzelt. So heißt das Schiff, das jeden Tag um 9.30 Uhr aus dem Büsumer Hafen ablegt und zur Tagesfahrt nach Helgoland aufbricht. Da hinten in der Fahrrinne ist es gerade zu sehen.

Bei »Funny Girl« denkt Hansen allerdings meist an seine alte Liebe Swantje Brackwedel. Sie sind hier in Büsum zusammen zur Grundschule gegangen. Was waren das für schöne Zeiten vor 46 Jahren, erinnert er sich. Später hat er seine Jugendliebe öfter gesehen, die vergangenen drei Jahre auf Sylt sogar fast täglich. Da war er bis vor ein paar Monaten Chefermittler der Kripo in Westerland. »Zehn Jahre Sylt sind genug«, hatte der stattliche Hansen gesagt, der wegen seiner 1,93 Meter Größe auch »der Leuchtturm« genannt wird. Als ausgerechnet in Büsum, dem Ort seiner Kindheit, eine Stelle für ihn frei wurde, zog es ihn sofort zurück. »Büsum ist mein Traum«, bekannte er. Und Swantje? Sie war bis vor ein paar Tagen Bürgermeisterin auf Sylt. Viele dachten, die beiden wären ein Paar, aber es war nur eine Jugendliebe, mehr nicht. Was sie jetzt wohl macht, denkt sich Hansen.

*

Am nächsten Tag kommt es nicht zu dem vereinbarten Törn mit Peer. Das hat einen einfachen Grund: Reste einer Leiche werden bei Baggerarbeiten am Kurpark gefunden.

Die Abrissfirma ruft bei der Polizei an. Henry Hansen ist schnell zur Stelle.

»Sieht gar nicht gut aus«, murmelt der Kriminaloberkommissar und wiederholt den Satz wie ein Mantra. Was er sieht, wirft bei ihm sofort tausend Fragen auf und lässt ihn alte Ermittlerkontakte im Landeskriminalamt in Kiel in Windeseile aus der Erinnerung durchgehen. Was soll er mit so alten Knochen anfangen, die nun vor ihm liegen?

Der Baggerführer war bis eben dabei, eines der Häuser am Kurpark abzureißen. Das Zweifamilienhaus liegt in Trümmern; bald soll hier ein schickes Apartmenthaus für Gäste und Zweitwohnungsbesitzer die Gemeinde verschönern. Als die Krallen der Baggerschaufel allerdings am Fundament kratzten, da rollten plötzlich die Knochen eines Skeletts aus einer Art Kammer, die sich geöffnet hatte.

Hansen blickt in einen dunklen Schacht. Der ist muffig und feucht. Es riecht nach faulen Eiern, Schimmel und Kot. Der Oberkommissar leuchtet mit seiner Handytaschenlampe hinein. Er kniet sich hin und beugt sich fast demütig in die Tiefe. »Ach, auch das noch!«, stöhnt Hansen genervt. Der einsetzende warme Frühjahrsregen taucht die gespenstische Szenerie in ein noch trüberes Licht, als sollte der Fund im Dunkeln bleiben und langsam unter Wasser verschwinden. Im engen Schacht sammelt sich rasch zusammenlaufendes Wasser, eine Art Jauche. Jedenfalls stinkt es noch stärker als eben. Hansens Hemd ist triefend nass. »So ein Mist!«, beschwert er sich nur.

Der Oberkommissar lässt alles absperren, telefoniert die Spurensicherung herbei und steht vor vielen Rätseln. Wie lange schon ist diese Person tot? Warum wurde sie hier gelagert? War es überhaupt Mord? Gibt es Hinweise in der Umgebung?

»Det is ja wie im ollen Egüpten«, stellt Merit Hoyer fest, als sie sich den Fundort der Leiche näher anschaut. Die 28 Jahre alte Assistentin Hansens kann ihre Berliner Herkunft nie ganz verstecken.

»Schön wär's«, widerspricht Hansen, »dann könnten ja die Archäologen ermitteln, und wir wären fein raus. Dies hier, liebe Merit, heißt viel Arbeit.«

Merit wischt sich ihre schulterlangen blonden Haare nach hinten und strahlt ihn an. »Sie schaffen das locker, Chef, wa?«

Die Polizeimeisterin ist heute mal wieder in Plauderlaune. »Bestimmt ist die Leiche uralt, das ist kein aktueller Mordfall, so was hatten wir mal in Berlin, Chef«, beginnt sie ihre Ausführungen, als sie sich auf dem Rückweg zur Polizeistation befinden. »Reinste Knochen, keine Verwesungsreste, uralt, sage ich Ihnen. Rungholt, kennen Sie das, Herr Hansen?«

Der Oberkommissar hebt nur die linke Augenbraue, während er seine an sich liebenswerte Kollegin anschaut. »Du meinst das ›Atlantis des Nordens‹, das in der Marcellusflut im Januar 1362 untergegangen sein soll und sich hier irgendwo vor Büsum befand?«, fragt Hansen gelangweilt nach.

»Bingo, darüber lese ich gerade einen Roman. In der sogenannten nordfriesischen Chronik von Pastor Anton Heimreich von 1666 ist die Rungholt-Sage erstmals erwähnt. An drei Tagen und Nächten wurden Tausende Opfer dieser Sturmflut entlang der Küste. Die änderte sogar ihren Verlauf. Alles ging drunter und drüber. Doch das Unheimliche war: Die Stadt Rungholt lebte am Meeresgrund fort. Wenn Sie heute Ihre Ohren mal oben an der Beachbar spitzen, Chef, dann hören Sie noch Rungholts Kirchenglocken läuten.«

Hansen holt tief Luft. »Nein, die Kirchenglocken höre ich weder da oben an der Beachbar noch hier unten am Kurpark. Rungholt hat es wirklich gegeben, das stimmt, es lag aber wahrscheinlich westlich der heutigen Hallig Südfall. Das ist so 45 Kilometer nördlich von hier, bei Nordstrand Richtung Pellworm, etwas vor Husum. In der Hafensiedlung lebten einst rund 2.000 Menschen und trieben Salzhandel. Ihr Verderben aber war der Torfabbau. Rungholt versank langsam, doch, Merit, mit unseren Knochen hat das alles nicht das Geringste zu tun.«

»Och, warten Se doch mal die Altersbestimmung der Knochen ab, wa. Nachher kommen wir janz jroß raus. Ermittlerpaar aus Büsum klärt 300 Jahre alten Mordfall auf. Rungholt-Atlantis offenbart dat letzte Rätsel. Mensch, Hansen, da säßen wir in jeder Talkshow«, redet sich Merit fröhlich in Verzückung.

Hansen schüttelt nur den Kopf. »Eins stimmt, Merit, wir warten mal das Ergebnis der Rechtsmediziner ab, das wird aber ein paar Tage dauern.«

Der Büsumer Chefermittler hat es sich am nächsten Spätnachmittag wieder in der Beachbar bequem gemacht, diesmal wartet er schweigend auf die Rückkehr der »Funny Girl« von Helgoland. Gegen 18.15 Uhr legt das Schiff wieder im Büsumer Hafen an. »Und dann muss man ja auch noch Zeit haben, einfach dazusitzen und vor sich hin zu schauen«, murmelt Hansen vor sich hin. Diese Blicke aufs Wattenmeer, diese Sonne, wie sie sich langsam wieder dem Horizont nähert, diese Weite und Klarheit, das gefällt ihm. Hansen ist zwar kein Romantiker, aber dieser Meeresgeruch, diese Brise, dieses Salzige, das geht ihm in die Nase und von dort aus offenbar direkt ins Herz.

Und wie das so ist in einem kleinen Ort, in dem sich die meisten kennen: Längst haben die Einheimischen ihre Versionen über die tote Person vom Kurpark entworfen. Sein Kumpel Peer, der gerade von einem Törn mit seiner »Trischen« kommt, setzt sich zu Hansen. »Ist der Tote vom Kurpark der Obdachlose, der vor fünf Jahren verschwand, Henry? Mir kannst du es doch sagen«, quält Peer den Kripomann.

Der runzelt nur die Stirn.

»Und die Bauarbeiten? Du kannst doch jetzt nicht wochenlang alles stoppen, Henry, die Investoren werden dir aufs Dach steigen, das Haus muss fertig werden!«

Henry blickt weiter aufs Meer. »Peer, Dienst ist Dienst und Knallkööm ist Knallkööm.«

Der schaut etwas bedröppelt zurück und meint nur: »Nach Sekt ist mir nicht, aber lass uns einen Wattenläuper nehmen, der kommt wenigstens hier aus Dithmarschen, aus unserer Heimat, und hat 32 Prozent.«

Der Oberkommissar willigt ein. »Holst du welche?«, fragt er. »Auf dem Schild unten steht: ›Wir haben eine sehr freundliche Selbstbedienung‹, also selbst ist der Büsumer, sonst können wir ja lange warten.«

Peer stellt sich an der Theke unten an und holt vier kleine Gläser mit dem Kräuterlikör. Als er die Treppe hochkommt, sitzen außer Hansen noch zwei ihm unbekannte Gäste am Tisch. »Oh, das ist aber freundlich«, spekulieren die beiden. Doch Peer wehrt ab. »Alle vier sind leider schon vergeben, aber die haben unten eine sehr freundliche Selbstbedienung.« Hansen schaut auch irritiert, aber dann trinkt jeder rasch zwei Gläschen Wattenläuper aus. Die beiden Gäste gucken dumm und zucken mit den Schultern. Henry und Peer lachen.

KAPITEL 2
ICH BLÄTTERE IN MEINEM TAGEBUCH

Büsum 1972

Das Hochhaus von Büsum ist einmalig an der schleswig-holsteinischen Westküste: 21 Stockwerke und mit einem grandiosen Rundumblick ausgestattet. Heute würde ich sagen: Es bietet Bilder wie aus einer 360-Grad-Kamera, die unter einer Drohne hängt (später hinzugefügt). Gut, ich gebe ja zu: Von außen sieht es schmucklos aus, eben ein Betonklotz. Es wird in diesem Jahr in Büsum eröffnet. Ja, und? Warum ich mir das aufschreibe? Gerade ist Willy Brandt am Ruder, wie es so schön heißt. Er ist Bundeskanzler und sucht ein Apartment, um sich mal zurückzuziehen. Das wird jeder verstehen, der viel um die Ohren hat. Er will mal seine Ruhe haben. »Das gönne ich mir, so zum Abschalten, da will ich unauffällig Urlaub machen«, gibt Brandt die Order an seine Mitarbeiter im Bonner Kanzleramt, wie ich gerade erfahre. Nach zwei Wochen haben sie es geschafft. Alle Sicherheitsanforderungen der Personenschützer sind erfüllt. Es gibt einen extra Aufzug, der bis ins Penthouse im 21. Stockwerk fährt. Die Wohnung kauft eine Immobilienfirma, die sie an Brandt für zehn Jahre vermietet. Er wohnt dort unter dem Tarnnamen »D. Meyer«, erscheint fast immer ohne seine Familie, denn er will ja abschalten. Brandt hat die Pudelmütze stets tief im Gesicht und bleibt weitgehend unerkannt. Woher ich das alles weiß? Ich habe da so meine Informanten. Aber von Willy Brandt in Büsum, davon wissen eigentlich nur Ole und ich.

Mein Leben läuft hauptsächlich in Dithmarschen ab, da bin ich geboren, da bin ich zu Hause. Dieser einmalig schöne Landstrich liegt ganz oben in Deutschland, dann aber unten links. Dithmarschen breitet sich auf mehr als 1.380 Quadratkilometern zwischen der Elbmündung und der Eider im Westen Schleswig-Holsteins aus. Ganz im Gegensatz zu diesem ruhigen Land sind die politischen Zustände stürmisch.

Willy Brandt hat bei den Neuwahlen nach einem überstandenen Misstrauensvotum 1972 das für die SPD beste Wahlergebnis aller Zeiten eingefahren. Es sind unglaubliche 45,8 Prozent. Das erfüllt mich mit Freude. Ich habe ihn auch gewählt. Für seine Ostpolitik hat er schon ein Jahr zuvor den Friedensnobelpreis erhalten, das finde ich richtig, es ist angemessen. Das verleiht ihm Flügel. »Wir brauchen Wandel durch Annäherung«, skizziert er sein Vorgehen, das aus Offenheit statt Dogmatismus besteht. Das hat uns jungen Leuten in meiner Clique damals wahnsinnig gefallen. Endlich ist dieser Muff der Adenauerzeit vorbei. Es zieht eine andere Stimmung im Land auf. Hier, das habe ich gerade in so einem schlauen Aufsatz gefunden: 60 Prozent der Bundesbürger vertrauen auf Progressivität; es herrscht Fortschrittsenthusiasmus in einer Zeit reformistischen Überschwanges. Irgendein Demokratieforscher hat das herausgefunden. Ich sage nur: Brandt bedeutet Aufbruch, Dynamik, Zukunft. So, und das kleine Büsum ist für Brandt der geheime Rückzugsort. »Hier kann ich bei langen Spaziergängen in der herrlichen Seeluft Kraft tanken«, soll er seiner Frau gesagt haben und verabschiedete sich oft für ein Wochenende in sein Penthouse mit Blick auf das Watt und die Meldorfer Bucht.

Es gibt noch mehr Sturm, was ich nachträglich einfüge, denn 1972 ist mir das nicht so bekannt gewesen, erst jetzt: Während hier in Dithmarschen bei uns Windstille herrscht, tobt in Ostberlin ein heftiger Sturm, und zwar in der Stasi-Zentrale. In Brandts Umfeld hat die DDR einen Spion installiert, der als Referent für Parteiangelegenheiten zwar ganz dicht dran ist am Bundeskanzler, aber kaum brauchbares Material herbeischafft. Markus Wolf, der die Hauptverwaltung des Auslandsnachrichtendienstes der DDR leitet, soll vor Zorn getobt haben: »Jetzt haben wir diesen Günter Guillaume über Jahre aufgebaut, eingeschleust, und nun? Erstens bringt der nichts, und zweitens ist Willy Brandt so auf Moskaukurs, den dürfen wir nicht gefährden! Und mit ›den‹ meine ich den Kurs und auch Brandt. Verstanden?« Wolf zieht Guillaume also folgerichtig sofort ab. Es wird ihm eine Krankheit angedichtet, die ihm Grund zur Kündigung liefert. Was im Westen erst Jahrzehnte später öffentlich bekannt wird, posaunt Wolf gegenüber seinen Abteilungsleitern aus. Er macht seinen Untergebenen 1972 klar: »Wir kaufen doch nicht zwei CDU-Abgeordnete in Bonn, damit der liebe Willy sein Misstrauensvotum übersteht, und gefährden ihn jetzt durch diese schale Nummer. Wenn dieser Guillaume auffliegt, muss Brandt zurücktreten, da haben wir nichts gewonnen, gar nichts.«

Weder Willy Brandt selbst noch der Verfassungsschutz haben offenbar eine Ahnung, was hinter den Kulissen läuft.

Dass der enge Mitarbeiter Günter Guillaume krankheitsbedingt kündigt, weckt keinerlei Zweifel. Alle diese brisanten Informationen habe ich von einem Vertrauten. Er hat mir alles erzählt, vielleicht, damit ich es eines Tages einmal aufschreiben kann und der Nachwelt mit auf den Weg gebe. Mein Vertrauter lebt gefährlich.

»Ach, ich muss mal wieder nach Büsum«, pflegt Brandt seinen Mitarbeitern zu sagen. Dann fährt der schwarze Dienstwagen vor und kutschiert ihn die paar Stunden in den Norden nach Dithmarschen. In Büsum wird Willy Brandt unauffällig am Kurpark abgesetzt und geht die paar Schritte allein bis zum Aufzug des Hochhauses. Das habe ich oft genug selbst gesehen, Ole natürlich auch. Brandt ist ja so was von unauffällig. Als wäre er ein Gast, klingelt er bei »D. Meyer«, bedient den Fahrstuhl mit seinem Schlüssel und ist schnell im 21. Stockwerk.

Brandt ist großer Fußballfan. Zur Fußballweltmeisterschaft in Deutschland 1974 sieht er dort oben die entscheidenden Spiele im Fernsehen. Das habe ich erst viel später erfahren, aber es gehört schließlich in dieses Jahr (später eingefügt). »Alleine jubeln, das ist doch nichts«, sagt Brandt grinsend. Deshalb hat er sich seinen Mitarbeiter Siegfried Böhlmann aus dem Kanzleramt mitgebracht. Das Pikante ist schon damals das Politische am Fußball. Da die Bundesrepublik und die DDR in derselben Gruppe spielen, kommt es zum Duell der beiden Länder. Das will Brandt sehen, aber nicht öffentlich. So guckt er sich das am 22. Juni in Hamburg ausgetragene Spiel in seinem Penthouse im Fernsehen an, ist zur Halbzeit wegen des 0:0 noch hochzufrieden, aber dann doch verärgert, als die DDR 1:0 gewinnt. Trost gibt es erst später in der zweiten Runde. Da nämlich verliert die DDR gegen Brasilien und die Niederlande, spielt unentschieden gegen Argentinien. Die Bundesrepublik aber kommt ins Endspiel und besiegt die Niederländer mit 2:1. Brandt gratuliert Trainer Helmut Schön sofort am Telefon.

Die Besuche Brandts in Büsum werden häufiger. Wen er dort so in seinem Penthouse trifft, verrät er niemandem. Die beiden Personenschützer bekommen regelmäßig frei. Wer bei »D. Meyer« klingelte, blieb geheim – vorerst. Brandts Aktenträger aber, der 29-jährige Siegfried Böhlmann, gehört fast schon zum Inventar. Er ist 1945 in Sankt Peter-Ording geboren und somit einer von hier. Er hatte Versicherungskaufmann gelernt und bei mehreren Konzernen gearbeitet. Karriere machen und viel Geld verdienen – das ist sein Ziel. Ja, und Frauen beeindrucken, immer fein gekleidet, immer vornehm, immer höflich. 1,80 Meter groß, dunkle, kurze Haare, das imponiert doch. Böhlmann hatte einen Managerposten bei der BASF, doch dann bewirbt er sich auf eine Stelle als Willy Brandts Assistent. Bingo, es klappte. Ich bin so froh, dass ich ihn kenne (später eingefügt).

Einmal, es ist am 9. August 1974, kommt Brandt allerdings allein. Er steht oben in seiner Wohnung und blickt aufs Meer. »Im Westen nichts Neues, nur Nebel«, soll er amüsiert festgestellt haben. Die Sonne verabschiedet sich in einen Schleier hinein, der das Wattenmeer verhüllt. Das weiß jeder Büsumbesucher zu schätzen. Doch dann kommt das Unerwartete: Weit im Westen, in den USA, gibt es durchaus Neues.

Diesen Absatz habe ich auch später noch drangeklebt: Sein abhörsicheres Telefon klingelt. Das Kanzleramt ist dran. «Hör mal, Sensation aus Washington», sagt sein Sprecher, »Richard Nixon ist zurückgetreten. Die Watergate-Affäre fordert ihren Tribut.«

Brandt tut verwundert. Er gibt bei seinem Sprecher rasch eine kurze Erklärung in Auftrag, die er ihm gleich zur Kontrolle noch zufaxen solle, bevor sie an die Presse ginge. Dann sucht er eine volle Packung Zigaretten »Ernte 23« und zündet sich eine mit einem der langen Streichhölzer an, die am Kamin liegen. Dazu schenkt er sich einen Dujardin ein und setzt sich in den Ledersessel mit Fußbank, die Richtung USA zeigt. »Das gibt frische Luft«, sinniert er in den aufsteigenden Zigarettenrauch und meint seine neuen politischen Gestaltungsmöglichkeiten. Ja, wie wunderbar, denke ich: In der gesamten Nachkriegszeit war die Bundesrepublik eng mit den USA verwoben. Sie waren die Besatzer, wenn auch seit vielen Jahren unauffällig. Die Westbindung Bonns war eher eine Fessel als eine frei gewählte Möglichkeit. Doch mit einem neuen Präsidenten könnte er diese Bindung etwas lockern, vermutet Brandt richtig. Und fortan tun sich für den Bundeskanzler viele neue Wege auf – absolut spannend!

KAPITEL 3
DIE FRAGE NACH DEN ECKZÄHNEN

Büsum 2019

Zwei Wochen sind seit dem Knochenfund im Fundament des Abrisshauses am Kurpark vergangen, da präsentiert die Rechtsmedizin endlich ihr Ergebnis. Merit ist ganz aufgeregt: »Das ist ja so spannend wie kurz vor Verkündung der Abiturnote.«

Ihr Chef Henry Hansen ist da nüchterner. »Es war ein Cousin von Tutanchamun, so 1300 vor Christi wegen Dürre verhungert und in Büsum aus dem Papyrusboot gerutscht – wäre das so dein Traumergebnis, Merit?«, ulkt Hansen.

Die junge Kollegin muss tatsächlich lachen. »Ich mag ja Ihren Humor, Chef. Sonst wäre ich doch gar nicht hier, die Provinzhauptstadt Berlin hätte ich nie verlassen, na ja, die gesunde Seeluft hilft meinen Bronchien schon, aber Sie sind doch mein Stern.« Sie zwinkert ihm mit ihren grünen Augen verführerisch zu.

Hansen schmunzelt bei so viel Charmeoffensive, wendet sich aber wieder seinem Tablet zu, auf dem die Ergebnisse detailliert aufgeführt sind. Die Leiche ist männlich, zeigt keine Einwirkungen von Gewalt, an den vollständig vorhandenen Knochen befinden sich vereinzelt Gewebereste. Das reicht aber nicht, die Person zu identifizieren. Der Todeszeitraum wird dank der Knochenanalyse mit 1975 bis

1978 angegeben, also vor mehr als 40 Jahren. Der Abgleich mit der europaweiten Vermisstenkartei habe bisher auch keine Ergebnisse gebracht, schreibt der Gerichtsmediziner. Kleidung ist nirgends zu finden gewesen. Einzig das Gebiss könnte helfen. »Ich habe den Röntgenstatus in den ›Zahnärztlichen Mitteilungen‹ veröffentlichen lassen und warte auf Rückmeldungen von Zahnärzten«, berichtet der Pathologe, »doch große Hoffnung habe ich da nicht, denn 40 Jahre oder mehr, das ist viel zu lange her. Die Aufbewahrungsfrist von Behandlungsunterlagen der Zahnärzte, die liegt bei zehn Jahren.«

Hansen schüttelt den Kopf. Wie vermutet, wird es ein langer, schwerer Weg, den Toten zu identifizieren.

»Och, schade, doch Ihnen wird schon was einfallen, Chef, Sie sind doch clever, wa?«, garniert Merit die säuerliche Miene von Hansen mit aufmunternden Worten. »Sie wissen doch: Am Ende wird alles gut, und wenn es nicht gut ist, dann ist es noch nicht das Ende.« Merit blickt ihren Chef wieder ganz verliebt an, doch der zuckt nur mit den Schultern. »Schön hast du das gesagt, Merit, das merke ich mir.«

Merit wendet noch ein: »Wir wollen ja genau sein, Chef, das ist gar nicht von mir, sondern von John Lennon. Everything will be okay in the end. If it's not okay, it's not the end.«

»Na dann, liebe Merit, sind wir ja noch ganz am Anfang oder sogar noch weit vom Anfang entfernt«, stöhnt Hansen. Er verabschiedet sich auf seine »Watt'n Insel« und genehmigt sich ein paar Muscheln mit Weißwein. Fast verschluckt er sich beim ersten Nippen am Chardonnay, weil

Peer ihm wieder in den Rücken haut. »Na, die baggern ja wieder am Kurpark, hast du den Toten identifiziert?«, fragt der Segler-Freund.

»Ja, eindeutig ein Cousin von Tutanchamun, so um 1300 vor Christi ist er in der Meldorfer Bucht vom Papyrusboot gerutscht, ist dann geborgen worden, und die Leute im Haus am Kurpark wollten mit ihm ein Museum eröffnen, noch weitere Fragen, Peer? Dann später, meine Muscheln werden kalt«, entgegnet Hansen leicht unzufrieden.

Peer nickt nur kurz und zieht die Stirn kraus. Dann sagt er keck: »Ach, übrigens, ich war vorgestern in Hamburg bei Depeche Mode, seit 1976 sind die aktiv, Wahnsinn, oder? Ich mag ja die Musik. ›Playing the Angel‹ oder ›Sounds of the Universe‹ – chic. Und ich war natürlich in der ersten Reihe, wieder ohne Ticket. Kostenlos, mein Lieber, das war der 1010. Eintritt ohne, ich führe genau Buch.«

Hansen isst zwar seine Muscheln, stöhnt aber jetzt auf, denn das nervt ihn an diesem Peer. Dieses Angeben mit erschlichenen Eintritten ärgert Hansen vor allem, weil er nicht weiß, wie er das anstellt. »Du schnorrst dich in diese Auftritte und bist auch noch stolz drauf. Bist du wenigstens schon mal erwischt worden und gleich rausgeflogen, Peer? Das würde ich dir ja gönnen!«

»Nö, manchmal habe ich Herzklopfen, aber es hat immer geklappt. Wenn ich in Rente bin, dann erkläre ich dir den Trick, Henry.«

Die Antwort Hansens folgt sofort: »Und bevor ich in Rente bin, sitzt du deshalb hinter Gittern, ist ja wohl unverschämt.«

Hansen geht noch in seinen Volkshochschulkurs. Er lernt Esperanto. Das ist die zweite Amtssprache in Europa, und das ist schließlich schon seit mehr als 37 Jahren vereint. Doch der 52-Jährige tut sich immer noch schwer damit. »Ich kann noch nicht so fließend sprechen, wie ich möchte«, gesteht er sich ein. Dann murmelt er: »Deutschland heißt germanio, Polizei ist polico, und amo ist die Liebe, eigentlich einfach.«

Merit verbringt ihren Abend dagegen auf der Kart-Bahn am Hafentörn. Da ist sie zwar eine der Älteren mit ihren 28 Jahren, aber es macht ihr Riesenspaß. Dann genießt die Polizistin noch frischen Matjes in »Kolles Altem Muschelsaal«. Vor den Tausenden von Muscheln, die ein Büsumer Malermeister vor 100 Jahren an die Wand klebte, lässt Merit es sich am liebsten schmecken. »Diese Muscheln haben Seeleute aus aller Welt hierher nach Büsum gebracht«, sagt sie staunend ihrem Chef am nächsten Morgen.

»Da kleben sogar ein paar von mir aus Hawaii«, behauptet Hansen, »ich bin schließlich hier aufgewachsen, Büsum, meine alte Liebe. Nach dem Tod meiner Mutter wohne ich jetzt im alten Reetdachhaus meiner Kindheit, da in Deichhausen habe ich noch einen Sack voller Muscheln aus allen möglichen Ländern entdeckt. Vielleicht sollte ich die auch mal an die Wand kleben, Merit. Magst du Muschelräume?«

»Ja, unbedingt, Chef. Sie erinnern mich an Meer und Weite, an Salz und Brandung, finde ich super romantisch. Kleben Sie nur, ich gucke mir das gelegentlich mal an. Ach, was machen wir denn jetzt mit den Knochen? Sie hatten doch Zeit zum Nachdenken.«

Hansen guckt der Kollegin in die großen, grünen Augen. »Nee, hatte keine Zeit, ich habe gestern Muscheln oben in der Beachbar gegessen, auf das zurückkehrende Helgoland-Schiff geschaut, die ›Funny Girl‹, du weißt, da denke ich immer an Swantje, meine Jugendliebe, und was, meinst du, passierte? Sie rief in dem Moment an.« Hansen erzählt noch etwas mehr von der Frau, die nach ihrem Abgang als Sylter Bürgermeisterin ratlos ist und auf Hansens Angebot eingehen will, nächste Woche ein paar Wochen bei ihm im Reetdachhaus zu wohnen – in der Einliegerwohnung, versteht sich, mit getrennten Eingängen. Zwei Singles unter einem Dach.

»Na, Chef, was das wohl wird?«, unkt Merit und reibt sich lächelnd die Hände.

Hansen zuckt die Schultern. »Jugendliebe, sage ich doch, mehr ist da nicht.«

Nur gibt es da noch ein Detail von der Gerichtsmedizin, das Hansen gegenüber Merit gar nicht erwähnt hat. Der Pathologe rief ihn heute Morgen an und sagte: »Hansen, mir ist da an dem Gebiss noch etwas aufgefallen. Zwei verlagerte Eckzähne. So etwas gibt es ganz selten. Diese Eckzähne liegen tief im Gaumen und sind nicht herausgewachsen, sie sind offenbar nie behandelt worden. Heute würde man sie freilegen und mit Gummi und Spange in den Zahnbogen einwachsen lassen oder gleich ganz herausziehen. Bei diesem Mann sind sie unbehandelt. Das müssen Sie sich vorstellen, das ist so selten wie ein Sechser im Lotto. Daran erinnert sich jeder Zahnarzt, jeder, wenn er mal ein Röntgenbild vom Gebiss gemacht hat. Vielleicht haben wir Glück bei unserer Suche. Ich halte Sie auf dem Laufenden, Hansen.«

KAPITEL 4
BRANDT SCHLICHTET AUF ZYPERN

Büsum und Zypern 1974 bis 1976

Siggi erzählt mir, dass Willy Brandt Mitte August 1974 Büsum plötzlich verlassen muss. Von Hamburg aus fliegt Brandt also nach Nikosia. Türkische Truppen waren schon am 20. Juli 1974 auf Zypern gelandet, um die im Norden der Insel wohnenden Inseltürken zu schützen, wie es hieß. Für den Friedensnobelpreisträger ist es ein Grund, den Konflikt zwischen den Griechen im Süden des Mittelmeerseilands und dem türkischen Norden zu schlichten. Die griechische Junta hatte Erzbischof Makarios gestürzt und einen neuen Präsidenten installiert. Es kommt tatsächlich zum Schusswechsel zwischen den beiden NATO-Staaten Türkei und Griechenland auf Zypern. In der Zeitung lese ich: Brandt kann schlichten, erwirkt einen Waffenstillstand und es wird eine Sicherheitszone eingerichtet.

Brandt quartiert sich für einige Tage im Forest Park Hotel in Platres im Hochland Zyperns ein. Das Troodos-Gebirge gefällt ihm. Der Hotelier Hercules Skyrianides ist recht unterhaltsam und zeigt Brandt seine Suite.

Siggi Böhlmann erzählt mir später, wie sehr Brandt das alles gefiel. »Herrlich hier, die Luft, das Gebirge, ich kann wandern gehen und den ganzen Alltag in Bonn mal kurz vergessen«, plaudert Brandt freimütig vor sich hin. Hercules, der in Portsmouth Hotelmanagement studiert hat, führt seit 1962 das Hotel, das er von seinem Vater übernahm. Er erinnert sich noch an König Farouk von Ägypten, der bei ihm im Hotel am grünen Samttisch Karten spielte. »Wenn er beim Skat nur drei Könige in seinem Blatt hatte und es beim Reizen nicht ganz reichte, sagte er keck: ›Und der vierte König, das bin ich.‹«

Das bringt auch Brandt zum Lachen. Für den deutschen Bundeskanzler sind die Verhandlungen zunächst nicht so leicht. Er kann Türken und Griechen nach ein paar Tagen zu sich an den Hoteltisch bitten. Sie folgen seinem Rat dann doch überraschend schnell. Sie richten ein neutrales Gebiet ein, ein freies Zypern, das weder von Griechen noch von Türken besetzt ist. Das dauert zwar zwei Jahre, aber Brandt legt den Grundstein. Deutschland regiert er für diese Zeit der Verhandlungen rund zehn Tage aus der Ferne, aus seinem Hotel in Platres, und trifft sich später immer wieder mit Gästen aus aller Welt in dem Hotel.

Später konnte ich in den Annalen des Hotels, das ich dann mal besuchte, nachlesen, wer so alles da ein und aus ging. Daniel Ortega von Nicaragua gehörte ebenso dazu wie Indira Gandhi 1983 oder sogar auch Erich Honecker. Mit dem soll Willy Brandt in der Hotelbar die deutsche Einheit verhandelt haben. Dazu schreibe ich natürlich bald noch mehr. Hier nur so viel: Der einstige Staatsratsvorsitzende der DDR in Ostberlin kandidiert bei den ersten gesamtdeutschen Wahlen 1978 für die ODP, die Ostdeutsche Partei, und verliert gegen Willy Brandt von der SPD haushoch. Honecker zieht nach Chile, Brandt regiert das wiedervereinte Deutschland von Berlin aus, dem neuen Regierungssitz.

Wieder kann ich dank Siggi etwas zitieren, was Brandt auf Zypern gesagt haben soll. »Zu Hercules komme ich jederzeit, er ist mein Freund«, lobt Brandt stets den diskreten Hotelmanager im Troodos-Gebirge von Zypern. Sein Haus wird für den Friedensstifter im Ost-West-Konflikt der Dreh- und Angelpunkt. So erstaunlich diese Entwicklung ist, so leicht Brandt nach dem Ende des Vietnamkriegs 1975 die weitere Eskalation zwischen den USA, Europa und Russland verhindert, so sehr gibt es Neider seines Erfolgs. Das lese ich heute aus zahlreichen Presseartikeln heraus, von der »Europäischen Zeitung« aus Prag bis zur »Washington Host«, die sich in Rückblicken damit befassen (später eingefügt).

Aber zunächst beschäftigt mich noch das schier Unglaubliche jener Tage: Als es 1976 auf Vermittlung Willy Brandts zu einem spektakulären Treffen im Weltraum zwischen einem russischen und einem amerikanischen Raumschiff kommt, die aneinander andocken, ruft der neue US-Präsident Gerald Ford seine Geheimdienstleute zusammen. »Wir müssen diesen Brandt stoppen, nehmt ihn ins Visier, der macht aus Europa noch eine Weltmacht.« Zwar jubelt Ford über das Weltraummanöver offiziell, denn es bringt nach der Vietnamniederlage doch wieder sehr rasch hohe Anerkennungswerte für die geschundene amerikanische Seele, aber wohl ist ihm dabei nicht. Hätte er das mit den Russen selbst eingefädelt, wäre es anders. Aber da Brandt das tat und ihn vor vollendete Tatsachen stellt, hätte ein

Rückzieher ihn blass aussehen lassen. Das ist ganz klar Siggis Einschätzung.

Andererseits braucht der US-Präsident Brandt. Der Bundeskanzler profitiert von der starken deutschen Wirtschaft, und die Arbeitslosenzahlen in Deutschland sind zu dieser Zeit auf einem Tiefstand. Und in fast ganz Europa brummt die Wirtschaft. In den USA sieht es dagegen düster aus. Der Vietnamkrieg war extrem teuer, der Wirtschaft geht es miserabel, es herrscht Massenarbeitslosigkeit, vereinzelt kommt es zu bürgerkriegsähnlichen Szenen in den Städten. Menschen hungern. Soziale Absicherung ist schon immer ein Fremdwort in den USA gewesen, das rächt sich jetzt. Krankenkassen existieren für weite Teile der Amerikaner gar nicht. Nur Reiche können sie sich leisten. Ich habe noch Zeitungsausschnitte von damals aus der »Washington Host« aufgehoben, die schildern das recht dramatisch.

Die Menschen quälen sich mit minimalen Löhnen. Der Staatsbankrott steht bevor. Was die Prognose noch düsterer ausfallen lässt: Amerika hat sich isoliert, es hat sich von internationalen Abkommen verabschiedet, es befasst sich nach dem Vietnamtrauma nur noch mit sich selbst, und das führt zum gefährlichen »brain drain«. Die klugen Menschen verlassen in Scharen das Land. Es herrscht ein vergiftetes Klima. Flüchtlingsströme fließen nach Europa und Asien, die aufstrebenden Erdteile. Es gibt kaum Aussicht auf Besserung für die USA.

Brandt hat das kommen sehen, wie ich von Siggi Böhlmann weiß. Schon als er in Büsum nach dem Rücktritt Nixons fast eine ganze Packung seiner »Ernte 23« aufrauchte, entwarf er gedanklich die Lockerung der Westbindung, die er nun dank den darniederliegenden USA einleiten kann.

Der US-Präsident empfängt Brandt in diesen Wochen sogar öfter, denn der Mann aus Deutschland bringt immer neue Kreditzusagen mit. Ohne die gerieten die USA noch mehr in den Abwärtsstrudel, ist man sich in Washington sicher. Brandt kann somit als Wohltäter auftreten und dabei auch politische Bedingungen stellen. Für ihn gibt es daher freie Hand beim Aushandeln der deutschen Einheit mit Erich Honecker – die Sowjets hatte er ohnehin auf seiner Seite. Spätestens seit dem weltberühmten »Kniefall von Warschau«, bei dem Brandt im Dezember 1970 spontan am Mahnmal für die Opfer des Nationalsozialismus niederkniet, hat er die Herzen des Ostens für sich geöffnet. Aber er braucht die Amerikaner auch für den nächsten Schritt, der zunächst für alle unglaublich klingt, nämlich die Gründung der Vereinigten Staaten von Europa. Auch ich halte jetzt mal den Atem an, da ich davon das erste Mal höre.

KAPITEL 5
EINE NACHT IM STRANDKORB

Büsum 2019

Swantje Brackwedel, die arbeitslose Bürgermeisterin von Sylt, ist bei Henry Hansen ins Reetdachhaus in Büsumer Deichhausen eingezogen. Vorübergehend, wie beide betonen, und nur in die Einliegerwohnung mit separatem Eingang. Ach, was gibt es für unterhaltsame Abende. Viele Weißt-du-noch-Gespräche von der Kindheit über die spannende Zeit auf Sylt bis zu einem gemeinsamen Urlaub in Norwegen vor ein paar Jahren bestimmen die Annäherung der beiden 52-Jährigen. Es knistert nicht nur in Hansens Kaminfeuer des alten Hauses, wenn beide abends bei ihm zusammensitzen. Es knistert auch zwischen den beiden. Blicke, die verzaubern, treffen sich. Swantje erzählt noch stolz von ihrer Tochter Sarah. Sie ist jetzt 18 Jahre alt und im Internat in der Schweiz anscheinend gut aufgehoben. Spätnachts wechselt Swantje allerdings immer wieder brav in ihre Einliegerwohnung und verabschiedet sich mit den Worten: »Dann bis morgen, Herr Vermieter.« Hansen liegt dann wach in seinem Bett und denkt sich: Ach, wäre sie doch jetzt bei mir.

»Lass uns mal auf den Spuren der Kindheit radeln«, schlägt Swantje am nächsten Tag vor, und sie starten von Deichhausen aus nach Warwerort zum Golfplatz. Hier will Henry demnächst ein paar Abschläge üben und seine Platzreife erwerben. »Vorbereitung auf den Ruhestand« nennt er das, obwohl Swantje das mit 52 Jahren etwas verfrüht erscheint. Der »Leuchtturm« zwinkert dann aber leicht mit den Augen. Es geht über Kretjenkoog und Grothshof nach Grethshof bis zum Neuen Friedhof. »Lass uns mal zu Schneiders Bar in der Küstenperle fahren«, bietet Henry ihr an. Die beiden scherzen und lachen zusammen wie in alten Zeiten.

»Erst noch eine Currywurst bei Dalli-Dalli, ja?«, äußert Swantje ihre seltene Lust auf diese Art von länglicher Rundnahrung. Während sie dann in der Bar ihren Knallkööm trinken, wie die Einheimischen den Sekt nennen, kommt Swantje die wunderbare Idee, doch heute mal am Strand zu schlafen. »Da in der Perlebucht auf deiner Lieblingsinsel mit der ›360-Grad-Bar‹, da mieten wir uns einen dieser Strandschlafkörbe und verbringen da eine gemeinsame Nacht, mein Lieber.«

Henry glaubt sich verhört zu haben, wegen der gemeinsamen Nacht. Doch er willigt ein, denkt an das Lied »Tausendmal berührt ...« von Klaus Lage und schließt die Augen. Swantje bestellt schnell den Schlafkorb, sie holen sich noch Proviant und Getränke und genießen den Sonnenuntergang. Am nächsten Morgen ist Henry zuerst wach. Er küsst sie sanft auf die Wange. »Wenn ich meine Badehose finde, gehe ich schwimmen«, kündigt er an.

»Ich komme mit, nackt, so früh sieht uns doch keiner«, fügt sie hinzu, und beide stürzen sich hüllenlos in die sanfte Flut der Nordsee. Es ist erst 5.30 Uhr.

Swantje schlägt selig vor: »Zum Frühstück lade ich dich in die Strandbar ›54 Grad‹ in Sankt Peter-Ording ein, die haben diesen Grauburgunder mit dem schönen Titel ›Who the fuck is Sylt‹, mit dem stoßen wir an.«

Henry findet Swantjes Vorschlag großartig und meint: »In zwei Stunden haben wir die 40 Kilometer bis dahin locker mit dem Rad geschafft, dann warten wir, bis die aufmachen.«

Auch dieser Vormittag wird für die beiden Jungverliebten recht romantisch. Sie genießen ihre Nähe, ihr gegenseitiges Verstehen, ihre gemeinsamen Vorlieben und Abneigungen. »Warum hat es eigentlich bei uns nicht schon eher gefunkt?«, schnalzt Swantje und drückt sich dicht an den »Leuchtturm«, der zart lächelt, als sei er erst 25 Jahre alt.

Fast hätte Henry vergessen, dass er noch arbeiten muss. Merit schickt ihm schon gegen 12 Uhr eine Kurzmitteilung, ob er heute noch käme oder was so anläge. Gegen 13 Uhr meldet er sich kurz, er recherchiere noch wegen der alten Knochen in Sankt Peter-Ording. Doch Merit schmunzelt nur und denkt sich: Hatte er nicht gestern von einem Treffen mit seiner Swantje erzählt?

Fast wäre der Tag spurlos an dem Kripomann vorübergegangen, wenn nicht der Gerichtsmediziner gegen 15 Uhr eine kleine Bombe hätte platzen lassen. »Hansen, hören Sie? Halten Sie sich fest! Wir haben ihn. Ja, wie ich sagte, es ist ein Sechser im Lotto, zwei verlagerte Eckzähne. Jetzt hat sich sofort der Zahnarzt gemeldet, aus Bonn.«

»Aus Bonn?«, wirkt Hansen ratlos.

»Ja, der Behandelte war Heinz Kofalski und wurde seit 1978 vermisst. Das müssen Sie mal abgleichen, der steht in der Vermisstendatei, glaube ich. Jedenfalls hat Doktor Mirko Vanderbelt aus Bonn in seinem Hausarchiv die Röntgenaufnahmen von Kofalski gefunden. Er hat sich sofort an den seltenen Fall erinnert, denn sein Vater, der die Praxis vorher führte, behandelte Kofalski. Und Sohn Mirko promovierte über verlagerte Eckzähne. Da war ihm dieses Kofalski-Gebiss sofort geläufig. Das ist doch erste Sahne, oder, Hansen?«

Der Kriminaloberkommissar muss sich sammeln. Was hatte er da gehört? Ein Kofalski aus Bonn ist hier in Büsum vermutlich schon 1978 im Fundament eines Hauses am Kurpark versteckt worden. Warum? Wer hat ihn getötet und wie? »Ach, das ist ja großartig von Ihnen«, antwortet Hansen rasch noch dem Gerichtsmediziner, »schnell und gut, erstaunlich, also schicken Sie mir doch alles rüber, was Sie haben. Ich werde versuchen, diesem Kofalski auf die Spur zu kommen. Bonn, sagen Sie, tja, dieser Mirko Vanderbelt ist sicher auch einen Besuch wert, aber eines interessiert mich doch noch, wie ist denn unser Kofalski ums Leben gekommen? Haben Sie denn eine Todesursache gefunden?«

»Och, Hansen, Sie nerven. Jetzt habe ich Ihnen in Windeseile die Identität des Mannes geliefert, Sie können wochenlang recherchieren und sind zugleich undankbar, dass ich noch nicht die Todesursache habe. Nach 40 Jahren Todesschlummer im dunklen Fundament! Was erwarten Sie denn?«

Hansen ist reumütig: »Ist ja gut, ich meinte nur, Sie lassen doch nicht locker, oder?«

Der Gerichtsmediziner seufzt kurz: »Nein, wie sollte ich?«

Hansen informiert die zuständigen Stellen vom Landeskriminalamt bis zur Europapolizei in Prag, von den Bonner Kollegen bis zu seinen Vorgesetzten in Itzehoe. »Ja, natürlich fahre ich nach Bonn«, verdeutlicht er gegenüber den Kollegen seine Absicht, die Sache selbst voranzubringen. Und so ist er mit seiner jungen Assistentin Merit am nächsten Tag auf dem Weg nach Bonn. Ziel: Praxis Doktor Mirko Vanderbelt, Bachstraße.

»Hansen, guten Tag, mein Name ist Henry Hansen von der Kripo aus Büsum, ich hatte Ihnen ja schon am Telefon erzählt, worum es geht. Dürfen wir reinkommen?«

Mirko Vanderbelt antwortet freundlich: »Gern, wir haben alles vorbereitet. Mein Vater wartet schon mit den Röntgenaufnahmen von dem Herrn Kofalski.«

Hansen wirkt ungestüm, so sehr packt ihn dieser Fall. Er fragt: »Haben Sie eine Erinnerung an diesen Heinz Kofalski, Doktor Vanderbelt?«

Der lächelt sanft und fragt nur: »Für wie alt halten Sie mich, Herr Hansen? 50 Jahre, so wie ich Ihr Alter vermute? Dann wäre ich damals zehn Jahre alt gewesen und hätte meinen Dad gefragt: ›Papa, diese Füllung gehört aber mir bitte, ja?‹«

Jetzt schmunzelt auch Hansen. »Okay, Sie sind 39 jetzt und Ihr Vater so um die 80, natürlich ist er derjenige, der Kofalski behandelte, sollte mir gleich klar gewesen sein.«

Merit amüsiert sich über den Fauxpas ihres Chefs und lächelt zufrieden.

Was der Vater von Mirko über seinen einstigen Patienten Heinz Kofalski, geboren 1945 in Sankt Peter-Ording, 1,80 Meter groß, Verwaltungsangestellter, so erzählt, gibt Hansen viele Rätsel auf. Doktor Richard Vanderbelt erwähnt zunächst die beiden verlagerten Eckzähne. Das war schon sehr außergewöhnlich, aber Kofalski ignorierte sie. Er wollte sie so im Gaumen ruhen lassen. Dann befielen ihn oft Zahnschmerzen an den Backenzähnen. »Ich habe ihm zu einer Generalsanierung seines Gebisses geraten, ein Abwasch, ein paar Termine, dann aber die nächsten 30 Jahre Ruhe, doch er wehrte sich heftig. Er hatte Angst, vor allem Möglichen hatte er Angst. Ich weiß nicht, warum. Er schaute einem auch nie in die Augen, nie.« Doktor Richard Vanderbelt macht eine Pause und blickt Hansen und seine Assistentin Merit Hoyer direkt an.

»Ich habe ihn zuletzt, warten Sie, so etwa im Herbst 1978 hier gesehen, in meiner Praxis. Das genaue Datum steht zwar auch in den Akten, aber ich erinnere mich, dass er und ich fassungslos waren, weil am Vortag bei der Fußballweltmeisterschaft in Argentinien Österreich die Deutschen mit 3:2 besiegt hatte und damit aus dem Turnier warf. Das war die ›Schmach von Cordoba‹, Helmut Schön als Bundestrainer trat zurück. Also, Kofalski ließ sich einen Backenzahn neu füllen, aber nur einen. Er hatte aber mehrere, die schmerzten, weil sie Löcher hatten. Ich riet ihm dringend zu weiteren Terminen, doch er sagte, er müsse verreisen. Danach habe ich ihn nie wiedergesehen. Sagen Sie, woran ist er denn gestorben?«

Hansen wirkt nachdenklich. »Das wissen wir leider auch noch nicht. Alte Knochen nach 40 Jahren geben wenig Auskunft. Unser Gerichtsmediziner hat dem Guten ja immerhin auf den Zahn gefühlt. So sind wir zu Ihnen gekommen, wofür wir sehr dankbar sind, Herr Doktor Vanderbelt.

Sie und Ihr Sohn haben uns sehr geholfen. Es kann sein, dass wir demnächst noch weitere Fragen haben. Ach, eins noch: Wie lebte dieser Kofalski? Er war doch damals erst 33 Jahre, ein junger, stattlicher Mann. Hatte er Frau und Kinder, war er unverheiratet, was wissen Sie?«

»Ich pflege mich ja nicht um das Privatleben meiner Patienten zu kümmern, lieber Herr Kommissar, schon gar nicht meiner Patientinnen, mein Ruf wäre ruiniert, noch bevor sich der Bohrer ausgedreht hätte«, beginnt Doktor Vanderbelt seinen Vortrag, »doch dieser Kofalski interessierte mich irgendwie. Er wirkte, wie gesagt, ängstlich. Ich fragte ihn nach seiner Herkunft Sankt Peter-Ording. Da sei seine mit ihm schwangere Mutter aus Polen in den letzten Kriegstagen mit dem Umweg über Dänemark gelandet, auf der Flucht, sie habe ihn dort in dem Küstenort zur Welt gebracht, seinen Vater habe er nie kennengelernt. Mein Patient lebte wohl allein dort mit seiner Mutter bis zu seinem Abitur, dann ging er irgendwo in die Lehre. Was ihn dann nach Bonn verschlug, weiß ich nicht. Er sagte nur immer, ihn ziehe es wieder an die Küste, nach Eidelstedt.«

»Sie meinen wahrscheinlich Eiderstedt, die Halbinsel bei Husum mit Sankt Peter-Ording an der Spitze. Es zog ihn also in seine Heimat. Wie hieß denn seine Mutter und hatte er hier Freunde oder Freundinnen?« Hansen kann seinen Fragestrom kaum stoppen.

»Das weiß ich nicht, warten Sie, doch, er erzählte einmal von einer Freundin, die hieß Betty Johannsen, also vermutlich Bettina. Den Namen habe ich mir komischerweise gemerkt, weil mich das an eine Cousine erinnerte.

Ich bin mir sicher, die Betty kam wie er auch oben von der Küste. Ich meine, der hätte das auch erwähnt. Sicher bin ich mir nicht.«

Hansen und Merit verabschieden sich. Merit ist noch völlig aufgedreht, als sie in den Zug steigen, um nach Büsum zurückzufahren. »Der alte Zahnarzt weiß bestimmt noch mehr, aber alles so präzise, der hatte mit seinen 80 Jahren ja alles an Wissen parat. Kompliment.«

Was sie und noch mehr ihren Vorgesetzten Henry Hansen in den nächsten zwei Stunden mehr erschreckt, ist ein Vermerk des Europäischen Nachrichtendienstes, den Hansen auf seinem Tablet sieht. Er hatte die Ermittlungsergebnisse schnell im Zug protokolliert, alles an seine Dienststelle geschickt und um mehr Informationen zur Person Heinz Kofalski gebeten. Fotos des Mannes sind vorhanden, Daten liegen vor, doch jetzt kommt plötzlich dieser Vermerk: »Bitte geben Sie die Ermittlungen im Fall Kofalski augenblicklich an den Europäischen Nachrichtendienst ab, Abteilung Auslandsspionage. Sie sind nicht befugt, hier weitere Nachforschungen anzustellen. Kriminaloberkommissar Henry Hansen, bitte bestätigen Sie diese Anordnung umgehend.«

*

Hansen, die »Nase«, wie ihn seine Freunde nennen, versteht nicht recht. Es lässt ihm keine Ruhe. Warum soll er aufhören? Er fragt bei seinen Vorgesetzten im Kieler Landeskriminalamt an. Doch er wird hier genauso abgewimmelt wie beim Europäischen Nachrichtendienst.

Hansen wird langsam klar: Dieser Kofalski hatte mit

Geheimdiensten zu tun, aber warum? Wie starb er? Was wollte er in Büsum? Lebt seine Mutter noch? Vorstellbar wäre das. Sie könnte dann etwa 92 Jahre alt sein. Und wer ist diese Freundin Betty oder Bettina Johannsen? »Aber ich darf ja nicht ermitteln«, sagt er zu Merit, die nur den Kopf schüttelt.

»In der Provinzhauptstadt Berlin, also da wimmelte es ja früher nur so von Spionen, und hier haben wir gerade mal vielleicht einen und dürfen nicht. Warum nicht, das ist doch unser Job, unsere Pflicht, Herr Hansen, tun Sie doch was!« Merit bedrängt ihren Chef.

Der Kripomann spürt diesen Konflikt in sich. Alkohol wäre jetzt auch keine Lösung, denkt er sich, obwohl es ihn schon reizen würde, sich mal einen starken Gin einzuschenken oder einen Whisky, so richtig rauchig. Mit Swantje darf er nicht einmal über seinen Gewissenskonflikt reden, alles streng geheim. Mit Merit geht es schon, aber was soll er tun, wirklich alles ruhen lassen? Wer weiß, welcher Geheimdienstverschwörung er da auf die Spur käme. Wenn er aber weitermacht, riskiert er ein Disziplinarverfahren, im schlimmsten Fall ist er seinen Job los und sitzt am Ende hinter Gittern. Oder muss er sogar um sein Leben fürchten, wenn ausländische Geheimdienste beteiligt waren?

Es ist eine vertrackte Situation, wie er sie nie zuvor in seinem Dienst erlebt hat. Schon oft kam er den ungewöhnlichsten Tätern auf die Spur, egal ob sie zum Champagner-Establishment gehörten oder sich gegen die Austernzucht einsetzten. Der erfahrene Polizist wendete bisweilen auch Ermittlungsmethoden an wie heimliches Abhören, aber er konnte das immer rechtfertigen. Hansen verstand seinen Beruf auch als Ausdruck von Gerechtigkeit. Niemand sollte ungeschoren davonkommen. »Genau, das ist es auch«, sagt er schließlich zu sich, »die Täter, die diesen Kofalski aus dem Weg schafften, die laufen möglicherweise frei herum. Ihre Tat bleibt unerkannt und womöglich gedeckt durch die Geheimdienste. Das kann ich nicht hinnehmen. Ich muss weitermachen. Heimlich, versteht sich.«

Merit wird zu seiner vertrauten Seele, die seinen Ideen folgt, ihnen widerspricht und selbst neue beisteuert. Beide sind wie gefangen von der Vorstellung, vor ihren Füßen die Hinweise für einen 40 Jahre alten Mordfall aus Geheimdienstkreisen zu haben. »Wir müssen diese Betty aufspüren, Hansen, ich kümmere mich darum, geben Sie mir einen Tag Zeit, bitte«, legt Merit los.

»Gern auch zwei, Merit«, kontert Hansen gelassen, »hast du schon mal eine Stricknadel im Schlick gesucht? Na gut, dann versuche ich es mit Kofalskis Mutter aus Sankt Peter-Ording, auf in die Pflegeheime!«

KAPITEL 6
UNERHÖRT UND ABGEHÖRT

Büsum 1976 bis 1977

1976 ist wieder Bundestagswahl, und Willy Brandt bleibt auf der Welle hoher Anerkennung, was auch meinem Gefühl entspricht. Sein Traumergebnis von 45,8 Prozent für die SPD im Jahre 1972 verfehlt er nur knapp. Diesmal sind es 43 Prozent. Die Koalition mit der FDP hält weiterhin, Walter Scheel bleibt Außenminister, Hans-Dietrich Genscher Innenminister. Meine Gedanken sehen so aus: Zwar nehmen wir den Bundeskanzler Willy Brandt als Außenpolitiker wahr, aber Scheel flankiert das gekonnt als sein treuer Gefährte. Er füllt gerade auch in der Ostpolitik das aus, was Brandt grob skizziert. So kann das Duo auf dem Feld seine Arbeit erfolgreich fortsetzen. Das gefällt freilich nicht allen. Im Jahr 1977 lebt Willy Brandt tatsächlich sehr gefährlich, das möchte ich hier dick unterstreichen. Aber warum? Zum einen gibt es militante Moskauhasser. Die Tote Armee Fraktion (TAF) überzieht die deutschen Institutionen mit Terror und schreckt auch nicht vor gezielten Morden zurück. Die TAF möchte verhindern, dass sich Deutschland zu sehr Moskau annähert. Ob diese Typen im Auftrag des CIA morden, bleibt eine vage Vermutung. Denkbar wäre es. Den Terroristen gelingt es, einen Bankvorstand in Frankfurt zu töten, dessen Bank umfangreiche Kredite an Russland gewährt. Darauf reagiert das gesamte

Bundeskabinett mit einer Mischung aus Härte und Augenmaß. Für uns Bürger ist zu der Zeit das Wichtigste: Wir haben keine Angst. Und das liegt auch an Willy Brandt, denn er findet die richtigen Worte in seinen Ansprachen im Fernsehen, wie ich finde. Diese langsame, überlegt wirkende Sprechweise, diese pointierten Sätze, dieser zuversichtliche Gesichtsausdruck – das beeindruckt damals nicht nur mich. Wir sind uns gewiss, dass diese Verbrecher schon gefasst würden. Hans-Dietrich Genscher (FDP) als Innenminister ist der ideale Mann, um diesen Kurs von Härte und Augenmaß auch umzusetzen.

Aber: Brandt selbst ist gefährdet. Niemand weiß, ob nicht er bald entführt oder erschossen werden sollte. Also wird sein Schutz massiv verstärkt. Büsum besucht er in den Monaten nicht mehr, wie ich aus sicherer Quelle weiß. Es ist wohl den Personenschützern zu riskant, ihn dort zu sichern. Das Dreigestirn aus Brandt (SPD), Scheel (FDP) und Genscher (FDP) bewährt sich in diesen Tagen mit dem Schutz der Menschen und der demokratischen Ordnung. So viel steht für mich jedenfalls fest.

Zum anderen lebt aber der deutsche Bundeskanzler in jenen Tagen aus einem weiteren Grund sehr gefährlich, und der liegt weiter im Westen. Die USA haben ihn nach dem grandiosen Ankoppelungsmanöver im Weltraum intern zur fragwürdigen Person erklärt. Offiziell feiern sie ihn natürlich weiterhin als »lieben Freund«, der auch bei seinen nächsten Besuchen in Washington immer neue und höhere Kreditzusagen für das hochverschuldete Land im Gepäck hat. Künftig soll aber jeder seiner Schritte, jedes seiner Gespräche abgehört werden, lautet der Beschluss von CIA und Präsident. Woher ich das weiß? Na, Siggi Böhlmann ist doch mein Kontaktmann und hat mir das später so erzählt. Der Vertraute Willy Brandts hat mir hin und wieder etwas verraten, so ganz im Vertrauen. Daran habe ich mich natürlich immer gehalten. Bis heute, da ich diese Memoiren noch einmal überarbeite. Schließlich bin ich auch nicht mehr so jung, da sollte man alles einmal zu Papier gebracht haben, damit die Nachwelt Bescheid weiß (später hinzugefügt).

Also die Amis hören den deutschen Bundeskanzler ab. Es ist ja noch die Zeit vor der deutschen Wiedervereinigung im Jahr 1978, da spielt alles noch in Bonn. Im dortigen Kanzleramt ist es schwer, die Telefonleitungen anzuzapfen. Dagegen ist ein Mithören der Gespräche in der Büsumer Wohnung einfacher. Der amerikanische Geheimdienst mietet daher im Hochhaus ein Stockwerk unter Brandts Penthouse eine Ferienwohnung und lässt darin eine Agentin wohnen. Sie hat Richtmikrofone und kann die Gespräche, die in Brandts Wohnung geführt werden, mühelos aufnehmen. Schuld sind seine Personenschützer und die ganze Spionageabwehr, denen allen dieser Coup der Amerikaner vorerst nicht auffällt. Vorerst, sonst wüsste ich es ja auch nicht, oder?

Doch in den deutschen Annalen stehen Sätze wie dieser: Brandt kann derweil weitere politische Fortschritte einleiten, die den Kontinent tatsächlich verändern. »Wir Deutschen wollen ein Volk guter Nachbarn sein«, hatte Brandt schon 1969 bei seinem Amtsantritt gesagt. Damit sind Polen und Frankreich gemeint, die unendliches Leid durch Nazi-Deutschland erlitten hatten. Doch jetzt zeigt sich, er meint auch die DDR. Auf Zypern trifft er sich nun mehrmals mit Erich Honecker, dem führenden Kopf der DDR, sowie mit weiteren Mitgliedern des Politbüros. Dazu bittet er auch den Vorsitzenden des Präsidiums des Obersten Sowjets, Leonid Iljitsch Breschnew. So leitet Willy Brandt die Einheit Deutschlands ein. Das kann ich nicht oft genug betonen. Das ist ein Meilenstein in der deutschen Geschichte. Ich bin froh, das mitzuerleben.

Brandt hat ein »Händchen«, wie es so schön heißt. Der Bundeskanzler kann die deutsch-russische Vergangenheit bei seinen Vorträgen und Gesprächen in Russland immer wieder rasch auf den Punkt bringen: Im Siebenjährigen Krieg besetzten russische Truppen Berlin, im Ersten Weltkrieg konnte Deutschland den Zaren stürzen lassen und zwang Russland einen brutalen Frieden auf. Es kam noch schlimmer: 1941 überfiel Nazi-Deutschland Russland, und 20 Millionen Russen, Weißrussen und Ukrainer ließen ihr Leben. Das rächte sich. Die Sowjetarmee kam bis zur Elbe und blieb bis zur deutschen Wiedervereinigung. Millionen Deutsche mussten nach Kriegsende fliehen, denn ihre Heimat im Osten war verloren.

Was mir jetzt erst klar wird: Brandt selbst war Flüchtling, der in Norwegen Asyl fand. Er hatte im Untergrund in Deutschland gegen das Nazi-Regime gekämpft. All das macht ihn heute bei den Russen glaubwürdig und geachtet. Moskau will dauerhaft Frieden und ist allein schon wegen der unerträglich hohen Kosten für die ständige Aufrüstung um einen verlässlichen Frieden mit Europa sehr bemüht. Die Amerikaner sind noch stärker geschwächt, leben finanziell über ihre Verhältnisse. Brandt sollte also die deutsche

Einheit rasch vollziehen können und gern auch noch seinen Traum vom vereinten Europa verwirklichen. Doch diesen zweiten Schritt will Moskau nur mitgehen, wenn es auch die Macht über Europa übernehmen kann. Moskau soll also die europäischen Staaten zumindest mitregieren, lautet die Forderung.

Das Wahnsinnige ist: Breschnew und der russische Geheimdienst KGB wissen, dass genau das nur schwer zu erreichen sein würde. So lassen auch sie Brandt zur Sicherheit abhören (später hinzugefügt). In Bonn haben sie dazu ein paar Männer in den Paketdienst des Bundeskanzleramtes eingeschleust. Doch die sind zu weit weg vom Auge der Macht in Brandts Büro. Und da die Gespräche des Bundeskanzlers auf Zypern sehr einfach abzuhören sind, wohin Brandt zu den Verhandlungen ständig reist, sind die Russen genau im Bilde, was er denkt und plant. Es läuft also ganz hervorragend, denn Brandt hat die russische Seele verinnerlicht, er kann sich die Ängste und Wünsche genau vorstellen. Doch ein vereinigtes Europa mit Regierungssitz im Kreml, das ist für Brandt dann doch eine Unmöglichkeit. Danke, Siggi Böhlmann, dass du mir damals so viel aus deinen Gesprächen mit dem Bundeskanzler verraten hast (später hinzugefügt).

Als die Bonner Paketlieferanten, die ja alle Sicherheitsüberprüfungen überstanden haben, einmal nach Büsum geschickt werden, können sie 20 Abhörwanzen in der Wohnung Brandts anbringen. So ist also auch der KGB im Bilde, was in Büsum in der Umgebung des Bundeskanzlers gesprochen wird.

Das alles passiert im Sommer 1977. Die CIA-Agentin unter Brandts Penthouse heißt übrigens Sieglinde Diekmann. Sie erfährt offenbar nichts von den KGB-Aktivitäten, wie ich vermute. Sie meldet brav alles Gehörte an den CIA in die USA. Sieglinde Diekmann in Shorts, mit offener Bluse ist mit ihren 33 Jahren eine flotte Frau, die zu meinem großen Ärger auch auf Siggi Böhlmann angesetzt wird. Schließlich wäre es noch besser, Geheimnisse von ihm aus erster Hand zu erfahren, lautet das Kalkül. Das ärgert mich wahnsinnig (Seite mit wilden Drohungen gegen diese Zimtzicke später entfernt).

In den Zeitungen ist derweil zu lesen: Die Gespräche auf Zypern zwischen Willy Brandt, Erich Honecker und Vertretern aus osteuropäischen Ländern sowie Moskau werden zum geheimen Motor der Entwicklung zu einem deutschen Staat. 1978 gelingt der Schritt, aus zwei deutschen Staaten wieder einen zu machen. Das Beste aus beiden Ländern wird umgesetzt, wie Brandt und Honecker erklären. Das reicht vom Abfall- und Recyclingsystem SERO (Sekundärrohstofferfassung) der DDR bis zur kostenlosen Kindergartenbetreuung für alle Kinder bis sechs Jahre und auf Wunsch nach der Schule so lange, wie es die Eltern möchten. Es wird ein halbjähriger Pflichtdienst an der Gemeinschaft für alle jungen Menschen ab 18 Jahren eingeführt, für Mädchen und Jungen gleichermaßen. Dabei ist die Arbeit in Pflegeeinrichtungen genauso enthalten wie die im Bauernhof oder in der Entwicklungshilfe. Als Datum der Gründung des neuen Staates wird der 17. Juni 1978 gewählt, als Erinnerung an den Arbeiteraufstand an dem Tag in der DDR des Jahres 1953.

Kurios finde ich noch dieses: Allein die Namensfindung für den neuen deutschen Staat bereitet anfangs Probleme. Die Vorschläge reichen von den »Vereinigten deutschen Provinzen« (VdP) bis zur »BDDR« oder »Neues Deutschland«. Schließlich heißt das neue Land dann schlicht »Republik Deutschland« (RD). Sitz der Regierung ist Berlin. Brandt muss also umziehen. Die Wohnung in Büsum ist davon natürlich nicht betroffen. Und so kann sich Willy Brandt mit seinem vertrauten Mitarbeiter Siegfried Böhlmann bei romantischen Sonnenuntergängen vom Penthouse aus die Wattwelt weiterhin genüsslich anschauen. »Was haben wir es gut, mein Lieber«, pflegt Brandt dann zu sagen, »die deutsche Einheit ist vollbracht, mein Herzensanliegen, und Sie, Böhlmann, haben mir dabei immer geholfen. Sie sind mehr als ein Aktenträger. Ich werde Sie befördern lassen, zwei Gehaltsstufen höher, die Stelle wird neu geschaffen, das habe ich mit meinem Kanzleramtsminister schon geklärt. Brandy?«

Böhlmann ist ganz gerührt, wie er mir später sagte. Ihm standen dabei die Tränen in den Augen. Er war der Hilfsarchitekt der deutschen Einheit. Mit seinen 33 Jahren ist er der entscheidende Wegbereiter geworden. 1978 war »sein« Jahr. Und mit dieser Beförderung steht er besser da als jemals gedacht. Böhlmann antwortet fröhlich und zielgenau, denn er weiß ja, was im Schrank steht: »Ja, Herr Brandt, einen *Five Kings premium* aus Zypern, bitte!« Beide stoßen an, setzen sich, Brandt will sich eine Zigarette anzünden, findet aber keine. »Ich soll doch aufhören mit dem Rauchen, Böhlmann, das strengt mich sehr an«, beklagt er sich. Er hat daher nur noch selten Zigaretten bei sich. Doch auch hier zeigt sich das Organisationstalent eines mitfühlenden Nichtrauchers. Böhlmann zieht eine Schachtel »Ernte 23« aus der Tasche und sagt knapp: »Hier!«

Schrill, dass ich auch das noch erfuhr, mit Dank an Siggi: Brandt legt eine Schallplatte auf. »›Night Fever‹ von den Bee Gees finde ich toll«, sagt er dazu und swingt seinen Körper befreit durch die Wohnung. Böhlmann macht mit. Beide müssen lachen. Da hätte ich zu gern zugeguckt.

Sieglinde Diekmann eine Etage tiefer, diese Zimtzicke, muss sich doch sehr über diese Musik aus der Wohnung des Bundeskanzlers gewundert haben. Er hat sie schlicht zugedröhnt, so dass sie nicht mehr vernehmen kann, was sich Böhlmann und Brandt nun zu sagen haben. Dabei muss es hier schon um die nächsten Schritte gegangen sein, nach der deutschen Einheit nun die Vereinigung Europas einzuleiten, wie es Breschnew vorgeschlagen hatte (später hinzugefügt).

KAPITEL 7
KEINE SPUR VON BETTY?

Büsum 2019

Peer trägt einen schwarzen Anzug mit Krawatte, als er am Büsumer Helgolandkai aus dem Auto steigt. »Wo kommst du denn her, Beerdigung?«, quatscht ihn Henry Hansen an, der gerade mit seiner Kollegin Merit auf einem Tandem den Hafen abfährt.

»Nee, Herr Kommissar, ich will wieder schnorren heute Abend, und da muss ich mich doch entsprechend anziehen. Heute geht es zur Goldenen Kamera nach Hamburg, erste Reihe, VIP-Empfang mit Barbara Schöneberger«, sagt Peer.

»Ach so«, kontert Hansen, »und das ist deine Verkleidung. Du stellst dich einfach zu den wichtigen Leuten, tust wichtig, keiner weiß, wer du bist, aber keiner traut sich zu fragen, um nicht sein Unwissen zu zeigen, wer dieser Promi wohl sein könnte. Ist das deine Masche?«, bohrt Hansen nach, den es mächtig ärgert, dass dieser Peer Taubald in mehr als 1.010 Fällen ohne Eintrittskarte und ohne zu bezahlen zu allen möglichen Events kommt.

»Nein, so einfach ist das nicht«, wehrt der ab, »aber du wirst es bis zu deiner Rente sicher noch herausfinden. Ich schreibe vielleicht bald ein Buch darüber, dann kannst du alles nachlesen.« Hansen schüttelt den Kopf und wünscht gute Reise.

Zusammen mit Merit ist er auf der Suche nach Betty Johannsen, der angeblichen Freundin des toten Heinz Kofalski, dessen Knochen noch immer in der Gerichtsmedizin liegen. »Wir haben ja alles durchgeschaut, Chef, Johannsens gibt es wie Sand in Büsum, aber keine Betty oder Bettina, die passen könnte.«

»Tja, ich glaube auch, die wird einen anderen Namen tragen. Wir müssen es noch mal bei Doktor Richard Vanderbelt in Bonn versuchen. Wir laden ihn und seinen Sohn nach Büsum ein, dann können wir gemeinsam suchen«, schlägt Hansen vor.

»Super Idee, ich finde den Sohn ja so liebenswert, wäre was für mich. Was macht eigentlich Swantje? Ist die jetzt bei Ihnen eingezogen – in die Einliegerwohnung – oder liegt sie bei Ihnen?«

Hansen lächelt nur. »Der Genießer schweigt?«, fragt Merit halblaut, um sich dann rasch zu korrigieren. »Tut mir leid, Chef, diese Ausfragerei ist eine Berufskrankheit, bei Kollegen sollte man das wohl besser lassen«, gibt sie zu verstehen.

»Du bist doch einfühlsam, Merit, lass gut sein, Swantje wohnt in der Einliegerwohnung, aber nur vorübergehend. Wir schauen mal. Sie wird sich hier und da bewerben.«

Nur drei Tage später sind die beiden Zahnärzte aus Bonn in Büsum eingetroffen. »Wirklich schön hier, lasst uns mal zum roten Turm am Molenende gehen«, schlägt Mirko Vanderbelt vor. Hansen und seine junge Kollegin folgen dem Zahnarzt und seinem Vater Richard bereitwillig. Sie laufen über das Grün, genießen Sitzbänke und Aussicht, und die beiden Bonner sind angetan von ihrem Ausflug in den Ferienort. »Ich habe noch mal nachgedacht«, beginnt

Doktor Richard Vanderbelt dann seinen Bericht über den Toten und seine Freundin. »Diese Betty Johannsen, Kofalskis Freundin, die muss für ihn eine wichtige Person gewesen sein, sie war klein, schlank, hatte kurze schwarze Haare, soweit ich mich an ein Bild erinnere, das er mir mal zeigte. Sie segelte und kam hier aus Sankt Peter-Ording oder der Nachbarschaft. Sie aßen gern Fisch zusammen und tranken Grog. Sie war quirlig, sagte er immer. Sie zog sich bunt an, war umtriebig.«

Während die vier auf einer der Bänke auf dem Deich sitzen und so plaudern, ergibt sich ein eigenartiges Bild. Doktor Vanderbelt senior doziert über die Freundin. Seine Augen leuchten. Hansen hört zu und schweigt, als wollte er eine Tonbandaufnahme nicht durch lästige Ähs oder Zwischenfragen verhunzen. Merit schaut derweil den Sohn Mirko ganz verliebt an. Ihre Augen werden größer, sie kann nicht mehr zuhören, sondern möchte am liebsten am Tideschreibpegel eine weitere zu den rund hundert vorhandenen Liebesbotschaften einritzen. Sie träumt von ihrem Traummann. Dabei ertappt sie sich gerade, denn sie ist ja im Dienst und zudem keine 16 mehr. Kann man sich so verknallen, also zunächst mal in Gedanken? Merit schüttelt kurz den Kopf bei diesen Gedanken. Dann wendet sie sich ihm zu, so neutral wie möglich.

»Doktor Vanderbelt«, flüstert Merit ihm zu, »nachher zeige ich Ihnen meine Lieblingsbucht.«

Der 39-jährige alleinlebende Zahnarzt ist zwar zunächst überrascht über so viel Aufmerksamkeit, aber nach einer knappen Stunde gehen die beiden am Leuchtturm vorbei die Küstenlinie Richtung Norden zur »Watt'n Insel« und setzen sich in einen dieser geräumigen Strandkörbe zum Übernachten – zunächst einmal zur Probe.

Derweil hat Hansen den 80-jährigen Vater zu einer Büsumer Krabbensuppe eingeladen. Sie sitzen nahe am »Erlebnisbad Piraten Meer« und blicken aufs Meer. »Herr Doktor Vanderbelt, Sie können mir vermutlich sehr helfen«, bekräftigt Hansen und setzt seine ganze Hoffnung darauf, weitere Details über Betty Johannsen zu erfahren. »Wir haben schon alles untersucht, wie Sie sich denken können, aber in ganz Eiderstedt gibt es niemanden, der so heißt, so hieß oder irgendwie damit in Verbindung gebracht werden könnte. Vielleicht ist sie lange tot oder lebte gar nicht hier. Wir bräuchten weitere Hinweise, Details, die zu ihr führen.«

»Dieser Kofalski fuhr öfter nach Büsum, um Betty zu besuchen«, kramt Doktor Vanderbelt weiter in seinen Erinnerungen von vor 40 Jahren. »Kofalski hatte beim letzten Mal, als ich ihn behandelte, mehrere schmerzende Backenzähne. Ich erzählte Ihnen davon. Aber er wollte sie nicht von mir behandeln lassen. Kofalski wollte nach Büsum. Da riet ich ihm, am Wochenende zur Notfallbehandlung zu gehen. Ich habe mir das jetzt überlegt, Herr Kommissar, prüfen Sie doch mal genau die Zahnärzte, die es damals gab, und lassen Sie mich mal einen Blick auf das Gebiss werfen, bitte.«

Hansen erzählt dem Zahnarzt nicht, dass er offiziell nicht mehr ermitteln darf. Doch er ist sich sicher, dass er damit richtigliegt, weiterzumachen. Hier schlummert ein großer Fall, den es aufzuklären gilt. Er hätte gegen seine inneren Überzeugungen gehandelt, wenn er aufgehört hätte. Nun findet er in Doktor Vanderbelt einen Vertrauten, den er zu gerne in seine Ermittlungen einbezieht. Der Polizist spürt eine Verbundenheit, die seine junge Kollegin ein paar Kilometer weiter im Strandkorb auf andere Weise erlebt – zu dessen Sohn. Sie küssen sich im Strandkorb leidenschaftlich. Sie werden zwar zunächst rot dabei, doch dann halten sie sich fest, liegen sich lange in den Armen, schieben gegenseitig ihre T-Shirts ein wenig hoch. Es hüpfen Schmetterlinge im Bauch – bei beiden.

»Diese Seeluft, Merit, diese Seeluft macht mich ganz high«, schnalzt Mirko. Merit küsst ihn sofort wieder. Sie haben ihre Scheu abgelegt. »Ich tanz dir meinen Namen«, kündigt der Bonner an und hüpft auf einem Bein durch das warme ablaufende Wasser im Watt vor dem Strandkorb.

»Ich reservier uns den Schlafstrandkorb für heute Nacht«, geht Merit in die Vollen. Ihr ist klar, wie schmal der Grat ist, einerseits als Polizistin ernst genommen zu werden und ihre Rolle auszufüllen, andererseits ihren Gefühlen nachzugeben. Ähnliches ist ihr auch noch nicht passiert. Aber wenn es nun gerade so kommt, warum sollte sie abwarten, überlegt sie sich. Sie muss auf niemanden Rücksicht nehmen als Single. Sie holt tief Luft. Mirko wird ihr später Ähnliches erzählen. Auch ihm kommen zunächst Zweifel, solche emotionalen Ausbrüche zuzulassen. Das ist für ihn gänzlich ungewohnt. Zwar sehnt er sich schon länger nach einer Frau, aber ob das so auf diese Weise zum Ziel führt, denkt er sich, das ist sehr fraglich. Ihm lägen eher Bekanntschaftsanzeigen mit häufigen Treffen und langwierigen Gesprächen. Da fühlt er sich sicherer. Einziger Schwachpunkt: Er hat auch das nie versucht, sondern nur davon geträumt.

Hansen und Vater Vanderbelt ahnen noch nichts von dem Techtelmechtel. Doch sie gehen dafür andere Schritte, und das ebenfalls sehr erfolgreich. Hansen kontaktiert den Gerichtsmediziner in Lübeck. »Können Sie noch mal beim Toten Kofalski, der mit den Knochen, Sie wissen schon, das Gebiss über diese Skypeverbindung auf meinem Handy zeigen? Ich habe hier neben mir Doktor Vanderbelt, der ihn behandelte. Er hat da eine Frage«, beginnt Hansen das Gespräch kurz nach 17 Uhr.

»Ach, Hansen, Sie wissen, dass ich nichts weiter an Auskünften über den Toten geben darf? Sie wissen, dass es da diese Sperre gibt! Sie ermitteln offensichtlich weiter. Hansen ...«, klingen die Worte des Gerichtsmediziners zunächst abweisend. Dann lässt er eine bedeutsame Pause. »Mensch, Hansen, Sie sind ein harter Hund, wenn ich Sie nicht schon so lange kennen würde, ich würde mit Ihnen gar nicht mehr reden, aber ich weiß, wie Ihnen zumute ist, und wir hier sind auch sehr gespannt auf das Ergebnis, also geben Sie mir diesen Doktor Vanderbelt, es ist ja auch ein kurioser und historisch einmaliger Fall, Hansen. Außerdem ist es jetzt nach 17 Uhr, wir telefonieren ja in meiner Freizeit, verstehen Sie?«

»Hier, Vanderbelt, hören Sie, ich möchte mal die Backenzähne von dem Guten sehen, könnten Sie da mal nachschauen, denn da habe ich einen ganz bestimmten Verdacht«, fordert der Zahnarzt den Gerichtsmediziner auf. »Zeigen Sie mir mal den 3-6er Zahn, ist der unverschlossen?«

»Ja, offen wie ein Scheunentor, Verehrter, das war mir gar nicht aufgefallen«, entgegnet der Gerichtsmediziner. »Der Fall wird immer interessanter. Soll ich mal eine Gewebeprobe nehmen, eine Probe vom Wurzelfüllmaterialrest und dann ab zur Spektralanalyse?«

»Genau das«, lobt ihn Doktor Vanderbelt, »wann können wir mit einem Ergebnis rechnen?« Der Zahnarzt ist nun auch auf den Geschmack gekommen, ein wichtiges Zahnrad in diesem mehrfach ungewöhnlichen Fall geworden zu sein.

»Morgen 15 Uhr dürfte alles vorliegen, ich gebe das sofort in Auftrag. Ach übrigens, denken Sie, dass da die Todesursache versteckt liegt? Wenn wir die haben, dann könnte ich wieder ruhiger schlafen, denn ein ungelöster Todesfall, das macht selbst mir zu schaffen, auch wenn alles 40 Jahre zurückliegt.«

Doktor Vanderbelt strahlt über das ganze Gesicht. »Ja, ich kann mir das sehr gut vorstellen und sage Ihnen morgen auch, warum. Wir hören uns wieder, wie war noch Ihr Name?«

Der Gerichtsmediziner bleibt gern anonym. »Sagen Sie einfach Walter zu mir«, schlägt er vor.

»Gut, Walter, dann bis morgen«, verabschiedet sich Doktor Vanderbelt.

Der Tag endet anders, als von allen erwartet. Merit und Mirko machen es sich im Schlafstrandkorb bequem. Vater Richard lacht amüsiert, als er davon kurz per Handy hört, und nimmt die Einladung Hansens an, der ihm ein Zimmer im Hotel »Hafen Büsum« gebucht hat. Betty ist zwar weiterhin unentdeckt, aber alle vier Beteiligten sind aus verschiedenen Gründen gespannt, wie es morgen weitergeht.

KAPITEL 8
ALS HEINRICH BÖLL KAM

Büsum 1978

Das Folgende aus dem Jahr 1978 kann ich nur aus Bemerkungen von Siggi Böhlmann rekonstruieren und habe es später eingefügt. Oben in der Wohnung Willy Brandts geht es hoch her. Der Bundeskanzler ist gerade eingetroffen, da klirren schon die Gläser. Es gibt die Andeutung einer Umarmung, wie Siggi meint. Der Gast ist Heinrich Böll, der Kölner Schriftsteller. Brandt und er scheinen sich gut zu kennen und bestens zu unterhalten.

Der 60-jährige Böll hatte an Willy Brandt schon vor rund zehn Jahren die ersten politischen Briefe geschrieben. Jetzt ist es Zeit, sich einmal auszusprechen, wie mir Siggi erzählt. Er berichtet mir in kompakter Form seine Einschätzung: Brandt wie Böll verbindet die Abneigung gegen die Politik Adenauers. Beide sind glücklich über die deutschen Linksintellektuellen. Der Schriftsteller ist viel auf Reisen zu osteuropäischen Kollegen von ihm, und davon erzählt er Brandt ausführlich. Für den Bundeskanzler sollte es in den folgenden Jahren darauf ankommen, behutsam und mit Augenmaß die Annäherung der Republik Deutschland an Osteuropa voranzutreiben, Moskau einzubinden und Washington nicht zu verprellen. Diesen Weg kann Böll schriftstellerisch begleiten, wodurch sich durchaus

Synergien ergeben. Erst vor vier Jahren hat Böll den sowjetischen Dissidenten Alexander Solschenizyn in seinem Kölner Haus aufgenommen. Jetzt ist Böll auch dabei, als der sowjetische Staats- und Parteichef Leonid Breschnew am 4. Mai 1978 Willy Brandt in Bonn besucht. Der Kölner Schriftsteller hilft dem Bundeskanzler, die weltweit beachtete Rede zur Gründung des neuen deutschen Staates am 17. Juni 1978 zu schreiben. Willy-Willy-Rufe sind fest eingeplant, so euphorisch sollte sie werden, diese Gründungsrede.

Wie mir Böhlmann erzählt, macht Böll die Orientierung der Nachkriegsgesellschaft in Deutschland an traditionsgebundenen Zwängen zu schaffen. »Diese Logik des Weil-das-eben-so-ist müssen wir mit Witz und Ironie bekämpfen«, diktierte Böll Brandt in seine Redemanuskripte. Für beide sind politische Gespräche zwischen West und Ost fundamental wichtig, statt immer nur weiter aufzurüsten. Der Kalte Krieg sollte ein Ende finden.

So gelingt es Willy Brandt in den nächsten Jahren durch eine Politik auf Augenhöhe, die Zweifel in der west-östlichen Welt an einem vereinten Europa zu zerstreuen. Nicht zuletzt die wirtschaftliche Stärke fast aller Staaten Europas führt dazu. Allerdings besteht Breschnew auf einer Einigung Europas mit Russland, und die bringt Brandt tatsächlich zum 1. Januar 1982 zustande. Unglaublich, oder? Ich muss immer wieder stoppen, wenn ich diese Sätze schreibe, so sehr rührt mich das Werk, das politische Vermächtnis Brandts. Es ist sein Werk, aber auch das Breschnews. Und die Welt staunt, dass sogar Russland in die Vereinigten Staaten von Europa aufgenommen wird. Nur so, lautet Brandts Verständnis, kann das Land auf Dauer mit dem

Westen eng verzahnt werden, damit uneingeschränkt Frieden herrsche. Für jüngere Leser ist das längst Geschichte. Ich staune nur, wie das damals so schnell und ohne allzu große Widerstände möglich war.

Nur zur Erinnerung: Die USA sind Ende der 1970er-Jahre wirtschaftlich immer stärker geschwächt und abgehängt. Sie werden weiterhin von anwachsenden Flüchtlingswellen geplagt, die das stagnierende und völlig isolierte Land verlassen – meist in Richtung Europa oder Asien. Nach mehr als 100 Jahren hat sich die Wanderungsrichtung umgekehrt. Damals kamen viele Deutsche und andere Europäer über Bremerhaven mit dem Dampfer in New York an, auf Ellis Island, wo die Freiheitsstatue steht. Nun verlassen von genau dort wieder Hunderttausende die Vereinigten Staaten von Amerika und suchen ihr Heil in der Alten Welt. Das sind Europa und auch Russland. Südamerika ist ebenfalls ein Ziel der Auswanderer. Viele von der Westküste der USA zieht es wegen verwandtschaftlicher Bindungen nach Asien. Neben China und den Philippinen ist es vor allem Vietnam, das die Zuwanderer aufnimmt. Die US-Regierung versucht gegenzusteuern. Aber wie? Jobs sind in dem isolierten Staat kaum zu finden, neue zu schaffen erscheint weitgehend aussichtslos. Politisch bleibt also der US-Regierung nichts anderes übrig, als diesen umwerfenden Entwicklungen in Russland und Deutschland mit der Bildung eines neuen Europas zuzustimmen. Was könnten sie dem entgegensetzen? Dabei war der CIA in Amerika zumindest teilweise gut informiert, weil er Willy Brandt dank der Agentin Sieglinde Diekmann zumindest in Büsum gut abhören konnte.

Das für mich Unglaubliche geschieht: Eines Tages erhält Brandts Mitarbeiter Siegfried Böhlmann den Auftrag, bei seinen Büsumer Besuchen diese Agentin aufzusuchen. Ich bin total überrascht. Ein Auftrag vom Geheimdienst, und dann so einer! Ich warne ihn vor »Christine Keeler«, wie ich sie nenne. Das war in den 1960er-Jahren ein Partygirl in London. Sie lernte 1961 den britischen Verteidigungsminister John Profumo kennen und machte auf ungewöhnliche Weise auf sich aufmerksam: Sie stieg bei einer Party nackt aus dem Pool und ging auf ihn zu. Sie war 19, er 48 Jahre alt. Die Beziehung zu Profumo, die dann folgte, löste einen Skandal aus, denn parallel pflegte Christine Keeler eine Beziehung zum sowjetischen Marineattaché in London, Jewgeni Iwanow. Ich ziehe also Siggi mächtig damit auf, welche amouröse Rolle er nun zu übernehmen habe.

Aber Siggi Böhlmann bleibt cool. Er klingelt also eines Tages an der Wohnungstür. Sieglinde Diekmann öffnet und Siggi stellt sich als der »junge Mann von nebenan« vor. Geistesgegenwärtig lädt die Frau ihn zu einem Spaziergang am Strand ein.

»Ich habe Sie doch schon öfter hier im Haus gesehen, können Sie denn so oft freimachen?«, erkundigt sich Sieglinde bei ihrem neuen Bekannten scheinheilig. Jedenfalls schildert mir Siggi den Dialog später so.
»Ja, ich arbeite freiberuflich und rufe meine Kunden von hier aus an, Telefonakquise und -betreuung, also gar kein Problem. Wissen Sie, das Meer, die Luft und der Ort haben es mir angetan, glauben Sie mir, allerbeste Büsum-Gefühle kommen da auf.« Siegfried Böhlmann lässt seine Zugehörigkeit zum Bundeskanzleramt natürlich unerwähnt, wobei

der Frau nicht entgangen ist, zu welchen Türen er Zugang hat. Auch hat sie ihn mit Willy Brandt schon öfter draußen gesehen. Doch Siegfried versucht, Sieglinde näherzukommen. Er bietet ihr das Du an. Sie ist hocherfreut und schlägt ihm vor, doch heute mal in »Kolles Altem Muschelsaal« lecker zu essen. »Fein«, quittiert Siegfried, »das hat Stil.«

Sie plaudern und plaudern. Sie trinken Bier und sind fröhlich. Doch dann geschieht etwas Seltsames. Sie streiten sich über die Europapolitik. Siegfried ist ein strenger Verfechter eines gemeinsamen Europa mit Russland, Sieglinde ist strikt dagegen. »Schon gar nicht mit den Russen, die sind unberechenbar«, schleudert sie ihrem Nachbarn an den Kopf.

»Nur so bekommen wir Frieden auf Dauer«, vertritt er eine Meinung, die auch Willy Brandt verbreitet und die in keinem seiner Redetexte fehlt. Doch Sieglinde hält die USA weiterhin für eine mächtige Nation, die dem Ganzen zustimmen müsse, sonst würde Europa so dahinkränkeln, wie sie meint. Der Abend endet disharmonisch. Beide verabschieden sich und gehen in verschiedene Richtungen.

Ich ziehe ihn später, als er mir das haarklein erzählt, damit auf und nenne ihn jetzt öfter einen »verhinderten Christian Keeler«.

KAPITEL 9
BLAUZAHN – DAS RÄTSEL IST GELÖST

Büsum 2019

Es dauert am nächsten Tag nicht bis 15 Uhr, sondern schon um 12 Uhr klingelt Hansens Mobiltelefon. Gerichtsmediziner Walter ist dran. »Hansen, Sie Fuchs, ist dieser Doktor Vanderbelt bei Ihnen? Geben Sie ihn mir bitte.«

»Hallo, Walter, hier Vanderbelt«, entgegnet der und ist nach kurzem Zuhören mit weit aufgerissenem Mund fast sprachlos. Ein lautes »Oha!« entweicht seinen Lippen, dann noch mal, und schließlich kann er sich kaum einkriegen vor Freude. »Dann haben wir es doch schnell gelöst, Walter. Das ist Blausäure, grandios, grandios. Ich werde Hansen alles erklären. Danke Ihnen, und nutzen Sie Ihre freie Mittagspause weiter, Sie arbeiten ja offiziell nicht an dem Fall, wie ich weiß.«

Der Gerichtsmediziner ist etwas überrascht, wie sehr dieser alte Herr sich in die Belange der Behörde eingehorcht hat, aber er spricht dem engagierten Zahnmediziner im Ruhestand nun noch einmal sein großes Lob aus. »So einen Fall hatte ich noch nicht in meinen 30 Jahren Berufspraxis«, urteilt der Gerichtsmediziner.

Was war damals passiert? Doktor Richard Vanderbelt rekonstruiert es nun so: Nachdem Kofalski die Praxis in Bonn verlassen hat, bekommt er am Wochenende in Büsum tatsächlich heftige Zahnschmerzen. Er muss bei einem der Zahnärzte in der Gegend in Behandlung gewesen sein. Welcher das war, ist noch das große Rätsel. Jedenfalls behandelt der den offenen Backenzahn und verschließt ihn provisorisch mit einem dünnen Zement. Vorher muss er noch ein mit Blausäure präpariertes Wattepellet hineingelegt haben. Einmal auf ein krosses Brötchen gebissen und schon ist dieser Zementdeckel weg, es breitet sich das Gift Zyanid – die Blausäure – vom Wattepellet im gesamten Mundraum aus. Möglich sogar, dass Kofalski die Watte mit der Blausäure verschluckte. Sie wirkt recht schnell und führt rasch zum Tod durch Ersticken. Zyanid unterbindet die Aufnahme von Sauerstoff im Blut. Ein paar Atemzüge genügen, schon ist der Mensch bewusstlos.

»Das hätte er allerdings riechen müssen, denn Zyanid riecht stark nach Mandel«, belehrt der versierte Zahnarzt Hansen weiter. »Der Kofalski war recht ängstlich. Der wäre geflüchtet, vermute ich. Damals aber war Lachgas das Mittel der Wahl. Ich vermute, der Zahnarzt hat ihn damit betäubt. Dann nämlich konnte er weder riechen noch schmecken. Er war im Tiefschlaf, quasi bewusstlos schon bei der Behandlung.«

Hansen ist ziemlich verblüfft. »Gut, so einen Profi wie Sie zu haben, Doktor Vanderbelt. Kompliment! Also suchen wir den Zahnarzt und die Helferinnen von damals, denn das war ja geplanter Mord an dem Guten. Weil mir die Geheimdienste verboten haben zu ermitteln, kann ich mir diesen Kofalski nur als Spion vorstellen. Doch warum war er in Büsum? Nur, weil er von hier kam und öfter mal Heimatluft schnuppern wollte? Da wird mehr dahinterstecken. Somit beginnt die Arbeit erst«, gibt Hansen einen Weg vor, offenbar einen steinigen.

Merit und Mirko tauchen wieder auf. Es ist früher Nachmittag. »Na, ihr Turteltauben ...«, empfängt sie Vater Vanderbelt mit einem Lächeln. »Wir haben den Fall gelöst, und ihr?«

Mirko lacht: »Äh, wir stecken noch mittendrin.« Merit hat ihn eingehakt, und beide lachen heftig. Die Nacht im Schlafstrandkorb hat ihnen beiden sehr gefallen. »Andere haben im Hotel fünf Sterne, wir hatten Abertausende in der Nacht«, schwärmt Merit von der Romantik, draußen im Korb zu schlafen.

»Es gibt Arbeit, Merit«, wird Hansen ernst und erläutert ihr den aktuellen Stand.

»Mein Chef und dein Vater, Mirko, sind doch mit dem Walter im Chor zu vielem in der Lage, jetzt haben sie die entscheidende Spur entdeckt, zu den Zahnis von vorgestern, das ist doch genial«, freut sich Merit. »Ich finde, ihr habt das riesig gemacht, und doch muss alles undercover weitergehen.« Merit sinniert vor sich hin. »Ich stürze mich mal in die Recherche in den alten Daten nach Zahnärzten in der Gegend und Zahnarzthelferinnen, da gibt es sicher Hilfe beim Verband der medizinischen Fachberufe. Bekomme ich dafür frei, Chef?«

Hansen sieht das eher als rhetorische Frage und zieht seine linke Augenbraue hoch. »Nur wenn du wirklich daran arbeitest und nicht an Strandkörben horchst.« Beide lachen.

»Ist doch so was von klar, Chef, wa?«, antwortet Merit und will Mirko verabschieden, der noch etwas benebelt von der

Entwicklung im Mordfall und seinem persönlichen Fall neben ihr steht. Er ruft ihr ungelenk ein »Bis nachher!« zu.

Doktor Vanderbelt blickt etwas streng bei den Worten, als müsste er auf einen pubertierenden Sohn achtgeben, doch aus dem Alter sind beide ja lange heraus. Es ist nur so eine Art Vaterreflex.

»Weißt du, ich bleibe noch ein paar Tage«, kündigt der 39-jährige Sohn an. Der Vater will sich noch mit Hansen besprechen, dann aber wieder zurück nach Bonn fahren. Der Oberkommissar bedankt sich herzlich bei dem Rentner, hat wie immer aber noch eine letzte und allerletzte Frage: »Erinnern Sie sich noch an die Helferin, die Sie damals hatten, 1978, als Sie Kofalski zum letzten Mal sahen, und war sie bei der Behandlung dabei? Oder waren es mehrere Helferinnen?«

Der smarte 80-Jährige hat wie erwartet sofort eine umfassende Antwort: »Ich hatte immer nur eine Helferin. In jenen Jahren war es Oxana Weder, sie hatte polnische Wurzeln, und sie war äußerst zuverlässig. Damals sprach sie in meiner Gegenwart mit Kofalski, um herauszufinden, ob ihre Eltern sich kannten, denn seine Mutter kam ja aus Polen. Oxana war so Mitte zwanzig damals. Sie lebte, soweit ich mich erinnere, allein und hatte Gefallen an Kofalski gefunden, das merkte ich. Ob sich zwischen denen etwas entwickelt hatte, kann ich nicht sagen. Er war ja über Jahre bei mir in Behandlung. Sie kündigte jedenfalls in dem Jahr überraschend bei mir, keine Ahnung, warum.«

Hansen zieht die Mundwinkel nach oben. »Perfekt, Verehrtester, ich brauche gar keine Zwischenfragen mehr zu stellen. An Ihnen ist ein Kommissar verloren gegangen«, lautet das Lob aus seinem Mund. Doktor Vanderbelt fühlt sich umschmeichelt und geehrt. Immerhin hat er sehr dazu beigetragen, einen Mordfall aufzuklären, wobei der entscheidende letzte Schritt ja noch fehlt – die Überführung des Mörders.

Merit geht bei ihrer Recherche in die Vollen. So voller Elan war sie ja lange nicht. Die Verzeichnisse der Zahnarzthelferinnen der Region aus dem Jahr 1978 sowie denen davor und danach geht sie schnell durch. Der Gerichtsmediziner hatte diese Jahre als Todeszeitraum angegeben, war sich aber mit einer genaueren Eingrenzung nicht ganz sicher.

Hansen hat sich nach der Verabschiedung des Bonner Zahnarztes für heute Abend wieder mit Swantje verabredet. Er sieht sie zwar täglich kurz beim Frühstück, wenn sie die Einliegerwohnung seines Reetdachhauses in Büsumer Deichhausen verlässt und zu ihm kommt, aber nun planen sie mal eine »Bierpause« in der Hohenzollernstraße. »Da gibt es acht Sorten frisch gezapft«, lobt Hansen das Lokal gleichen Namens. Swantje steht eher auf Wein, willigt aber ein. »Du, ich habe mich heute in drei Bädern als Kurdirektorin beworben, vielleicht wird das etwas nach meiner Sylter Zeit als Bürgermeisterin. Jetzt möchte ich mal wieder was Neues ausprobieren, und das könnte mir liegen«, beginnt Swantje, von ihrem Tag zu berichten. Hansen ist ganz Ohr, nickt, bekräftigt und umarmt sie. »Wird in Büsum nichts frei?«, bohrt er nach. Sie lacht ihn an und freut sich, denn sie vermutet richtig, dass er sie weiterhin gern in seiner Nähe hätte. Es ist seine trockene Art, Zuneigung auszudrücken.

»Könntest du dir das wirklich vorstellen? Wir beide zusammen in Büsum, wie in Kinder- und Jugendtagen?«, will sie es doch genauer wissen.

»Kloar doch«, flötet Hansen. »Es gibt ein Leben NACH Sylt, prima sogar für uns beide.« Sie schmieden am Strand Zukunftspläne, malen Kreise in den feuchten Sand und lachen die untergehende Sonne an. Es wäre ein schöner Abend geworden, wenn sie nicht auf dem Rückweg nach Deichhausen noch Peer, den Eintrittskartenschnorrer, getroffen hätten.

»Ach, ihr beiden, wie ihr so verhakt durch den Abend geht, schön«, kommentiert er den Anblick des offensichtlich neuen Paars in Büsum. »Goldene Kamera war ja schon klasse, aber jetzt steht noch etwas Neues an, Henry, French Open in Paris, erste Reihe und nichts bezahlen. Klasse, oder?«

Hansen kann dieses Gequatsche des Schnorrers einfach nicht mehr hören und ein Gespür für gefühlvolle Momente seiner Mitmenschen scheint dieser Mann auch nicht zu haben. Also plättet er ihn mit einer etwas fiesen Nummer weg, so dass Peer mit einem »Schönen 'n Abend noch dann« hastig verschwindet. Hansen hatte nur gesagt: »Ich habe neulich dein neues Auto gesehen. Glückwunsch. Vor allem: hübsches Kennzeichen, fängt an mit HEI, haben ja alle hier, aber nach dem Strich steht NI, das passt zu dir absolut und genau: HEINI.«

KAPITEL 10
PERSEPOLIS ALS VORBILD EUROPAS

Büsum 1978

Da ist einfach so viel los für mich. Willy Brandt hatte zunächst ein paar Tage mit seiner Familie hier in seinem Penthouse verbracht. Er hält den Kreis derer, die von seinem Büsumer Domizil wissen, sehr klein. Daher sind auch Frau und Kinder kaum öffentlich zu erkennen. Weitgehend unbehelligt kann er selbst hier ein und aus gehen. Niemand belästigt ihn, kein Reporter springt aus dem Gebüsch, um ihn mit Fragen zu provozieren. Manchmal sagt er zu seinen Mitarbeitern und Beratern im Kanzleramt sogar zum Abschied, bevor er nach Büsum fährt: »Ich bin übers Wochenende mal wieder im Süden, im Süden Schleswig-Holsteins.« Dazu schmunzelt er, wie Siggi immer erzählt.

Mein Freund Siggi ist weiterhin in Brandts Nähe. Der treue Mitarbeiter hat im Penthouse sogar ein kleines Gästezimmer, das er nun wieder für ein Wochenende bezieht. Ich konnte es mir leider nie ansehen, aber er erzählte öfter davon. Seinem Auftrag, sich öfter mit Sieglinde zu treffen, um sie auszuforschen, kommt er diesmal nicht nach, wie er mir versichert. Zu sehr erinnert ihn das disharmonische Ende des vergangenen Treffens an diese für ihn schwierige Frau. Ich hänsele ihn nun als »Christian Keeler, der Verhinderte«. Vielleicht hat er sie doch öfter getroffen, was ich inzwischen annehme, aus heutiger Sicht (später hinzugefügt).

Mit Willy Brandt wird es diesmal offensichtlich lustiger. Sie trinken einen Rotwein zusammen, einen Barolo, und feiern die Ankunft in Büsum, dicht unter den Wolken, im 21. Stockwerk des Hochhauses. In den Zeitungen steht: Drei Amerikaner haben gerade im Ballon den Atlantik erfolgreich überquert und sind bei Évreux nordwestlich von Paris gelandet. Siggi liest Brandt das aus der Zeitung vor. »Die Flucht aus diesem Land wird auch noch öffentlich freudig gefeiert«, feixt Brandt, als er das hört.

Böhlmann muss lachen. »Sechs Tage unter dem Heliumballon bei prallem Westwind, das muss doch klappen. Mit den Krediten von uns Deutschen könnten die doch die Flucht mit Tausenden von Ballons finanzieren«, lästert er.

Sieglinde Diekmann, die CIA-Agentin, ist anscheinend außer sich vor Wut. Sie hört über ihre Mikrofone in der Wohnung unter dem Penthouse alles brav mit, wie mir später zugetragen wird. »Dieser blöde Böhlmann«, schimpft sie, »der hat was gegen die Amis, das finde ich total unangebracht. Wer hat denn Deutschland von den Nazis befreit? Wer hat der Wirtschaft nach dem Zweiten Weltkrieg auf die Beine geholfen? Wer hat die Demokratie verankert? Und sein Chef, der Brandt, der schwingt sich langsam zum Weltherrscher auf, will das Vereinigte Europa, wozu? Will immer mit den Russen zusammen irgendwelche Verträge schließen. Was nützt das? Die halten das doch nicht ein. Und die Amis, die sind wirtschaftlich am Boden, das scheint ihm sogar zu gefallen. Aber diplomatisch ist der Brandt ja, Kredite für die USA kommen pünktlich. Doch dieser Böhlmann, nein, das geht gar nicht.« Was die Agentin da vor sich hin spricht, ist zwar ihr Gedankengut, aber es deckt sich fast mit dem, was der amerikanische Geheimdienst sich von Deutschland in diesen Tagen zusammenreimt. Sicher, dazu gehören auch die Berichte Sieglinde Diekmanns als ein Mosaiksteinchen. Aber das scheint ziemlich groß zu sein.

Derweil unterhalten sich im Penthouse Böhlmann und Brandt vertraulich weiter. »Herr Bundeskanzler, wie stellen Sie sich eigentlich die Einheit Europas vor? Haben Sie da Ideen? Ich meine, so ein Zusammenschluss muss in den Köpfen passieren. Wirtschaftlich und von den aufgerollten Grenzzäunen her, das ist zu meistern«, fängt Böhlmann ein längeres Gespräch mit seinem Chef an. »Aber emotional, da muss einiges laufen, damit das Europa von morgen auch übermorgen noch zusammensteht. Sie brauchen einen Trog voller Kitt, um die Risse zwischen Ost- und Westeuropa zu verkleben. Dauerhaft. Der Osten, das werden doch souveräne Staaten, die Sowjetunion wird sich auflösen, vermute ich. Sie müssten aber auch an Norwegen denken, na, das tun Sie ja sowieso, und Süditalien oder Nordafrika. Der Lappe muss sich mit dem Mafioso in Sizilien genauso verbunden fühlen wie der Mann von den Azoren mit dem aus Helsinki«, zählt der junge Mann die Pläne euphorisch auf. Brandt hört sich das zufrieden an und ist etwas überrascht, wie sich der Siggi auf einmal ins Zeug legt.

»Interrail«, sagt Brandt knapp. Er erläutert Böhlmann, wie er sich das vorstellt, ein Austausch von jungen Menschen, die ihre Nachbarländer bereisen müssen, als Pflichtprogramm. »Mit 18 Jahren erhalten alle einen halbjährig geltenden Railway-Pass für ganz Europa, und zwar gratis. Sie müssen durch mindestens sechs Länder Europas fahren, dort warten Dienstleistungsjobs auf sie, die von einem ›Büro für Youroupeans‹ vermittelt werden.« Willy Brandt sagt weiter: »Nur wer mit seinen Nachbarn ein gutes Verhältnis hat, wird Frieden finden, und dazu gehört die Begegnung junger Menschen untereinander mit denen im Nachbarland.« In diesem Sinne entwickelt sich allmählich ein Wir-Gefühl für Europa. Es muss wachsen, es muss gedeihen, es ist nicht sofort da. 50 Länder und eine Milliarde Einwohner gehören dann dazu, lautet Brandts Vorstellung. Es ist damit etwas größer als China, das aber mehr Bewohner hat. Da war es wieder, dieses Aufbruchgefühl mit »unserem Willy«, wie ich und viele meiner Generation das damals erlebten. Ich freue mich so, das alles aus erster Hand von meinem Siggi gehört zu haben. So fühle ich mich ganz dicht dran an der Geschichte, wie sie gemacht wird. Wahnsinn!

»Die USA sind etwa auch so groß wie China, dort leben aber nur 300 Millionen Menschen, und nach dem Atlantikflug im Ballon sind es drei weniger, oder glauben Sie, die wollen jemals wieder zurück?«, gibt Böhlmann nun zum Besten. Brandt schüttelt den Kopf und grinst. Böhlmann, der nie studierte, sondern Versicherungskaufmann gelernt hatte, glänzte in der Schule allerdings in Geschichte mit einer glatten Eins. Jetzt holt er zu einem Exkurs aus, dem Brandt wie gebannt zuhört, denn genau das könnte eine Idee für das Modell Europa werden.

Der folgende Auszug, den hat Siggi mir mal genau so diktiert, darum taucht er jetzt in meinen Memoiren auf. Darauf bin ich ziemlich stolz, wie auch auf den Siggi. Also es war so: »Versetzen wir uns ins alte Persien, Herr Brandt«, lautet der Auftakt zu Böhlmanns Lehrstunde über Darius I. Der gründete um 518 vor Christi die Repräsentationshauptstadt Parsa nördlich vom heutigen Schiraz im Süden des Iran. Die griechischen Geschichtsschreiber nannten sie Persepolis, Stadt der Perser. Es war keine Hauptstadt, es war eine weite Anlage in 1.620 Metern Höhe am Fuße des Berges Kuh-e Rahmat. Diese eindrucksvollen Trümmer, Säulen und vor allem die Steingravuren lassen sich bestens besichtigen. Eine der Hallen damals bot 10.000 Menschen Platz. Schon das Portal am Eingang ist vielsagend, es heißt »Tor aller Länder«. Böhlmann beugt sich zu Brandt vor: »Das brauchen Sie auch, ein Einfallstor für alle Menschen dieser Welt, ein Symbol, einen Willkommenstempel, verstehen Sie?« Brandt nickt und hat sich bei einem weiteren Rotwein aufs Zuhören konzentriert, denn er gewinnt immer mehr den Eindruck, dieser Mitarbeiter ist mehr als ein Aktenträger. Er kann Gefühle in politische Schritte übersetzen, ohne dass er dafür den Auftrag hätte.

Böhlmann fährt fort: »Darius war der König der Könige, das ist einmalig in der Geschichte. Das Reich war gigantisch, denn es reichte von Indien bis Libyen, ging über die arabische Halbinsel bis zum Kaspischen Meer, die Türkei und Griechenland gehörten dazu. So, König der Könige war Darius, wie gesagt. Das heißt nichts anderes, als dass die 23 Völker, die zum Reich gehörten, nicht unterdrückt waren, sie behielten ihren eigenen König. Mehr noch: Sie konnten ihr Leben und ihre Kultur fortleben lassen. Das ist keine Knechtschaft wie im alten Russland oder im Sklaventum Amerikas, das ist kein Kaiserreich, sondern Darius war der König der Könige. ›Primus inter Pares‹ sagen die Lateiner, also der Erste unter Gleichrangigen«, ereifert sich Böhlmann, als müsste er einem Araber die Vergangenheit des ihm missliebigen Persiens schmackhaft machen.

Architekten, Handwerker und das Material, von Steinen über Hölzer bis zu Werkzeugen, kamen aus allen Ecken dieses Reiches. Sie mussten sich verständigen, denn sie sprachen alle verschiedene Sprachen, die übersetzt wurden. Das ist an den Inschriften heute noch zu sehen. Ein 20 Meter langes Wandrelief zeigt in Feingravur die Botschafter dieser vielen Länder, wie sie zum Neujahrsfest ihre Waren mitbringen. Es war eine Art Weltausstellung, eine viel beachtete Präsentation von Kostbarkeiten. Jeder zeigte stolz das, was er herstellte, erntete oder für wichtig empfand. »Und das alles friedlich, demütig und voller Freude, ich glaube, das gab es später kaum noch in der Geschichte, die doch voll ist von Lug und Trug, von immer neuen Waffen und Eitelkeiten. Sie, Herr Brandt, haben den Friedensnobelpreis, und Sie werden auch ein Europa friedlich auf Dauer verkitten können«, endet Böhlmann seinen Vortrag, den er aus dem Stegreif gehalten hatte, wie er mir später berichtete.

»Lieber Böhlmann«, sagt Brandt langsam, »ich bin tief beeindruckt von Ihren Ausführungen, ich werde mir das Persepolis mal ansehen und diese Idee, mein Lieber, die werde ich als Modell für Europa noch gründlich durchdenken. Immerhin hielt das alte persische Reich, bis dann 330 vor Christus Alexander der Große alles niederbrannte. Das waren 200 Jahre Frieden und Freude.« Brandt erinnert sich, dass der letzte Schah des Iran 1971 Persepolis zur 2.500-Jahr-Feier restaurieren und herausputzen ließ.

Der Bundeskanzler sinniert vor sich hin: Es könnte ein rotierendes System von Hauptstädten geben, einen wechselnden Vorsitz in Europa, mal ist London dran, mal Rom. Das würde die Eigenständigkeit unterstreichen. Und ich muss die Menschen mitnehmen, nicht die Regierungen allein, die Menschen, sonst zerbricht das irgendwann wieder. Und ganz wichtig: Wie binde ich Moskau ein? Das muss dazugehören!

Bei diesem letzten Satz, den Sieglinde Diekmann wohl noch aufzeichnet und später in ihr Protokoll einfügt, ist sie natürlich aufgebracht, diese Zimtzicke. »Diese scheinheiligen Russenfans da oben. Was soll dieser Mist mit Moskau immer? Wir haben die NATO und die haben den Warschauer Pakt, das muss so bleiben«, sagt sie und schreibt sie (später hinzugefügt). Es ist zwar nur Sieglindes Job beim Geheimdienst, der ihr das Geld zum guten Leben bringt, aber sie hat offensichtlich auch eine tiefe Überzeugung, etwas Wichtiges zu tun. Sie möchte Europa in dieser neuen Form verhindern, Russland auf Distanz halten und helfen, die USA wieder zur Weltmacht zu machen – ein sehr langer Weg. Das ist ihr scheinbar auch klar. Die Geheimdienstler in Washington sind jedenfalls durch ihre fleißige Agentin in Büsum gewarnt. Sie ahnen, wie schwer es sein wird, Brandt von der Annäherung an den Osten abzubringen.

KAPITEL 11
OXANA WEISS MEHR

Büsum 2019

»Merit, was hast du herausgefunden, gibt es noch alte Zahnärzte hier in der Gegend, die wir befragen könnten nach diesem Kofalski?« Hansen blickt seine Kollegin erwartungsfroh an. Die hat seit vorgestern alles durchforstet, was sich an Listen und Namen so finden ließ. Erste Telefongespräche hat sie geführt. Alles vergebens.

»Wissen Sie, was ich glaube, Chef? Der Kofalski war nicht hier beim Zahnarzt, sondern vielleicht privat in Behandlung. Sie vermuten doch, er sei ein Agent gewesen. Dann haben die vielleicht vom Geheimdienst eine Praxis nachgebaut, die es sonst gar nicht gab. Aber vielleicht lese ich auch zu viele Thriller, Chef.« Merit schaut Hansen voller Hoffnung an.

»Ich habe die Idee, diese Oxana Weder müsste hier irgendwo leben. Das war Vanderbelts Helferin in seiner Praxis und vielleicht mit diesem Kofalski liiert. Sie kündigte kurz nach seinem letzten Besuch bei dem Zahnarzt und kam hier aus der Gegend«, bringt Hansen seine Mitarbeiterin auf den Stand der Dinge. Die blättert derweil ganz traditionell im Telefonbuch. »Hier, Chef, wohnt in Meldorf, soll ich anrufen?«, fragt Merit völlig ruhig, obwohl ihr Herz bei dieser Vorstellung heftig pocht.

»Wahnsinn, wirklich? Mal sehen, ob es die ist. Ich bin für einen Überraschungsbesuch«, schlägt »die Nase« vor, und schon starten die beiden zu einem Besuch bei Frau Weder.

Die Frau mit den dünnen dunklen Haaren und Dauerwelle, mit einer zu großen Nase trägt Bluse mit Rock. Sie steht hilflos in der Tür und schaut die beiden Gäste erstaunt an. »Sie wünschen?«, entfährt es ihr. Hansen und seine Mitarbeiterin zeigen ihre Ausweise und bitten um Einlass. »Wir möchten nur wissen, ob Sie früher einmal als Zahnarzthelferin in Bonn bei Doktor Vanderbelt gearbeitet haben«, erkundigt sich Hansen.

»Ja, habe ich, aber warum wollen Sie das wissen?«

Hansen sagt knapp: »Es geht um den toten Kofalski, den dürften Sie dann ja gekannt haben, dürfen wir hereinkommen?« Frau Weder ist sichtlich überrascht, als sie den Namen Kofalski hört, und bittet die beiden in ihr Wohnzimmer. »Ja, also dieser Zahnarzt Doktor Vanderbelt ist ein fabelhafter Mann, das hat mir viel Freude gemacht, mit ihm zu arbeiten. Ruhig, auf den ist Verlass und ein fabelhaftes Gedächtnis hatte der«, erläutert die 66-jährige Frau. Sie kann sich auch gut an diesen Kofalski erinnern und erzählt fröhlich von alten Bonner Zeiten, in denen sie »nichts anbrennen ließ«, wie sie betonte.

»Hatten Sie denn auch eine Beziehung zu dem Kofalski?«, will Merit wissen. Da lächelt Frau Weder kühl, macht eine längere Pause und meint nur: »Gewollt hätte ich schon, aber er war damals mit Betty Johannsen liiert. Das hat er wohl sehr ernst genommen.«

Hansen und Merit schlucken kurz, bleiben aber bei dem Namen ganz cool. »Wo ist die jetzt?«, fragt Merit unbedarft.

»Das weiß ich nicht, aber ich habe ein Bild hier im Schrank, das zeigt die beiden, Moment mal, ach, da hinten klemmt es. Der Kofalski ist da zu sehen. Daneben liegt Betty. Keine Ahnung, wo die nun steckt.« Merit ist verblüfft, fotografiert dieses Bild mit ihrer Handykamera und bedankt sich bei der Mittsechzigerin für die vielen Auskünfte.

»Das alles ist lange her, warum bohren Sie in diesen alten Wunden, was bringt es?«, fragt Oxana. Hansen erwähnt, dass er seit ein paar Tagen definitiv vom Tod Kofalskis wisse, der 40 Jahre zurückliege. Oxana ist nur mäßig überrascht und meint: »Ich glaube, er und diese Betty führten ein Doppelleben, was nicht glücklich war. Kofalski hatte jedenfalls zwei Töchter. Beide waren damals zehn Jahre alt. Er hatte parallel zwei Frauen geschwängert. Irgendwie konnte er wohl jede um den Finger wickeln.«

Merit ist platt. »Zwei Frauen parallel? War eine davon Betty?«, fragt sie nach.

»Nein, das waren zwei andere. Heinz Kofalski hatte ständig Angst, das merkte ich, denn ich traf ihn mehrmals. Er war ja ein paar Jahre bei Doktor Vanderbelt in Behandlung. Wir schliefen auch ein paarmal miteinander. Heiße Zeit, sage ich nur. Ich hatte ja auch andere Liebhaber.« Dann macht sie eine Pause, holt Tee aus der Küche und gießt ihren Gästen ein. »Betty bekam das spitz, und sie lauerte mir öfter auf, wenn ich aus der Praxis kam. Das Schärfste: Einmal, da kam sie an wie ein Raubtier und zack – sie biss mir in den Hals. Hier, da sind noch Narben. Sie war eine Furie. Unangenehm. Ich wollte mich rächen und verfolgte sie. So fand ich heraus, dass sie in ein Haus am

Beethovenplatz ging. Am Klingelschild zu ihrer Wohnung stand: Swetlana Neudörfer.«

Hansen grinst und denkt an Agenten mit ihren vielen Identitäten, doch dann fragt er etwas anderes: »Kennen Sie die Mütter der beiden Töchter?«

Oxana erklärt: »Ja, ich nahm Kontakt zu ihnen auf. Beide lebten in Hamburg und wussten angeblich nichts voneinander. Die suchten ihn wegen des Unterhalts und ich brachte sie zusammen.«

Merit hatte recherchiert und platziert ihre Frage zielgenau: »Sie waren ja später Helferin in der Zahnarztpraxis Doktor Mering in Meldorf, warum sind Sie denn von Bonn von Doktor Vanderbelt zu der neuen Stelle in Meldorf gegangen?«

Oxana wiegt den Kopf hin und her. »Ich komme doch von hier, zurück nach Hause, fand ich toll.«

Hansen und Merit scheint diese Antwort nicht so ganz zu überzeugen. Merit fragt eher beiläufig: »Und kam Kofalski mal zur Behandlung rein? Der hatte doch öfter Malheur mit seinen Zähnen.«

Oxana kann ihre Überraschung über so viel unangenehmes Detailwissen der Polizistin fast verbergen. Sie läuft nur zartrosa an und meint: »Ja, ich glaube, einmal war er dann da, aber da war ich nicht da.«

Merit meint beiläufig: »Ach so, und als er dann ab Ende 1978 nicht mehr auftauchte, da dachten Sie, er sei auf Seereise gegangen?«

Oxana gesteht: »Ja, irgendwie so etwas, verliebt war ich jedenfalls nicht mehr in ihn. Ich glaube, der hatte viele andere.«

Merit und Hansen leiten ihren Abschied ein und danken herzlich für das Gespräch. Beiden ist aber klar: Hier wird kräftig gemauert. Diese Frau will nicht einmal Näheres über den Tod Kofalskis oder die Knochen, die nun identifiziert sind, wissen. Davon muss sie doch in der Zeitung gelesen haben. Komisch. Sie hat ganz sicher noch viel mehr zu erzählen, zumal von der Praxis Doktor Merings. »Den Guten müssen wir schleunigst besuchen und ihm auf den Zahn fühlen«, schlägt Hansen seiner jungen Kollegin auf der Rückfahrt im Auto vor. Derweil steckt sich Oxana zur Beruhigung erst einmal einen Joint an, bestes Cannabis.

KAPITEL 12
WO STECKT MEIN SIGGI?

Büsum 1978/79

Ich fange lieber mal neutral an, mit politischen Nachrichten, denn sonst werde ich gleich melancholisch. Meine persönliche Katastrophe muss noch einen Augenblick warten. Zunächst zur Politik: Es gibt Ungereimtheiten, gelinde ausgedrückt. Es ist der 15. Dezember 1978, da kündigt der US-Präsident Jimmy Carter die Aufnahme diplomatischer Beziehungen seines Landes zu China an. Ja und? Das ist deshalb überraschend, weil seit 1949 Taiwan als Sitz der chinesischen Exilregierung und »Republik China« diplomatisch anerkannt worden war. Doch nun schwenken viele Staaten um und erkennen wie die USA plötzlich die »Volksrepublik China« an. Willy Brandt ist beunruhigt, wie ich von Siggi weiß. Er residiert inzwischen im neuen Berliner Kanzleramt, das dort schon vor der Wiedervereinigung Deutschlands, vollzogen am 17. Juni 1978, gebaut worden war, und ruft seinen Vertrauten Siegfried Böhlmann herbei, denn er will mit ihm die Lage diskutieren. Die USA auf neuen Wegen der Annäherung an China. Das gibt ihm zu denken. Doch Böhlmann ist nirgends aufzutreiben. Der treue Diener des Herren, der 33-jährige Mitarbeiter im Bundeskanzleramt und häufige Begleiter während Brandts Büsumer Besuche, erscheint nicht zur Arbeit, auch die nächsten Tage nicht. Brandt lässt nach ihm suchen. Der Bundesnachrichtendienst schaltet sich ein (später hinzugefügt). Nichts, er bleibt verschwunden. Seit dem 15. Dezember 1978 ist er nicht mehr gesehen worden.

Am 20. Dezember ist Willy Brandt noch einmal in seiner Büsumer Wohnung, um sich das Freundschaftsspiel Deutschland gegen die Niederlande im Fernsehen anzusehen. Das erzählt mir Ole später, weshalb ich es nun hier einfüge. Das Spiel geht 3:1 für den Gastgeber aus, was Brandt sehr freut. Am nächsten Tag kehrt er nach Berlin zurück, um Weihnachten mit seiner Familie in der neuen Bundeshauptstadt zu verbringen. Doch ihn beschäftigt immer wieder die Frage: Wo steckt dieser Böhlmann?

Für mich ist es *die* Katastrophe schlechthin. Ich erfahre nur über Ole, dass Siggi auch offiziell vermisst wird. Anrufen kann ich ihn nicht. Das ist immer mein Problem gewesen. Er meldete sich bei mir auf meiner Festnetznummer in Sankt Peter-Ording. Ich habe noch so ein altes, schwarzes Telefon mit Wählscheibe. Siggi rief manchmal aus dem Auto an, wenn er bei Brandt mitfuhr. Doch ich konnte ihn dort nicht zurückrufen.

Ach, es ist einfach schrecklich, nicht zu wissen, was mit ihm geschehen ist. Keinen Kontakt zu haben, ist bedrückend. Gut, also ich bin ja schon länger sehr verliebt in Siggi Böhlmann. Ich muss mir hier noch mal klarmachen, wie es überhaupt dazu kam. Also: Das war eine heiße Zeit im Sommer 1974. Ich war 23 Jahre alt und oft allein am Strand unterwegs. Büsum war das Ziel, obwohl ich die meiste Zeit meines Lebens in Sankt Peter-Ording verbrachte. Doch die Strecke vom rot-weißen Leuchtturm zur Mole nach Süden und wieder nach Norden am Ufer entlang habe ich unzählige Male zurückgelegt. Ich war damals arbeitslos. Meinen Job als Zahnarzthelferin hatte ich vor einem halben Jahr unterbrochen. Ich wollte die Praxis wechseln, aber vorher einmal richtig weit verreisen. Als Single wollte ich mit 22 Jahren mal die Welt kennenlernen. Weit kam ich nicht, nach einem halben Jahr war mein Geld aufgebraucht. Immerhin, es reichte für Australien und Taiwan, für Chile und Irland. Das waren meine Favoriten. Ach, es war herrlich. Das Leben ist zum Umarmen schön, dachte ich. Auch mit den Männern klappte es bestens. Hier einen Flirt, da ein amouröses Treffen – es war eine Lust.

Es muss irgendwann im Sommer 1974 gewesen sein, als mir bei meinen täglichen Strandspaziergängen in Büsum der strahlende Siggi entgegenkam. Wir lächelten uns an. Das war alles. Ich ging tatsächlich weiter beim ersten Mal. Aber wir begegneten uns dann täglich zur selben Zeit. Er gefiel mir auf Anhieb, so stattlich sah er aus, so korrekt gekleidet. Um es mal abzukürzen: In den nächsten vier Wochen sahen wir uns häufig, denn er hatte mir beim nächsten Treffen nicht nur ins Gesicht gelächelt, sondern ein Gespräch begonnen. Es ging um Muscheln, den Muschelsaal in Büsum und Muscheln in Australien, glaube ich. Wir gingen fortan zu zweit am Strand entlang. Es dauerte aber noch zwei weitere Monate, bis wir das erste Mal miteinander schliefen. Er erschien mir immer etwas scheu, leicht ängstlich. Ich weiß nicht, warum. Aber wir trafen uns generell in meiner kleinen Wohnung in Sankt Peter-Ording. In der Südallee im Dorf lag sie. Ach, wie waren wir verliebt.

Anfangs hatte ich noch eine Fernbeziehung zu James aus Dublin, der letzten Station meiner Weltreise. Aber das hatte sich nach zwei gegenseitigen Besuchen doch erledigt. Jetzt konnte ich mich voll auf meinen Siggi konzentrieren. Aber er sich auch auf mich? Ich war mir da nicht sicher.

Bei sicher fällt mir ein: Er fühlte sich bei mir immer sicher. Das sagte er so. Anfangs war mir nicht klar, was er meinte, dann aber lernte ich: Er hatte Angst, verfolgt zu werden. Er schien ständig auf der Flucht vor irgendetwas zu sein. Ich war sein Hafen. Bei mir konnte er sich ausweinen und seinen Gedanken Worte verleihen. Er fühlte sich, glaube ich, sehr, sehr einsam. So denke ich voller Glück an unsere vier Jahre bis zu seinem Verschwinden Ende 1978.

Es war die schönste Liaison meines Lebens: Ich träumte tagsüber von ihm, so ein stattlicher Mann, nachts hoffte ich, ihn zu treffen. Das gelang nicht immer, er hatte pausenlos zu tun und war oft unterwegs. Aber dann hat es hin und wieder geklappt. Wir trafen uns bei mir in Sankt Peter-Ording, meistens jedenfalls. Den Sex erledigte er schnell, zu schnell. Das fiel mir aber erst später auf. Es knisterte jedes Mal bei mir, so wild war ich auf ihn und die paar Stunden, die wir zusammen hatten.

Sein Humor gefiel mir auch. Wir lachten viel, wir hatten viel Spaß. Es waren die 1970er-Jahre, die Hippie-Zeit. Siggi trug Schlaghosen, das war schon urkomisch. Ich hatte ein Stirnband und Jesuslatschen. Damit kam ich mir supercool vor. Wir tanzten oft bis in den Morgen. Sie wissen schon: AC/DC lief, Abba natürlich auch, dann Led Zeppelins »Stairway To Heaven«. So fühlte ich mich auch, auf der Treppe zum Himmel. Ich war die

Lady in dem Lied, die diese Treppe kauft. Ehrlich, es war eine locker-leichte Zeit. Am Schluss singt Led Zeppelin etwas wie »Und wenn du wirklich zuhörst, wird der Klang auch dich erreichen. Wenn alle eins sind und eins ist alles, um wie ein Fels in sich zu ruhen«. Ich war immer ergriffen, wenn ich das mit Siggi zusammen sang. »To be a rock and not to roll«, das fand ich toll. Diese Ruhe in sich, die suchte ich natürlich erst, Siggi auch irgendwie. Vermutlich fand er die erst später. Jedenfalls hatten wir eine viel zu kurze Zeit. Er pendelte oft nach Bonn und hatte dort eine Geliebte, wie ich erst viel später erfuhr. Sie heißt Betty Johannsen, ein Miststück (später hinzugefügt).

Selbst als er später im vereinten Deutschland von Berlin aus für Willy Brandt arbeitete, fuhr er noch öfter nach Bonn zu dieser Betty. Ich bin mir auch nicht sicher, ob er noch weitere Liebschaften hatte. Doch, ich muss vor mir ehrlich sein: Die hatte er, und nicht zu knapp. Aber ich war ja auch nicht im Kloster aufgewachsen. Es waren ja auch die wilden 1970er-Jahre. Okay, so weit, so gut. Nur komisch war dann der Abschied. Ich versuche immer wieder, mich zu erinnern, wann wir uns das letzte Mal sahen, der Siggi und ich. Es muss ein kühler Herbsttag gewesen sein, im Jahr 1978. Er war in Büsum. Ich treffe ihn am Strand, wir gehen am Leuchtturm entlang. Siggi erzählt zunächst etwas von der schottischen Spezialität Haggis. Das ist ein Schafsmagen, der mit Innereien und Hafermehl gefüllt ist. Ekelig, wie ich finde. Aber er hatte Haggis auf einer Dienstreise gegessen, ohne dass ihm schlecht wurde. Siggi hat einen starken Magen. Dann kommt das Gespräch auf lustige Missverständnisse. Er fragt mich, was

Vater im Georgischen heißt. Ich zucke die Schultern und sage: »Papa.«

Er entgegnet: »Nein, Mama.«

Dazu fällt mir nur die Folgefrage ein: »Und was heißt Mama?«

Er antwortet: »Deda.«

Warum ihn das ausgerechnet jetzt interessiert, weiß ich nicht. Vielleicht beschäftigt ihn die Rolle des Vaters, denn er hatte seinen nie kennengelernt. Jedenfalls laufen wir an diesem nebligen Endnovembertag am Büsumer Hafen dem roten Tideschreibpegel am Molenende entgegen. »Ich habe einen Fehler gemacht«, räumt Siggi plötzlich ein, ohne erzählen zu wollen, welchen. Ich frage zwar nach, aber er antwortet nicht klar. Meinen Vorschlag, eine Liebesbotschaft von uns beiden in den Tideschreibpegel zu ritzen, zu den vielen anderen dort, wehrt er ab. »Ich habe einen Fehler gemacht«, wiederholt er sich. Wir gehen zurück und verabschieden uns. Die Umarmung fällt kurz aus. Immerhin, er ist ja nicht so der Leidenschaftliche, denke ich. Aber war das alles? Mir kommen die Tränen. Welchen Fehler könnte er gemeint haben? Eine neue Liebschaft, ein Geheimnisverrat beruflicher Art oder ist er vielleicht Vater geworden? Ich sollte es alles erfahren, aber erst Jahre später (später eingefügt).

Jetzt, im Jahr 1978, habe ich mehrere Varianten, mit denen ich versuche, mir sein Verschwinden zu erklären. Lösung eins: Der Siggi ist nun doch – sozusagen auftragsgemäß – mit der feschen Spionin Sieglinde Diekmann durchgebrannt und horcht sie hautnah aus. Lösung zwei: Er hat die Nase von allem voll und hat unbezahlten Urlaub genommen, ferne Südsee oder so etwas. Lösung drei: Der Intimus Willy Brandts wurde von irgendwem beseitigt, liquidiert oder wie immer man das Töten nennen will. Am wahrscheinlichsten scheint mir im Moment die erste Möglichkeit.

KAPITEL 13
WAS MIRKO FÜR MERIT MITBRINGT

Büsum 2019

»Merit, was macht eigentlich Mirko, dieser junge Zahnarzt aus Bonn?«, bohrt Hansen eines Morgens im Büsumer Kommissariat nach.

»Och, Chef, der ist ziemlich … einfühlsam, cool, witzig, immer noch, wir schicken uns täglich WhatsApp-Nachrichten. Er kommt morgen wieder her und wir verbringen das Wochenende zusammen im Strandkorb oder mal sehen, was uns so einfällt.«

Hansen nickt bedächtig. »Alle Achtung, eine Langzeitbeziehung. Das läuft doch schon drei Wochen, oder?«, setzt der 52-Jährige nach.

»Ja, Chef, mit Zeiten und Zahlen kennen Sie sich aus, und ehrlich gesagt, knistert es immer mächtig, aber wir wollen nichts übers Knie brechen. Ich bin mir auch nicht sicher, wie ernst es ihm ist. Wie ernst es mir ist, das frage ich mich manchmal, habe aber auch keine Antwort. Oder manchmal doch: ernst. Aber warum soll ich das ernst nehmen? Ach, Beziehungen. Was ist eigentlich mit Swantje? Hat die noch den Untermietvertrag für Ihre Einliegerwohnung da im schicken Deichhäuser Reet bei Ihnen?«, kontert Merit nun.

»Obwohl ich ja privat ziemlich zugeschnürt bin, nur so viel: Ja, sie erfüllt ihren Mietvertrag. Sie bewirbt sich als Kurdirektorin hier und da, aber was wird, steht in den Sternen oder nicht einmal da. Warten wir es ab«, antwortet Hansen. Merit zieht ihr Gesicht zu einem verständigen Lachen in die Breite. »Ich bin jetzt schon aufgeregt, weil Mirko morgen kommt«, lässt sie ihn wissen. Hansen lächelt auch. »Hoher Hormonspiegel, ist doch klar, Merit, du bist 28. Und warst bisher Single aus Überzeugung, wenn ich richtig zugehört habe«, skizziert Hansen die Gefühlslage seiner Kollegin.

Sie möchte es noch etwas präzisieren: »Single aus Überzeugung, ja, bis ich den richtigen finde. Den Nachsatz haben Sie wohl überhört, Herr Hansen, ist aber auch egal. In meiner Dreizimmerwohnung ist jedenfalls Platz für den Wochenendbesucher. Und irgendwann wird sich schon zeigen, ob er der Richtige ist. Ich liebe meinen Job, bin unabhängig und habe gern das Sagen, kennen Sie doch, Chef. Damit kommt nicht jeder Mann klar.«

Hansen muss herzhaft lachen. Ihm liegt noch etwas auf der Zunge, was aber eine Kontrollinstanz in seinem Gehirn zurückhält. Es muss so etwas gewesen sein wie: »Ein bisschen keck ist sie ja manchmal, aber das gefällt mir, wenn ich ehrlich bin«. Eigentlich steht jetzt der Besuch bei Zahnarzt Doktor Rolf Mering in Meldorf an, bei dem Oxana gearbeitet hat. Wegen der Ermittlungen im Falle eines ertrunkenen Badegastes in Friedrichskoog lässt aber die Woche für Hansen und Merit kaum Raum für weitere Nachforschungen im Fall Kofalski. Der Gast war vom »Deichbär« in Friedrichskoog aus nach dem Frühstück ins auflaufende Wasser gegangen und nicht mehr zurückgekehrt. Am Abend fanden Urlauber seine Leiche, die das Wasser an den Deichfuß gespült hatte. »Kein Hinweis auf Fremdverschulden«, wie es so schön heißt. Doch Hansens Gedanken sind längst wieder bei seinem Fall Kofalski. Vorsorglich hatte er einen pensionierten Kollegen gebeten, das Haus von Oxana Weder in Meldorf unauffällig zu beobachten. Das bringt noch nicht viel ans Licht. Der Mann berichtet, dass Oxana am Tag nach dem Besuch von Merit Hoyer und Henry Hansen nach Sankt Peter-Ording gefahren ist und dort eine frühere Kollegin besuchte, eine Zahnarzthelferin in Ruhe. Sie heißt Elvira Seeliger, ist ebenfalls 68 Jahre alt und war bei Zahnarzt Rolf Mering angestellt.

Hansen verteilt schon die Aufgaben für die nächste Woche: »Merit, ab Montag knöpfen wir uns diesen Mering vor und erneut diese Oxana Weder, die Helferin, irgendetwas muss die gewusst haben von der Tötung oder sie hat ihn vielleicht selbst totbehandelt. Vielleicht war das die Praxis, die wir bislang nicht fanden, Merit. Ich kümmere mich drum.«
Merit winkt ab: »Habe ich schon, Chef, die Praxis ist seit vier Wochen geschlossen. Es ist unklar, warum. Elvira Seeliger habe ich abgefragt: Ein weißes Blatt in den Akten. Aber sie hat tatsächlich bis vor zwei Jahren bei Doktor Mering gearbeitet. Wäre bestimmt auch eine interessante Quelle.«

Während der Chef noch zum Feierabend der Kollegin ein dickes Lob erteilt, wie sie sich Fleißpunkte sammelt durch diese verdeckten Recherchen, ist sie schon halb aus der Tür, um ja rechtzeitig Mirko empfangen zu können. Hansen fährt wieder zur Familienlagune Perlebucht und genießt von der »360-Grad-Bar« den Feierabendblick. Getrübt wird der nur, als vor ihm ein Schatten auftaucht, der von Peers Körper erzeugt wird. »Na, Henry, gelöst siehst du nicht aus. Läuft was schief bei deinen Ermittlungen? Dieser

tote Badeurlauber in Friedrichskoog liegt dir doch schwerer im Magen als jeder Dithmarscher Krautsalat. Stimmt's?«
Peer Taubald ist wieder mächtig in Laune, wenn es darum geht, Hansen auf die Füße zu treten. Doch der lässt sich nicht aus der Feierabendruhe bringen.

Locker geht er über die Frage hinweg und stellt selbst eine. »Peer, ich habe endlich eine Idee, wie du jedes Mal unerkannt in diese Konzerte kommst«, beginnt Hansen.
»Und?«, fragt Peer zurück.
»Rollkoffer! Du klemmst dich in einen dieser großen, schwarzen Rollkoffer und lässt dich von einem Bühnenarbeiter, der den Hintereingang nimmt, durchrollen. Da wird selten geprüft oder gar durchleuchtet. Bingo, oder?«
Hansen blickt Peer erwartungsfroh an und kneift ein Auge zu.
»Ehrlich, Henry, im Prinzip gar nicht schlecht, aber leider daneben. Das ist nicht meine Art, weißt du? Ich habe einen anderen Ansatz, aber vielleicht kommst du noch drauf, du bist ja ein Tüftler. Sag mal, ich habe da einen klasse Witz. Willst du?«, fragt Peer.

Hansen sagt etwas widerwillig: »Na, lass hören!«
Peer ganz locker: »In Wesselburen hier ganz in der Nähe lebte mal eine Hundertjährige. Der Bürgermeister kommt abends zum Geburtstag und gratuliert, wie das so üblich ist. Dann meint er: ›Sagen Sie mal, können Sie mir nicht das Rezept verraten, wie man so alt wird und so gesund bleibt?‹ Die Alte sagt: ›Jo, Sex!‹ Der Bürgermeister schaut verdutzt und lächelt dann. ›Äh, wann hatten Sie denn das letzte Mal Sex?‹ Die Hundertjährige erwidert stolz: ›Neunzehnfundvierzig.‹ Der Bürgermeister ist wieder über-

rascht. ›Na ja, das liegt ja nun schon ein paar Jahrzehnte zurück‹, höhnt er etwas überheblich. Doch die alte Frau schaut zur Uhr und wispert keck: ›Nee, wieso? Jetzt ist es doch erst viertel nach acht.‹«

Hansen muss tatsächlich lachen. »Seniorenwitze höre ich ja neuerdings ganz gern, komme ja so in das Alter, auch wenn ich erst etwas mehr als halb so alt bin wie die Dame in deinem Witz. Ich habe für dich auch einen, Polizistenwitz, versteht sich. Also: Ein Italiener, ein Österreicher und ein Schweizer streiten darum, welcher Nationalität der Ötzi war, die Gletscherleiche. Sagt der Schweizer: Ein Italiener kann es nicht gewesen sein, denn sie haben Werkzeuge bei ihm gefunden. Sagt der Italiener: Ein Österreicher scheidet auch aus, denn es war Hirnmasse da. Sagt der Österreicher: Dann ist ja alles klar. Es war eindeutig ein Schweizer, denn der Ötzi war so langsam – ein Gletscher hat ihn überholt.«

Peer lacht los. »Nicht schlecht und wirklich harmlos. Wobei ich dachte, es sei ein Deutscher gewesen, denn der Ötzi war mit Sandalen im Hochgebirge. Sag mal: Was ist denn aus unserem Ötzi hier geworden, dem Ötzi aus Büsum? Hast du jetzt Klarheit?«, fragt der Ticketschnorrer nach.

»Das wird dauern, aber wir sind auf der Spur, vor zwei Wochen hätte ich gesagt: Wir ermitteln in alle Richtungen. Das bedeutet: Wir haben keinerlei Spur. Aber es wird dauern. Auf frischer Tat ertappt, das ist immer am besten, Peer. Hier sind wir 40 Jahre zu spät.«

Peer startet wieder einen Versuch, Henry auf seine Jolle »Trischen« einzuladen. Dieses Mal ist er erfolgreich. Am

Sonnabend drehen sie eine Runde; bei herrlichem Sonnenschein und leichtem Wind segeln sie bis Pellworm im Norden und zurück. »Ach, wie befreiend«, bedankt sich Hansen bei Peer, »wenn ich auf See bin, ist alles an Land weit weg, der Kopf wird frei, alles durchgepustet, ich liebe es.«

Auch für Peer hat der Ausflug seinen Reiz. »Wie früher«, freut er sich. Sie üben gemeinsam etwas Esperanto, denn Hansen ist mit seinem Volkshochschulkurs auch noch nicht so weit vorangekommen.

»Segeln heißt veladi, das weiß ich«, meint Peer.

»Und vento ist Wind«, ergänzt Hansen. Beide lachen.

Da am Sonntag Swantje von einem Vorstellungsgespräch in Garmisch-Partenkirchen zurückkommt und lebhaft davon erzählt, ist das Wochenende auch für Hansen erste Sahne. Erst der Montag birgt ein paar dicke Überraschungen. Und die hat Merit im Gepäck. Sie hat das Wochenende mit dem 39-jährigen Zahnarzt Mirko Vanderbelt aus Bonn verbracht, der von seinem Vater Richard noch ein paar Details zur damaligen Praxiszeit von Heinz Kofalski ausrichten ließ. Merit plappert wie ein Wasserfall, denn der liebe Mirko hat ihr ein paar brisante Details verraten, die den Fall kräftig nach vorn bringen könnten.

Überraschung eins: Oxana Weder, Doktor Vanderbelts damalige Assistentin, hatte engen Kontakt zu dieser Betty, Kofalskis Freundin in Bonn. Warum Oxana damals bei seinem Vater kündigte, ist unklar. Sehr schnell habe sie dann die Stelle bei Doktor Mering in Meldorf angenommen. In dieser Praxis aber soll es im Laufe der Jahre mehrere mysteriöse Todesfälle gegeben haben. Davon hatte Doktor Vanderbelt senior auf einigen Zahnarztkongressen munkeln hören. Hansen nickt: »Die Oxana Weder haben wir ja auf dem Schirm, Giftmord mit Blausäure in präparierten Wattepellets bei Mering in der Praxis, das erscheint immerhin möglich. Weiter?«

Überraschung zwei: Doktor Vanderbelt, der nicht nur ein erstklassiges Gedächtnis, sondern auch ein umfangreiches Zeitschriftenarchiv hat, ist in alten Ausgaben der damals sehr beliebten Illustrierten »Sternchen-Regen« fündig geworden. Dort wurde im Dezember 1978 von einem toten Agenten berichtet. Er soll für den CIA gearbeitet haben und in Büsum aktiv gewesen sein. Kurz vor seinem Tod sei er in der Praxis Mering in Meldorf behandelt worden. Hansen erfreut: »Oha, Mering gerät weiter in unser Visier. Weiter?«

Überraschung drei: Willy Brandt, der Kanzler der am 17. Juni 1978 gegründeten Republik Deutschland, ansässig im neu errichteten Kanzleramt in Berlin, machte öfter Ferien in Büsum und soll dort sogar eine Wohnung gehabt haben, ganz inoffiziell und unerkannt. Diese Nachricht fand Doktor Vanderbelt in einer späteren Ausgabe vom »Sternchen-Regen« von Anfang 1982, kurz nach der Gründung der Vereinigten Staaten von Europa. Das stand in einem kleinen Absatz zu Brandts Biografie, als die Illustrierte ihn als ersten Präsidenten des Vereinten Europa vorstellte.

Henry Hansen springt sofort auf. »Ich glaub es nicht! Willy Brandt! Das habe ich vor Jahren schon einmal gehört, als Gerücht. Der soll in dem Hochhaus am Kurpark eine Wohnung gehabt haben. Ich glaub es nicht, Merit! Das bekommt ja eine Dimension. Wir sind mitten in einem Spionage-Thriller. Das wird unheimlich, und wir dürfen nicht ermitteln. Ich ahne nun, warum. Wir sind am Ende, wenn das alles herauskommt.« Hansen kann sich kaum wieder beruhigen.

Merit bleibt hingegen cool. »Chef, damit kommen wir in jede Talkshow und auf das Titelblatt vom ›Sternchen-Regen‹ oder wem auch immer, Willy Brandt, ist doch Wahnsinn. ›Spionage an der Waterkant: Kofalski vergiftet – zwei Zahnarzthelferinnen packen aus‹«, fabuliert Merit vor sich hin.

Hansen schüttelt nur den Kopf. »Mach langsam, Merit, ganz langsam.«

Hansen will sich selbst bremsen. Das ist alles »brandtgefährlich«, sagt er sich und schreibt das auch so in sein Tagebuch, das er sofort beginnt. Dabei unterstreicht er das »dt« als Anspielung auf Willy Brandt zweimal. Er ahnt: Wenn sie weitermachen, werden sie tatsächlich groß herauskommen oder ganz untergehen. Disziplinarverfahren und Haft vielleicht, malt er sich aus. Aber er hatte ja schon vor Wochen doziert, es helfe ihm nichts, alles zu vertuschen oder unangerührt zu lassen, nur weil höhere Stellen dies verlangten. Hier ist ein Mord geschehen. Sie haben den Toten oder zumindest die Knochenreste. Sie fanden die Todesursache. Und es wird einen oder mehrere Mörder geben. Die laufen vermutlich noch frei herum, und die müssen hinter Gitter. Das ist sein Job. Das ist seine Überzeugung. Deshalb wurde er Polizist. Warum also sollte er nun klein beigeben, nur weil es plötzlich um Weltpolitik geht? Hansen sagt dann leise zu sich: »Ich weiß, ich sollte mich nicht weiter darum kümmern. Das kann mich Kopf und Kragen kosten. Aber andererseits – wenn ich da tatsächlich etwas ganz Großem auf die Spur komme, dann kann ich vielleicht doch noch Karriere machen oder berühmt werden oder was auch immer …«

Die nächsten Tage werden turbulent. Hansen und Merit statten zunächst Elvira Seeliger in Sankt Peter-Ording einen Besuch ab. »›Sankt Peter-Urdem‹ sagen wir Nordfriesen ja dazu«, belehrt Hansen seine Kollegin und beginnt etwas über das Nordseeheil- und Schwefelbad zu erzählen. Besonders gefällt ihm der rund zwei Kilometer breite und mehr als zwölf Kilometer lange Sandstrand. Da geht er gern mit Swantje entlang, schaut den Strandbuggys nach, wie sie sich von ihren Winddrachen ziehen lassen. »Wir gehen auch gern in diese Stelzenlokale, schön da«, schwärmt er Merit vor. Doch heute ist dazu leider keine Zeit. Offiziell darf Hansen ja in dem Mordfall nicht ermitteln, aber bisher scheint das seinen Vorgesetzten nicht aufgefallen zu sein. Nun kommen Hansen und Merit bei Frau Seeliger an ihrem Einfamilienhaus im Ortsteil Böhl an.

Die Frau mit den glatten braunen Haaren und einer Sonnenbrille steht im grünen Kleid in der Tür und schaut die beiden Gäste freundlich lächelnd an. »Sie wünschen?«. Hansen stellt ihr ähnliche Fragen nach Kofalski, wie er sie Oxana stellte.

Elvira wirkt vorbereitet. Sie kann sich an Details aus der Praxis von Rolf Mering erinnern, aber nicht an einen Kofalski. »Ich habe dort auch erst 1980 angefangen«, betont sie. »Vor zwei Jahren ging ich in Rente, war auch genug.« Angesprochen auf mysteriöse Todesfälle, die es bei Doktor Mering gegeben haben soll, wehrt sie entschieden ab. »Wie kommen Sie darauf? Ich habe in der langen Zeit nichts davon bemerkt«, unterstreicht sie. Sogar die konkrete Nachfrage, ob sie denn glaube, man könne einen Menschen mit einem mit Gift getränkten Wattepellet in einem geöffneten Zahn töten, beantwortet sie mit einem strikten Nein.

Also als Nächstes zu Doktor Mering. »Den knöpfen wir uns morgen vor«, verspricht Hansen. Ihn beschäftigt im Moment eher der Umstand, dass es hier von Spionen gewimmelt haben könnte, wenn es stimmt, dass Willy Brandt in Büsum eine Wohnung hatte. Wenn ja, warum wusste davon offenbar niemand?

Merit erhält den Auftrag von Hansen, sich mal das Hochhaus am Kurpark näher anzusehen und sich in die Geschichte der Wohnungsbesitzer einzulesen. Davon ist sie sehr begeistert. »Alte Akten, alte Fakten, neue Leute, neue Beute«, reimt sie fröhlich vor sich hin. Hansen summt dazu. Beiden scheint es zu gefallen, dass ihr inzwischen persönlicher Fall einer alten Mordaufklärung diese Dynamik gewonnen hat. Alles hätte so schön sein können, wenn nicht dieser Anruf aus Kiel gekommen wäre.

»Landeskriminalamt Kiel, Doktor Sattler hier«, hört Henry Hansen eine altbekannte Stimme, als er den Hörer in seiner Büsumer Dienststelle am nächsten Morgen abhebt.
»Nein, Doktor Sattler, Sie doch nicht!« Weiter kommt Hansen nicht, denn sein Vorgesetzter wird förmlich. Die beiden kennen sich noch aus alten Sylter Tagen. Der Herr Doktor Sattler aus Kiel wies den Kriminaloberkommissar aus Westerland immer wieder in seine Schranken und hielt ihn für eine Pfeife. Der auf hohe Bildung Wert legende Doktor vom Landeskriminalamt beherrscht nicht nur das

Plusquamperfekt oder das Futur zwei, er wendet diese Verbformen auch ständig und gern an. Das allein überzieht seine Sätze mit einer Steifigkeit, über die sich nicht nur Hansen lustig macht. Kurz gesagt: Beide verbindet eine gegenseitige Abneigung.

Doktor Sattler posaunt nun los: »Herr Oberkommissar Hansen, wir, beziehungsweise der Europäische Nachrichtendienst, hatten Ihnen schriftlich die Anweisung erteilt, jegliche Ermittlungen im Fall des skelettierten Toten in Büsum zu unterlassen. Das hatten Sie sogar quittiert. Eine Die-hienst-an-weis-ung, Hansen! Nun erhalten wir Hinweise, dass Sie weiterermitteln. Da gibt es jetzt einen Vermerk in den Akten. Sie können sich schriftlich äußern, Hansen, aber ich rate Ihnen dringend, auch weil wir uns ja länger kennen, unterlassen Sie das, Hansen, unterlassen Sie das sofort.«

Hansen holt tief Luft und sagt fast kleinlaut: »Wir werden verstanden haben. Das ist Futur zwei, mein Lieber. Plusquamperfekt, das war gestern, wir blicken in die Zukunft, im Morgen liegt die Hoffnung, Doktor Sattler. Nur wer bereit zu Aufbruch ist und Reise, mag lähmender Gewöhnung sich entraffen. Kennen Sie das?«

Doktor Sattler, der Kummer mit Hansen gewöhnt ist, wird immer ärgerlicher: »Was soll das wieder, Hansen, Futur zwei und dann Hermann Hesse zitieren. Natürlich kenne ich sein Gedicht ›Stufen‹, aber was hat das mit dem Fall aus Büsum zu tun? Und ganz unter uns: Die Anweisung kommt von ganz oben. Und wenn Sie da jetzt auch nur einen Gedanken weiter dran verschwenden, sind Sie ganz schnell ganz unten. Da kann Ihnen nichts und niemand mehr helfen, Hansen. Und bitte: Denken Sie auch an Ihre junge Kollegin. Die hat noch ihre ganze Zukunft vor sich.«

Der Büsumer Kommissar geht nicht darauf ein, sondern zitiert weiter Hesse: »Jawoll, Doktor Sattler, und es wird vielleicht auch noch die Todesstunde uns neuen Räumen jung entgegensenden, des Lebens Ruf an uns wird niemals enden. Wohlan denn, Herz, nimm Abschied und gesunde! Ein herzliches Lebewohl nach Kiel, Doktor Sattler.« Hansen legt auf. Doktor Sattler sagt nur still vor sich hin: »Der hat doch nicht alle Tassen im Schrank, Todesstunde, neue Räume, was sollen diese Anspielungen aus dem Gedicht? Wie ich den kenne, macht der weiter. Ich habe ihn gewarnt.«

KAPITEL 14
DIE WEICHEN FÜR EUROPA ZEIGEN NACH PRAG

Prag und Büsum 1981 bis 1982

Heute schreibe ich in fröhlichen Schwüngen mein Tagebuch. Irgendwie bin ich gut drauf. Das hat natürlich Gründe: Im Jahr 1981 laufen die Vorbereitungen für Willy Brandt exzellent, was die Vereinigung Europas angeht. Alle Staaten haben sich dafür ausgesprochen, alle wollen dabei sein und ihr Wissen und Können einbringen. Es gibt kaum Widerstand. Die Bevölkerung ist begeistert, fast überschwänglich. Willy Brandt hat im Hintergrund viele Weichen gestellt. Es geht um Finanzen, um die gemeinsame Währung, den Ecu. Es geht aber vor allem um das europäische Gefühl. »Wir haben die Herzen der Europäerinnen und Europäer erreicht, sie wollen und sie werden«, sagt der deutsche Bundeskanzler. In einer Art Wahlkampftour besucht Brandt in diesem Jahr alle Länder, die zu Europa gehören wollen. Von Portugal bis Russland, von Island bis zur Türkei sollen die Vereinigten Staaten von Europa reichen. Das finde ich ganz großartig. Geschichte wächst, und wir können zusehen. Mehr noch: Wir sind ein Teil davon.

Doch finde ich es wichtig, heute auch ein paar Details für die Nachwelt festzuhalten. Zum großen Werk Europa hat vieles beigetragen, was Siegfried Böhlmann, Brandts Mitarbeiter und mein Freund, ihm bei den langen Gesprächen im Büsumer Penthouse erzählt hat. Die Ideen des alten Persepolis greift Brandt tatsächlich auf, wonach die Könige der Länder erhalten bleiben, was übersetzt heißt: Die örtlichen Parlamente regieren weiter, prägen ihre Kultur, ihr Land. Doch was wirtschaftlich, finanzpolitisch, militärisch und außenpolitisch geschieht, das ist in Prag angesiedelt, der neuen Hauptstadt Europas. Ja, verblüffend, oder? Sie liegt geografisch fast im Zentrum aller beteiligten Länder. Sie wird als unabhängige Zone Europas eingerichtet. Es ist der neue Mittelpunkt des Kontinents, auf jeden Fall das kommende Machtzentrum. Die Prager Burg auf dem Berg Hradschin ist die größte zusammenhängende Burganlage der Welt und nun der Sitz der Regierung Europas. Und das Parlament? Es wird im Spätherbst 1981 europaweit gewählt. Die Parteien aller Länder veranstalten ungewöhnlich herzliche Wahlkämpfe. Es bricht eine Euphorie aus, die zuvor unmöglich erschien. Vor allem die jungen Menschen führen das voran. Sie wollen einfach das vereinigte Europa, und sie sind in der Mehrheit. Vermutlich wirkt Willy Brandt auf sie als der gute alte Onkel, der lächelnd versteht und einfach macht. Jedenfalls drücken das viele so aus.

Ich finde in den Zeitungen Zitate ganz unterschiedlicher Europäerinnen und Europäer. Georgina Sofi aus Salerno bei Pompeji zum Beispiel ist begeistert, weil es endlich ein Ministerium gegen Landflucht gibt. Sie sagt: »Ärzte kommen wieder in unsere kleinen Dörfer und helfen den Menschen, gesund zu werden. Ich finde toll, dass ich wieder Arbeit finde, in den Dörfern waren die Menschen hilflos, nur die Alten blieben zurück. Jetzt wird der Zerfall endlich aufgehalten.« Das ist ja europaweit ähnlich. Ganze Regionen sind ausgedünnt, weil die Bewohner in die Städte ziehen, um Arbeit zu finden. Nun gibt es Hoffnung und Arbeitsplätze auf dem Lande. Da werden offenbar Millionen Ecu hineingepumpt. Selbst hier in Büsum wirkt sich das aus. Der Ort ist dem Tourismus verpflichtet, aber weiter weg von der Küste sah es bis heute auch nicht so toll aus mit Arbeitsplätzen.

Lasst uns eine Kohlroulade essen, die Dithmarscher bauen doch hektarweise Kohl an. Ich mag die so gern. Genauso geht es mit Krabben, ja wirklich. Ich finde das so typisch für unsere Gegend, Kohl und Krabben. Beides kommt bei mir auf den Tisch. Aber wir waren ja bei den Arbeitsplätzen. Also mit der Kohlernte wird hier traditionell Geld verdient in Dithmarschen und mit Krabben in jeder Form auch. Aber seit es Europa als Staat gibt, sind Hunderte neuer Arbeitsplätze zwischen Eider und Elbmündung entstanden – kleine Manufakturen für Lederwaren, Architekturbüros oder Malerbetriebe. Das zählt mehr als große Ansiedlungen von Fabriken. Dieses Kleinteilige hilft.

Eine andere Stimme, die ich im Radio gehört habe, lobt das neue Verkehrsnetz in Europa. Casimir Clement aus Aix-en-Provence ist offenbar Fan des schnellen TGV in Frankreich, der nun Paris mit Marseille verbindet und 300 Kilometer pro Stunde zurücklegt. »Das neue Zugsystem, die Verbindungen europaweit, das einfache Umsteigen an Bahnhöfen auf Leihautos oder auf Fahrräder sowie das zugehörige Fernradwegenetz sind einfach grandios«, lobt Casimir in einem Beitrag für die Europawelle. Das ist jetzt ein neuer Radiosender, den ich sehr gern höre. Und das Schönste, auch für uns im Norden Deutschlands, alle diese Verkehrsmittel sind mit einer Monatskarte zu benutzen, die für alles gilt. Reisen ist nicht nur einfach ohne eigenes Auto, sondern auch erschwinglich für jeden. »Ich weiß morgens, wenn ich losfahre, noch nicht, welche Verkehrsmittel ich alle nehme den ganzen Tag über«, beschreibt Casimir diesen Fortschritt.

Gut, es gibt heute auch kritische Stimmen zu Europa. Da warnt einer vor Regionen, die abgehängt würden. Alle würden zentral regiert und die örtlichen Parlamente entmündigt. Eine kleine Partei, die Europa-Pessimisten, macht damit Stimmung. Sie erhält bei den Wahlen aber europaweit nur 4,5 Prozent der Stimmen. Ich selbst war von Anfang an begeistert von diesem vereinigten Europa, mit einer Einschränkung.

Prag, denke ich so, warum das wohl so sexy ist? Ich war anfangs wirklich sehr skeptisch gegenüber dieser gewählten Hauptstadt. Nun bin ich hingefahren, und seitdem bin auch ich begeistert. Die Moldaubrücken, der Karlsplatz, die neuen Cafés, die langsam entstehen, all das hat Charme. Die Menschen sind dem Leben zugewandt, sie sind weltoffen. Geschichtlich steht Prag ja für Rebellion, genau das, was den Aufbruch nach Europa ausmacht. 1618 war das ähnlich. Prag genoss eine europäische Rolle, allerdings eine höchst traurige. Mit dem »Prager Fenstersturz« begann der Dreißigjährige Krieg, was damals natürlich niemand ahnen konnte. Am 23. Mai 1618 stürmte ein Trupp böhmischer Adeliger, die von Heinrich von Thurn angeführt wurden, auf die Prager Burg. Sie warfen zwei kaiserliche Statthalter und einen Kanzleisekretär aus dem Fenster. Das war der berühmte Fenstersturz. Mit diesem Akt hatte sich der böhmische Adel gegen die herrschenden Habsburger erhoben. Die Themen lauteten damals: Religionsfreiheit, Abschaffen von Adelsprivilegien und wirtschaftliche Vorteile. Also nicht viel anders als heute.

Mit dem »Prager Fenstersturz« ging das übrigens so aus: Die beiden Statthalter und der Kanzleisekretär landeten 17 Meter tiefer und überlebten den Sturz. Die Katholiken meinten, weil sie die Jungfrau Maria auffing. Die Protestanten glaubten, weil sich unten ein Misthaufen befand. Die Historiker heute meinen, weil die Burgmauer schräg war und den Sturz abfing. Und die Aufrührer? Sie und fast alle böhmischen Adeligen wurden enteignet, vertrieben oder hingerichtet, wenn sie nicht katholisch waren. Der Anfang eines Flächenbrandes war damit gelegt. Er sollte 30 Jahre wüten bis zum Westfälischen Frieden 1648.

Nun geht von Prag ein anderer »Flächenbrand« aus, die europäische Erneuerung. Mehr Demokratie wagen – so lautet schon immer das Credo Willy Brandts. Jetzt kann es sich Bahn brechen. Das vereinte demokratische Europa trifft sich in der tschechischen Hauptstadt und regelt von Zollunion bis Abfallwirtschaft, von Z bis A, alles gemeinsam.

Die Parlamentarier aller Länder sind vereint und blicken von den Räumen des europäischen Parlaments im Hradschin auf die Moldau. Prag ist eine unabhängige Zone Europas. Jeder Mitgliedsstaat entsendet Minister in die Regierung in der Prager Burg. Die ersten zwei Jahre leitet Willy Brandt als Präsident die Zentralregierung in Prag. Ihm ist die Einigung zu verdanken. Sie krönt sein Lebenswerk. Der Vorsitz rotiert dann halbjährlich zwischen den Ländern Europas. Russland erhält mehr Gewicht: Alle sechs Jahre steht für ein Jahr ein russischer Präsident an der Spitze Europas. Breschnew ist begeistert. »Wir sind da Moskau etwas entgegengekommen«, betont Brandt immer wieder. Die Russen wissen das zu schätzen. Sie sind, auch wenn sie ursprünglich mehr wollten, mit dem turnusmäßigen Vorsitz in Europa zufrieden.

Die USA unter Jimmy Carter und ab 1981 dann unter Ronald Reagan sind es nicht. Sie sehen dem Ganzen nur sehr missmutig zu. Der Gründungsfeier der Vereinigten Staaten von Europa am 1. Januar 1982 bleibt Ronald Reagan sogar fern. Ein Eklat erster Klasse ist das, denn sonst reisen aus allen Teilen der Welt die Vertreter der wichtigsten Regierungen an. Alle Staatschefs Europas verurteilen das Verhalten der USA. Das ist ja auch so was von piefig. Ich freue mich jedenfalls, denn zu Europa gehören ja von Irland, Großbritannien und Portugal im Westen alle Länder mit Russland im Osten bis zum Ural und die Türkei im Südosten. Skandinavien mit Island im Norden haben sich wie auch die Schweiz zu Europa formiert.

Seit dem 1. Januar 1982 sind auch die Geheimdienste zentral in Prag stationiert, der neuen Hauptstadt Europas. Alle alten Unterlagen des Bundeskriminalamtes und des Verfassungsschutzes sind dort zusammengefasst. Berlin gibt es natürlich noch als ehemalige Hauptstadt der Republik Deutschland, zu der sich die BRD und die DDR 1978 vereinigt hatten. Doch es ist nicht mehr als eine Provinzhauptstadt mit einem Regionalparlament, genauso wie Paris, Rom oder Lissabon. Sie alle haben den Status wie vormals die Hauptstädte der Bundesländer.

Mit dem seit November 1980 regierenden Ronald Reagan, dem früheren Schauspieler, hat sich Brandt im Weißen Haus bereits getroffen. Doch bei dem wirtschaftlichen Verfall der USA, den auch Reagan durch seine massiven Steuersenkungen nicht aufhalten kann, muss sich die einstige Weltmacht Brandts Plänen beugen. Zu gern hätten die Washingtoner Strategen die Erstarkung Europas verhindert. Nun versuchen sie zumindest den Schulterschluss mit China, aber die seit Konfuzius im Verteilen von Komplimenten perfektionierten Chinesen lassen sich nicht in die Karten schauen. Immer mehr zeigt sich, wie sich die Kräfte verschieben. Russland und Europa bilden einen gemeinsamen Pol, China formt den anderen. Die USA unter Reagan bleiben außen vor und spüren das auch. Das ist nicht nur meine Einschätzung als politisch interessierter Laie, sondern das steht auch in den Zeitungen.

Für Willy Brandt läuft politisch alles bestens, was mich sehr freut. Pflichtgemäß schickt Brandt Genesungswünsche an Ronald Reagan, als der bei einem Attentat im März 1981 verletzt wird. Es sind turbulente Zeiten. Auch der Papst Johannes Paul II. wird durch Schüsse verletzt. Er hatte im Mai auf dem Petersplatz 20.000 Gläubige empfangen, als aus der Menge gefeuert wurde. Im September entgeht bei Kaiserslautern ein US-General einem Attentat. Er führte damals die amerikanischen Streitkräfte in Europa.

Und die müssen natürlich nun abziehen, was ich ausdrücklich unterstütze. Ich war gerade auf zwei Friedensdemonstrationen, das ist es mir wert. Ich ziehe mit rund 2.000 anderen Teilnehmern durch Berlin und durch Kaiserslautern. Wir billigen kein Attentat. Vermutlich steckte damals die Tote Armee Fraktion (TAF) dahinter.

Aufgeklärt wird das nie. Zu unserer großen Freude gelingt es Willy Brandt, dass alle ausländischen Streitkräfte zum Gründungstag Europas am 1. Januar 1982 auch tatsächlich Europa verlassen haben.

Doch 1981 hat es in sich. Aus Sicht der Geheimdienste in Ost und West tobt ein »Krieg hinter den Kulissen«. Wer weiß, wer bei welchem Attentat so die Fäden zog? Im Oktober 1981 wird Anwar as-Sadat erschossen, der Staatspräsident Ägyptens. Das ist vor der südlichen Tür Europas. In Polen – also innerhalb Europas – herrscht plötzlich Kriegsrecht, die Gewerkschaft »Solidarität« wird aufgelöst. Das wirkt auch wie von außen gesteuert. Doch Brandt kann in Warschau mäßigen. Für den Friedensnobelpreisträger zählt nur, was menschlich und politisch zustande kommt. Am Vorabend der Vereinigung Europas ist aus meiner Sicht ein Kriegsrecht in einem Teil Europas inakzeptabel, wie ich finde. Zum Glück kann die »Solidarität« Oberhand gewinnen.

»Links und frei«, lautet Brandts bewegende Autobiografie für die Jahre 1930 bis 1950. Doch nun sind wir mehr als 30 Jahre weiter. Ein jetzt passender Buchtitel für ihn wäre »Der Gärtner Europas« oder »Die europäische Sozialunion – mit Moskau«. Es kommt in der Weltgeschichte manchmal zu Zeitfenstern, in denen politische Konstellationen einen Schub ermöglichen. Dies ist eines. Nur muss es auch Menschen geben, die das erkennen und zu nutzen verstehen – und es dann in praktische Politik münden lassen. Die Bürger und Politiker Europas sind nun dazu in der Lage. Ich bin erleichtert und froh darüber.

KAPITEL 15
WAS KAPITÄN OLE ALLES WEISS

Büsum 2019

Hansen ist mächtig sauer. »Wie kommt dieser Besserwisser Doktor Sattler aus Kiel darauf, dass wir bei Kofalski weiterermitteln?«, fragt er. Merit, die ihm im Kommissariat in Büsum gegenübersitzt, rätselt auch. Sie gehen alles einmal kurz durch, was sie in den vergangenen Tagen so angestellt haben. Die Anfrage beim Chef der Sparkasse in Meldorf zum Blick ins Konto von Oxana Weder konnte es nicht sein. »Der hält dicht, es war ein Freundschaftsdienst«, versichert Hansen. Er notiert: 200 Ecu monatlicher Zahlungseingang bei Oxana Weder, anonymer Absender. Wer zeigt sich hier dankbar und wofür? Liebesdienste? Schweigegeld? Wie konnte sie überhaupt vom Gehalt als Zahnarzthelferin ein großes Haus in Meldorf finanzieren? Und von 920 Ecu gesetzlicher Rente kann sie doch nicht leben …

»Ich hab's«, knurrt Hansen und weist auf die Anfrage beim Kraftfahrt-Bundesamt in Flensburg hin. »Das war ungeschickt, Mist.« Sie hatten sich erkundigt, ob im Verkehrszentralregister etwas gegen Heinz Kofalski, Betty Johannsen und Oxana Weder vorgelegen habe oder vorliege. Sie hatten auch nach Fotos gefragt, wie sie vielleicht bei der Aufnahme in einer Radarfalle entstanden sein könnten. Es hatte keine Antwort gegeben. »Die haben das nach Kiel weitergemeldet, da bin ich mir sicher«, schnauft Hansen.

»Machst du weiter mit, Merit, oder möchtest du aussteigen? Es steht dir frei.« Hansen spielt mit offenen Karten, was seine Anweisung aus Kiel betrifft und seine Auffassung, trotzdem den Fall aufklären zu müssen.

»Ich bleibe dabei, Chef, wir müssen nur vorsichtiger sein«, gibt sie ihm zu verstehen. »Vielleicht werden wir schon abgehört.« Die beiden scheinen sich nun alles vorstellen zu können, so sehr hat sie die Order des Vorgesetzten Doktor Sattler aus Kiel getroffen.

Merit schreibt Hansen auf einen großen Zettel, der vor ihm auf dem Schreibtisch liegt, in ihrer geschwungenen Handschrift den Vorschlag, mit dem Helgoländer Börteboot jetzt auf Hafenrundfahrt zu gehen. Da könnten sie in den 45 Minuten alles ungestört besprechen, jedenfalls ohne aus Kiel abgehört zu werden. Hansen nickt. Sie gehen zum Hafen, steigen ins Börteboot »Hein Mück« und das Boot legt ab. Sie schauen sich um. Tatsächlich sind nicht viele Gäste an Bord heute Mittag, und so plaudert Merit über ihre Recherchen zu Willy Brandts möglicher Wohnung in den 1980er-Jahren im Hochhaus am Kurpark. »Die Hausverwaltung war zunächst zurückhaltend, dann aber gab sie mir ein paar Akten, in denen stand, wer im 21. Stock die letzten Jahre so wohnte. Natürlich nichts mit Willy Brandt. Der Architekt hieß Hans Warnholz, das Haus wurde 1971 bis 1972 gebaut. Ich habe ein paar Adressen von Voreigentümern, die könnte ich anrufen«, erzählt Merit von ihren Ergebnissen.

Hansen schlägt einen anderen Weg der Recherche ein – Büsumer Undercover-Ermittlung sozusagen. »Mensch, Ole«, fragt er den Kapitän, »meine Kollegin will mir gerade einen Bären aufbinden. Die ist davon überzeugt, dass Willy Brandt in Büsum eine Wohnung hatte. Ich kann ihr das gar nicht ausreden. Wenn einer Bescheid weiß, was in Büsum so los ist, dann bist doch du das. Erzähl ihr mal, was das für ein Blödsinn ist.«

Ole Smart schmunzelt, fasst sich in den weißen Vollbart und beugt sich dicht zu Hansen hinüber. »Also, Willy Brandt, der hatte hier mindestens seit Mitte der 1970er-Jahre oben ein Penthouse im Hochhaus. Ich bin 1981 mal mit ihm geschippert. Der war nicht zu erkennen, du. Dunkle Wollmütze tief im Gesicht, keine Brille, olle Plunnen an. Den habe ich die ganze Küste hochgefahren bis Husum. Sehr unterhaltsam war der, Mann. Ich durfte keinem was sagen, nur ein Mann hat ihn begleitet, weiter niemand. Doch jetzt ist doch die Schweigezeit um, oder? Euch kann ich das doch vertellen nach so vielen Jahren.« Ole lächelt breit.

»Okay, also dann: Ole, kannst du uns die Wohnung genauer zeigen?«, will Hansen wissen.

»Ja, nachher, wenn wir zurück sind. Da gab es an der Seite einen extra Eingang und extra Fahrstuhl. Zack, war der oben, du. Keiner hat ihn gesehen. Und da hatte er den Überblick, rundum, du. Das hatte sonst keiner. Darum isser ja auch so groß geworden, dem haben wir Europa zu verdanken, das hat der sich hier in Büsum alles ausklamüsert, du. Und weißt du noch, diese rauchige Stimme mit der langsamen Art zu sprechen und das Lächeln, echt, du, der Brandt war ja wer.« Dann wird die Stimme des Kapitäns lauter: »So, meine Damen und Herren, nun sind wir gleich wieder im Hafen ...« Ole legt an und hilft den wenigen Fahrgästen wieder über den Steg an Land. »Ich habe Feierabend, wir fahren mal zum Hochhaus«, sagt Ole zu Merit und Hansen.

Der Seebär Ole schwingt sich auf sein Lastenfahrrad und will losfahren. »Wie, kein Rad dabei? Dann quetscht euch hier in den Doppelsitz vorn. Ich nehme euch ausnahmsweise mit, da sitzen sonst meine beiden kleinen Enkel«, schlägt der 67-Jährige vor. Und schon genießen Merit und Hansen eine kleine Büsumrundfahrt, angetrieben von Oles kräftigen Schenkeln. Er ruft ihnen schnaufend zu: »Nix E-Bike, macht euch mal schlank, ihr seid ja Schwergewichte.«

»Wem gehörte denn damals die Wohnung, Ole?«, möchte Hansen wissen.

Doch der zuckt nur die Achseln. »Ich weiß nur, dass er hier in den Fahrstuhl stieg. Oben war ich nie. Wir können ja mal klingeln«, schlägt der Seebär vor. Eine Frauenstimme meldet sich: »Sie wünschen?«

Ole ist überrascht. Er hat hier noch nie geklingelt. Dann sagt er rasch: »Äh, hier Ole Smart, Paketpost, darf ich hochkommen?« Die Tür öffnet sich, der Fahrstuhl kommt, die drei steigen ein und sind im Nu oben. Die Frau ist etwa in Oles Alter, kennt ihn aber nicht und er sie nicht. Also kann es keine alte Büsumerin sein, denn Ole wohnt seit seiner Geburt in dem Ort. »Gnädige Frau«, beginnt er etwas umständlich, »wir möchten mal Ihren Ausblick genießen, dürfen wir mal ganz kurz reinkommen, wir sind alte Büsumer, und hier oben waren wir noch nie. Vielleicht wollen wir unter Ihnen mal etwas kaufen, aber wir müssen erst mal gucken, verstehen Sie?«

Die Frau mustert die drei etwas skeptisch, dann willigt sie ein. »Überrumpeln lasse ich mich sonst nicht so leicht, aber bei zwei alten Büsumer Männern ... Und woher sind Sie, junge Frau? Doch nicht von Büsum, oder?«

Merit lächelt knapp. »Nee, ufjewachsen in Balin, aber nu lebe ick hier janz jut«, berlinert sie, wie sie es sich sonst schon fast abgewöhnt hat. Im Alltag mit Hansen pflegt sie lieber Hochdeutsch. Das Nordfriesische liegt ihr nicht so. Die drei treten in ein riesiges Wohnzimmer mit Blick zu allen Seiten. Es ist für Hansen und Merit ein angenehmes Gefühl, hier im Zentrum der einstigen Wohnung Brandts zu stehen, alles anschauen zu können. Sie schweigen und gucken sich um. »Großartig!«, ruft Ole schließlich. »Wenn ich diesen Blick so essen könnte wie einen jungen Matjes, das wär's«, betont er voller Freude. »Wussten Sie, dass hier mal Willy Brandt gewohnt hat, ganz früher, meine ich?«, fängt Ole an zu fragen, während die beiden Ermittler weiter schweigen und staunen.

»Nee, wie kommen Sie darauf? Ich habe das Apartment vor fünf Jahren von einer Kanadierin gekauft, die wieder zurück in ihre alte Heimat nach Vancouver gezogen ist. Von Willy Brandt hat sie nichts erzählt. Stimmt das überhaupt? Glaube ich nicht, der hatte doch eine Hütte in Norwegen.«

Ole winkt mit einer Hand ab und schaut sich auch um. Sie prüfen noch die Fenster und wie windig es wohl ist, wenn sie geöffnet werden. Sie schauen in die Nachbarzimmer durch die offenen Türen. »Hier, einen Kamin hatte der Brandt auch«, meint Ole und zeigt darauf. »Stellt euch vor, hier saß er und machte Weltpolitik, blickte übers Watt nach Amerika, eigentlich wäre das hier das beste Museum für

Europa«, fabuliert Ole vor sich hin. Die Frau in der Wohnung macht ein Knautschgesicht und öffnet ihren Mund halb. »Haben Sie denn nun alles gesehen? Dann darf ich also bitten«, beginnt sie eine unverhohlene Abschiedsformel und weist zur Tür.

»Eine Frage noch«, wendet Hansen ein, »kennen Sie andere Leute hier im Haus?«

Die Frau überlegt. »Nur die Diekmann unter uns«, sagt sie knapp und streckt ihre Hand zur Verabschiedung aus. Die drei nehmen an und gehen zum Fahrstuhl. »Wie kommen wir zu der Diekmann?«, will Hansen noch wissen, aber da hat die Frau schon die Tür sanft geschlossen. »Ich glaube, da müssen wir den anderen Fahrstuhl nehmen«, erläutert Ole. Sie versuchen es, stehen vor der Tür ein Stockwerk unter dem Penthouse und klingeln bei Diekmann. Niemand öffnet.

»Der Name sagt mir irgendwas«, grübelt Ole laut vor sich hin. »Hier stand ich auch damals mal vor der Tür und sprach mit einer Frau Diekmann. Sie war ziemlich sexy«, erinnert er sich. »Aber neugierig seid ihr ja wohl gar nicht, was, warum wollt ihr das alles wissen?« Hansen und Merit sehen sich an, zucken die Schultern. Da plötzlich schlägt sich Ole vor den Kopf. »Klar, Mann, du bist doch der Hansen, Henry Hansen, unser Kripomann, jetzt erkenne ich dich, du warst früher auf Sylt, stimmt's? Seit kurzem bist du wieder hier, wo du hingehörst. Wir hatten schon in unserer Jugend mal flüchtig Kontakt, die Swantje gehörte auch dazu, die ist doch auch wieder hier, so langsam kommt die Erinnerung, du. Na sicher, du bist ja von Beruf aus neugierig. Frag, was du willst, ich weiß alles«, bekennt Ole, und sie begeben sich wieder hinab zum Ausgang des Hochhauses. Hansen grinst zufrieden und meint beim kurzen Schulterklopfen zu ihm: »Ole, du kannst mir morgen im ›Domicile‹ in der Hafenstraße mal was über deine Zeit mit Willy Brandt erzählen, 18 Uhr. Überleg schon mal, damit du das alles parat hast, alles. Bis morgen.«

»Jo, Henry, wird gemacht, in der allerletzten Kneipe vor Helgoland, bin dabei, bis morgen.«

KAPITEL 16
EIN RUCK GEHT DURCH EUROPA

Büsum, Prag und Moskau 1982

Alles ist in Euphorie. Das neue Europa ist quietschbunt. Alles lacht. Es gibt Willkommensfeiern für Willy Brandt, der in zwei Wochen alle Hauptstädte abklappert. Das europäische Parlament hat sich formiert. Prag als neue Metropole erscheint strahlend und schön. Die Vereinigten Staaten von Europa sind das große Thema weltweit. Viele Regierungschefs haben sich zum Antrittsbesuch angemeldet. Bis zum Sommer stapeln sich die Termine. Willy Brandt ist in großer Freude, kann sich politisch fast alles leisten, denn seine Vorschläge haben nun Gewicht. Nur der Umzug von Berlin nach Prag gerät holperig. Die Familie will zunächst nicht mit, wie ich in der Europawelle höre, dann sind alle endlich in einem Burgteil auf dem Hradschin in Prag eingezogen, da legt ein Magen-Darm-Virus die Familie lahm.

Willy Brandt genießt Prag dennoch. Er geht gern durch die Gassen, setzt sich in eines der neuen Cafés am Karlsplatz und lässt sich feiern. Die Menschen begrüßen ihn zufrieden, wie ich gerade im Fernsehen sehe. Ich selbst beginne, Esperanto zu lernen, die zweite Amtssprache in Europa. Sie wird nun an allen Schulen ab dem 5. Schuljahr verbindlich unterrichtet. Tatsächlich ist sie leicht zu erlernen, denn sie hat Elemente aus den romanischen, germanischen und slawischen Sprachen. Es ist sozusagen ein Mix europäischer Sprachen, und somit finde ich es ideal und einfach, sie auch in Europa zu verwenden. Die Grammatik ist unkompliziert. Einer der ersten Sätze, den ich mir notiere, ist die Erklärung der Menschenrechte. »Ĉiuj homoj estas denaske liberaj kaj egalaj laŭ digno kaj rajtoj. Ili posedas racion kaj konsciencon, kaj devus konduti unu al la alia en spirito de frateco«, lautet die. Also die Übersetzung: »Alle Menschen sind frei und gleich an Würde und Rechten geboren. Sie sind mit Vernunft und Gewissen begabt und sollen einander im Geist der Brüderlichkeit begegnen.« Prima, oder? Ich füge natürlich immer »im Geiste der Schwesterlichkeit« dazu. Finde ich viel besser. Deutsch gibt es natürlich weiterhin wie auch alle anderen Sprachen der jeweiligen Länder.

Übrigens lässt Europa in Warschau eine große Sprachschule für Esperanto errichten, denn dort hat der Augenarzt Ludwik Lejzer Zamenhof die ersten Grundlagen dazu veröffentlicht. Das war schon 1887. Der Mann nannte sich Hoffender, also Doktoro Esperanto. Schon zwei Jahre später gründete sich die französische Esperanto-Gesellschaft. Heute wird die Sprache in fast allen Ländern der Erde gesprochen.

Ach, jetzt werde ich oft so melancholisch und muss an meinen Siggi denken. Ich weiß immer noch nicht, was mit ihm passiert ist, vermutlich ist er tot. Inzwischen glaube ich das sicher. Es ist so ein Gefühl, ein ziemlich blödes. Ich habe ihn wirklich geliebt, so richtig mit Haut und Haaren. Heute würden wir vielleicht gemeinsam Esperanto sprechen. »Mi amas vin«, sagten wir uns dann gegenseitig: »Ich liebe dich.« Unsere freie Zeit verbrächten wir meistens am Meer vor Büsum oder wir führen nach Sankt Peter-Ording, wo wir vielleicht zusammen wohnten. Mir ist die Zeit mit Siggi immer zu kurz gewesen, viel zu kurz. Oft kam er spätabends, wenn er mit Willy Brandt noch etwas zu bereden hatte. Dann saßen wir kurz in meiner Küche und dann ab ins Bett. Wenigstens konnten wir ausschlafen. Vor zehn Uhr rief sein Meister nicht nach ihm. Gemeinsame Pläne? Manchmal schmiedeten wir welche. Ich träumte immer von Hawaii, Siggi von Grönland. So hatte jeder seine Reiseziele. Doch zusammen verreisten wir eigentlich nie. Ich schlug ihm einmal vor, in den Alpen wandern zu gehen. Dazu hätte er auch Lust gehabt, aber dann durchkreuzten Termine alle unsere Vorüberlegungen. Wandern heißt übrigens »migri«, einfach, oder?

Jedenfalls kaufte ich mir ein Paar schöne Wanderstiefel. Siggi hatte schon welche. Und so verabredeten wir uns das nächste Wochenende für einen Kurzausflug. Die Schuhe wurden auf einer schönen Tour von Tönning zum Eidersperrwerk getestet. In dem kleinen Aussichtspavillon aßen wir dann Labskaus mit Hering und roter Bete, obendrauf ein Spiegelei. »Lecker«, schwärme ich heute noch, wenn ich so etwas genieße. Klar, da gab es auch Deichlamm oder Aal in Gelee, alles, was unsere Dithmarscher Küche so hergibt. Siggi verriet mir damals: »Du, mit dem Willy Brandt war ich auch mal hier. Der mochte diese Klitsche, den Blick auf die Eider, trank ein Bier und nahm sich ein Eiderstedter Krabbenbrot. Der liebt so etwas Rustikales.«

Jetzt muss ich ohne Siggi zurechtkommen. Ich tue mich noch schwer mit neuen Liebschaften. Ich schaue viel

Fernsehen. Da erfahre ich gerade etwas vom Tod Leonid Breschnews, es ist November 1982. Da frage ich mich: Wie werden sich seine Nachfolger positionieren? Wird Russland seine Verträge einhalten? Wie steht das russische Volk zum neuen Europa? Diese Fragen treiben offenbar auch Brandt sofort um. Schon auf der Trauerfeier in Moskau spricht er mit allen Vertretern der Regierung und den wichtigsten Parteichefs im Land. Es wird Neuwahlen in Russland geben. Welche Kraft siegt, ist ungewiss. Brandt entschließt sich spontan für eine mehrteilige Wahlkampfreise durch die wichtigsten Städte im Land. Er wirbt für die Europa-Partei Russlands. Allein seine zehn Sätze Russisch, die er gelernt hat, verzaubern die Menschen. Es sind kleine Gesten, die zählen, und die Wähler lassen Brandt ihre Zuneigung spüren. Besonders die Zugfahrt von St. Petersburg nach Moskau, bei der Brandt von Tausenden Bürgern begleitet wird, ist ein großer Erfolg. TV Europo berichtet live, das schaue ich mir gerade an.

Dieser Sender gehört zur größten Fernsehanstalt Europas, Sitz ist Prag. Er gefällt mir. Es wird rund um die Uhr gesendet, abwechselnd in den zehn wichtigsten Sprachen Europas und natürlich in Esperanto. Junge Menschen kommen viel zu Wort. Ich selbst bin dazu vor ein paar Wochen in Sankt Peter-Ording interviewt worden. Es ging um gesunde Zähne. Für mich hat sich an der Ausweitung der gesetzlichen Krankenkasse auf alle Berufs- und Einkommensgruppen damals auch Europa gezeigt. Ich erinnere mich, in wie viele kaputte Gebisse ich in Griechenland im Urlaub sehen musste. Das hat mich als jungen Menschen stets angewidert. Die hatten schlicht kein Geld, sich ihre Zähne erneuern zu lassen. Jetzt ist das möglich. Private Zusatzversicherungen gibt es noch, aber das ist auch alles. Dass sich jemand ganz privat versichert und sozusagen eine Zweiklassenmedizin alimentiert wird, so etwas ist endlich vorbei. Das habe ich fröhlich in die Kamera und die Mikrofone erzählt.

Ich gucke TV Europo tatsächlich fast täglich, weil der Alltag der Menschen dabei eine große Rolle spielt. Alles andere als staatstragend, würde ich sagen. Ich sehe ihn gern, weil er unterhält, informiert und Spaß macht. Überhaupt: die Medien. Die europäische Regierung hat es geschafft, genug Geld dafür bereitzustellen. Die vielen lokalen Zeitungen arbeiten heute auf einer soliden Grundlage. Sie sind nicht von dubiosen Verlagen abhängig, die über einen Anzeigenverkauf Geld scheffeln. Mich hatte immer gestört, dass diese Verleger sich als unabhängig darstellen, wobei sie den Geldgebern den Hof machen, also den Anzeigenkunden auch redaktionelle Inhalte schenken. Sollte so eine »vierte Gewalt« im Staate aussehen? Das Beispiel, das es schon gab, war der Deutschlandfunk. Finanziert von den Rundfunkgebühren und vom Staat. Unabhängige Informationen waren vor der Gründung Europas zur Mangelware geworden. Die Mehrzahl der Zeitungen und Radio- sowie Fernsehstationen in Europa hatte nicht mehr die Kraft, manipulierte Nachrichten von echten zu unterscheiden. Es war Ende der 1970er-Jahre eine Welle von falschen Nachrichten durch die Welt geschwappt. Wir als Verbraucher hatten arg zu leiden. Wem oder was sollten wir glauben?

Seit kurzem ist das so geregelt: Jeder Bürger ab 18 Jahren bezahlt einen festen Betrag an Mediengebühr. Damit und mit erheblichem Zuschuss vom europäischen Medienministerium in Prag werden die Verlage und Redaktionen versorgt, die sich um eine Lizenz zum Veröffentlichen von Nachrichten und Meinungen bemüht haben. Um diese Lizenz zu bekommen, müssen gewisse Kriterien an Professionalität nachgewiesen werden. Alles wird jährlich durch unabhängige Prüfer besiegelt. Ich habe das in Büsum gerade miterlebt, weil mir ein Freund davon erzählte. Da steht plötzlich so ein Redaktionsprüfer in der Tür und lässt sich zwei Tage lang zeigen, wie die einzelnen Journalisten arbeiten, wie sie Artikel recherchieren und was sie daraus machen. Heute nehmen das junge Menschen als selbstverständlich hin, aber bis vor kurzem war sie ein Feld von Kraut und Rüben, diese Medienlandschaft. Jeder konnte veröffentlichen, was er wollte. Schlimmer noch: Er konnte weglassen, was er wollte, er konnte Mücken zu Elefanten machen oder seinen am besten zahlenden Anzeigenkunden als den Lokalmatador überhaupt seitenlang abfeiern. Wie sollte da eine Demokratie funktionieren? Sie fußt auf gesunden, wahrheitsgemäßen Informationen. Genau das war verloren gegangen. Jetzt gibt es endlich Nachrichten aus Redaktionen mit dem Medien-Qualitätssiegel.

Aufbruch in Europa, ja, das ist in allen Bereichen zu spüren. Durch ganz Europa geht ein Ruck, wie manche jetzt sagen. Die Menschen verstehen sich als Bürger eines großen gemeinsamen Landes, eines Kontinents. Sie alle haben den gleichen Pass, einen europäischen. Sie haben dieselben sozialen Standards. Absicherungen bei Arbeitslosigkeit, bei Rente oder Pflege sind angeglichen. Es ist ein großes Miteinander. Das Steuersystem ist denkbar simpel und leicht zu beherrschen. Steuerhinterziehung, einst ein großes Hobby, ist kaum noch möglich und vor allem nicht attraktiv. Es gibt eine einheitliche Mehrwertsteuer in ganz Europa von 15 Prozent. Es gibt den Länderfinanzausgleich, der auch funktioniert. Regionen oder Länder, die durch hohe Einnahmen begünstigt sind, geben nach einem fest vereinbarten Schlüssel Geld an ärmere Gegenden. Vor allem die kleineren Länder profitieren. Aber auch in den großen wie Russland geht es sozial und wirtschaftlich steil nach oben. Das finde ich sehr interessant und wichtig.

Genau, wir sind bei Russland stehengeblieben. Neuer Präsident des Landes nach Breschnew wird durch die Wahl Juri Adamowitsch. Brandt besucht ihn sofort im Kreml, zusammen mit dem europäischen Außenminister Sandro Napolitano. Er ist italienischer Abstammung.

Wenn Willy Brandt in seinem Arbeitszimmer in der Prager Burg sitzt und den Blick schweifen lässt, kommen ihm immer wieder Gedanken an seinen guten alten Siggi Böhlmann. Das will jedenfalls mein Freund Ole mal erfahren haben. Wie, darüber schweigt er sich aus, aber seine Verbindung zu Willy Brandt ist ja legendär, wie ich weiß. Kurzum: Auch ich vermisse den lieben Siggi. Das verbindet mich sozusagen mit Willy Brandt in diesen Tagen. Wir wissen zwar nichts voneinander, aber wir beide vermissen ihn. Es ist ja auch seltsam. Da verschwindet sein engster Mitarbeiter Ende 1978, und niemand weiß, wo er steckt. Jetzt ist es Anfang 1983. Siggi ist am 9. Mai 1945 geboren worden, in Sankt Peter-Ording. Als er 1978 verloren geht, war er also 33 Jahre alt, fein gekleidet, Brille, attraktiv, dunkle, kurze Haare. Ein Athlet ist er. Jetzt könnte er 37 Jahre alt sein und sich freuen, wie Europa sich entwickelt. Sein Vortrag über Persepolis im alten Persien als Vorbild für Europa wäre so etwas wie ein Manifest. Siggi würde sich wundern, wie gut es läuft.

Irgendwie habe ich ja jetzt auf einmal wieder den Verdacht, er ist mit dieser Spionin aus der Nachbarwohnung zusammen. Sieglinde Diekmann wäre etwas für ihn. Zwar verstanden sie sich beim ersten Treffen nicht gerade gut, liegen politisch auch weit auseinander, aber so rein körperlich müsste da eine Anziehung gewesen sein. Da bin ich mir nahezu sicher. Ich zog ihn damals ja damit auf, er hätte den Auftrag vom Geheimdienst, so etwas wie eine männliche Christine Keeler zu werden. »Christian Keeler« nannte ich ihn zum Spaß. Aber wo würde er dann jetzt stecken, wo könnte ich ihn finden? Klar, ich habe öfter auf die Klingelschilder im Hochhaus in Büsum geschaut. Aber wäre er dort gewesen, ich hätte ihn gesehen. Niemand bleibt unerkannt in Büsum, außer vielleicht Willy Brandt.

Ole, mein Freund aus Kindertagen, ist außer mir wohl der Einzige, der schon früh von Willy Brandts Domizil hoch über Büsum wusste. Ole ist Kapitän mit Vollbart. Damals fuhr er mit Willy Brandt öfter los, weil der gern die Küste sehen wollte. Ole sagt, es war immer nett mit dem Willy. Oles »Hein Mück« ist das richtige Schiff, klein und beweglich. Öfter sind sie bis Husum gefahren und haben da, glaube ich, sogar angelegt. Brandt mit dunkler Wollmütze in Husum – das hat keiner gemerkt.

Ole und ich waren als Kinder Nachbarn und spielten miteinander. Eine tolle Zeit war das damals. Wir tollten viel am Hafen und am Leuchtturm herum, unserem Wahrzeichen. Wir hatten unseren Spaß beim Krabbenpulen. Es war für uns vom Gefühl her immer Sommer. Später hörten wir zusammen Lale Andersen und »Guantanamera«. Wir fanden Peggy March toll und Mireille Mathieu. Es war Mitte der 1960er-Jahre. Leidenschaftlich waren unsere Wetten. Ole behauptete, das Martin-Luther-Zitat: »Auch wenn ich wüsste, dass morgen die Welt untergeht, würde ich noch heute ein Apfelbäumchen pflanzen« stamme gar nicht von ihm. Ich fand heraus, dass es bei der Brüsseler Weltausstellung 1958 sogar im deutschen Pavillon als großes Zitat an der Wand zu sehen war, in vier Sprachen. Ole schüttelte immer den Kopf. Das Wunderbare war: Ole und ich pflanzten als Jugendliche im Büsumer Kurpark damals tatsächlich einen kleinen Apfelbaum. Erst neulich, nach so vielen Jahren, hat er recht bekommen. Wir finden das Zitat Luthers: »Wenn man unser Zeitalter mit dem vorigen vergleicht, ist kaum ein Handbreit, ein übrig Äpfelchen, das an einem Baum ein wenig hänget«. Weiter nichts. Der vielzitierte andere Satz soll eine Erfindung evangelischer Theologen in der Nazizeit gewesen sein, sozusagen als Mutmacher für die Menschen. Weil der Satz vielen gefiel, wurde er eifrig kopiert. Ole freut sich richtig doll, dass er gewonnen hat. Ich muss ihm fünf Mark geben, darum ging es damals. Heute ist das ein Ecu. Aber ich zögere noch, ihn auszuzahlen.

KAPITEL 17
ÜBERRASCHUNG IN MERINGS HAUS

Büsum 2019

Als Henry Hansen in die Keller-Kneipe »Domicile« am Hafen hinabsteigt, begrüßt ihn Ole schon mit einem Bier in der Hand. Wirt Norbert zapft auch Henry ein kühles Blondes, denn sie kennen sich, seit die Bar 1979 öffnete. Sogar auf seinen kurzen Besuchen in Büsum von Sylt aus machte Henry hier unten immer mal wieder einen Zwischenstopp. »Na, Ole, wie läuft es mit der Schifffahrt?«, erkundigt sich Hansen artig.

»Muss ja, muss ja, also auf Deutsch: nicht so doll.« Ole ist aber in Rente und verdient sich mit seinen Kapitänseinsätzen nur ein Zubrot.

»Ole«, beginnt Henry seine Fragestunde über die Zeit, in der Willy Brandt in Büsum residierte, »wie lange hatte denn der damalige Bundeskanzler die Wohnung?«

Ole schaut ihn verschmitzt an. »Das weiß ich nicht genau, später war er ja Präsident unserer Vereinigten Staaten von Europa, das Amt endete für ihn ja 1984, bis dahin war er öfter da oben, das weiß ich genau. Ich habe ihn nicht nur einmal geschippert, es waren in den Jahren viele Male, Henry. Er hatte Vertrauen zu mir, denn ich sach doch nix. Gut, jetzt kann ich ja drüber reden, is ja lange her.«

Henry nur kurz: »Hast du ihn geduzt?«

Ole antwortet prompt: »Nö, das gehört sich ja wohl auch

nich, aber er hat mich geduzt, das habe ich durchgehen lassen, ein feiner Kerl, weißt du, so bescheiden wirkte der unter seiner Wollmütze. Dann dieses Lächeln, die roten Wangen, er war anders, als ich ihn aus dem Fernsehen kannte, gelöst, entspannt, Büsum eben, das wirkt, verstehste?«

»Gut, Ole, verstehe ich, ich entspanne mich ja hier auch gut, wenn ich nicht arbeiten muss.« Hansen nimmt noch einen kräftigen Schluck Bier und bestellt bei Norbert ein neues. »Wen kanntest du denn aus seinem Umfeld, Ole? Damals, wie war das so? Namen, Personen, Männer, Frauen, erzähl mal«, fordert Henry ihn auf.

»Er hatte einen Personenschützer, meist denselben, wie der hieß – keine Ahnung. Dann war sein Mitarbeiter Siggi Böhlmann öfter dabei. Den fand ich zu elegant, aber sehr intelligent und schnell, also nicht so nordfriesisch wie wir«, sagt Ole lachend, »dabei kam er doch aus Sankt Peter-Ording, da war er 1945 von seiner polnischen Mutter geboren worden, wie er mir mal erzählte. So, und er war plötzlich wech, Ende 1978 war das, ich erinnere mich, danach kam Brandt auch ein paar Monate nicht mehr.«

Hansen legt den Kopf etwas schräg zur Seite und hakt nach: »War er denn tot?«

Ole holt tief Luft: »Das weiß ich nicht, der kam jedenfalls nie wieder, später fragte ich bei einer Bootstour den Willy nach ihm. Da zog er nur die Lippen nach innen und schwieg. Der wollte über ihn nicht sprechen. Ich dachte mir so: Der war traurig, dass es diesen Siggi nicht mehr gab.«

»Frauen? Gab es keine Besuche?«, erkundigt sich Hansen weiter.

»Nö, glaube ich nicht so. Seine Familie kam zwar auch

selten, aber er war meist allein oder mit Mitarbeitern zusammen. Die heckten wohl immer was aus da oben, denke ich mal. Die Wiedervereinigung Deutschlands, dann sehr schnell der Sprung zum vereinten Europa, dazu der Ausgleich mit den Russen, das will doch überlegt sein. Der hat da oben, ich sach mal so: im Oberstübchen von Büsum, also da oben sind viele Ideen entstanden. So einen Politiker wie ihn, den gibt es nicht noch mal, und kaum einer wusste davon, dass der hier war. Ich durfte nichts sagen, habe ich ja auch all die Jahre nicht. Was mich noch mal anschärfen würde, Henry, du bist doch der Kriminal. Unter ihm, wo wir gestern bei der Diekmann klingelten, da möchte ich mal rein. Damals wohnte da Sieglinde Diekmann. Die war attraktiv, aber war selten mit einem Mann zu sehen. Die war irgendwie nicht echt, weißt du, Henry, die war so lackiert freundlich, nicht nordfriesisch klar wie wir, Henry. Mal sehen, ob es die noch gibt.«

Hansen überlegt nur kurz, dann sagt er: »Ole, wir gehen morgen zu der Diekmann, wir müssen uns nur überlegen, was wir ihr erzählen wollen.«

Ole grinst: »Du als Kriminal willst wie ein Kamel das Gras abfressen, was über die Brandt-Zeit gewachsen ist. Das würde ich der sagen.«

Hansen grinst gequält zurück und fragt nur: »Sehe ich so aus?«

Ole gesteht lächelnd: »War doch nur Spaß, Mann!«

Als die beiden am nächsten Tag gegen 12 Uhr bei Diekmann klingeln, öffnet eine ältere Dame von etwa Mitte siebzig. »Sie wünschen?«

Hansen hat Ole vorher mit seiner ausgedachten Geschichte präpariert – beide sind Drehbuchschreiber und wollen die Vergangenheit Büsums verfilmen. Ole prescht mit der Nummer vor, sie suchten ältere Mitbürger, um sich etwas von früher für den neuen Heimatfilm erzählen zu lassen. Sieglinde Diekmann lässt die beiden herein. Sie plaudern locker über die Vorzüge des Kurortes und die neue Frische, die er versprüht. Nur als sie die Frau bitten, doch etwas aus den 1980er-Jahren zu erzählen, endet ihr Redefluss. »Ich wohne hier ja schon lange, aber in diesen Jahren war ich viel im Ausland«, begründet sie ihr Unwissen. Hansen holt innerlich tief Luft und setzt zur entscheidenden Frage an: »Kennen Sie eigentlich Oxana Weder, die Zahnarzthelferin von Doktor Mering in Meldorf? Die wollen wir auch für den Heimatfilm gewinnen.« Die erwartete Stille tritt ein. Sieglinde Diekmann schaut kurz befremdet zum Fenster. Hansen scheint sie zu scannen, um ja jede Regung, jedes Zucken, jedes Räuspern wahrzunehmen. Dann sagt sie mit einem angedeuteten Lächeln sehr bestimmt: »Nein, von einer solchen Frau habe ich nie gehört.«

Hansen registriert die Lüge, nickt stumm und stellt noch ein paar Fragen zum Schiffsverkehr, den Gezeiten und Wattspaziergängen. Ole möchte noch wissen, ob sie auf sie als Interviewpartnerin für den Film zählen könnten. »Ach, früher war ich mal attraktiv, aber jetzt möchte ich nicht mehr vor die Kamera, nein danke, meine Herren«, meint sie knapp. Ole und Hansen verabschieden sich bald und lassen am Strand ihre Eindrücke von dem Besuch bei der alten Dame Revue passieren. Ole ist aufgeregt, denn er hat in ihr die junge Frau von vor 40 Jahren wiedererkannt. »Die trug gern weit offene Bluse, Shorts und hatte eine unverschämt schöne Bräune«, erinnert sich der Skipper. »Und diese Oxana, wer ist das?«, fragt er Hansen.

»Die haben Merit und ich schon interviewt. Sie war Helferin von Doktor Mering, kennst du diesen Zahnarzt in Meldorf?«, möchte Hansen wissen.»Der soll irgendwie mit mysteriösen Todesfällen zu tun gehabt haben.«

»Ja, das habe ich auch mal gehört, aber da musst du dich beeilen, den in die Mangel zu nehmen, der hat jetzt aufgehört mit Bohren, der alte Tatterfinger. Der zieht nach Zypern, weil es da wärmer ist.«

Hansen ist kaum überrascht über das Büsumer Rundumwissen Oles und macht sich sofort auf den Weg. Zunächst holt er Merit im Kommissariat ab, dann fahren beide nach Meldorf, klingeln, und es öffnet tatsächlich Doktor Rolf Mering. »Guten Tag, wir sind von der Kripo in Büsum und haben ein paar Fragen, dürfen wir hereinkommen?«, beginnt Hansen.

Der 75-Jährige wirkt tatsächlich etwas zitterig, wie Ole es angedeutet hat, unglaublich, dass er bis vor ein paar Wochen praktiziert haben soll. »Was möchten Sie denn wissen? Ja, bitte, kommen Sie«, behandelt er seine Gäste zunächst freundlich.

»Sie wissen sicher, dass es vor ein paar Wochen diesen Fund von alten Knochen beim Abriss von diesem Haus am Kurpark in Büsum gab. Wir haben jetzt die Identität des Toten ermittelt. Es war Heinz Kofalski. Haben Sie ihn mal in Ihrer Praxis behandelt, Herr Doktor Mering?«, fragt Hansen sehr betont.

Der Befragte zögert. Seine Augen kreisen. Er scheint etwas mit dem Namen anfangen zu können. »Wann soll das gewesen sein, möglich wäre es jedenfalls, wie sah er denn aus?«, weicht Mering deutlich aus.

»Es war Ende 1978, schon lange her, aber das Besondere waren seine zwei verlagerten Eckzähne, das müsste Ihnen aufgefallen sein, sehr, sehr selten«, gibt sich Hansen als Fachmann aus.

»Nein, so auf Anhieb, nein, da müsste ich nachsehen, aber wir bewahren die Unterlagen nur zehn Jahre auf, das ist viel zu lange her, wissen Sie. Ich fürchte, da kann ich Ihnen nicht helfen.«

Merit ist dran: »Und Frau Weder, die war doch Ihre Helferin, auch damals schon, soweit wir wissen. Hatte sie mit einem Kofalski zu tun?«

Mering überlegt wieder. »Nein, warum, was wollen Sie denn mit dem Toten und meiner Praxis?«, lautet seine Antwort.

»Nun, Herr Doktor Mering«, verdeutlicht Hansen, »wir möchten natürlich wissen, wie er ums Leben kam und wo und vor allem durch wen. Da könnten Sie uns sehr helfen, denn er starb im Zahnarztstuhl. Und davon gibt und gab es in unserer Gegend nicht so viele, schon gar nicht 1978.«

Mering rutscht auf seinem Ledersessel hörbar hin und her. »Äh, und da verdächtigen Sie mich? Ich blicke auf ein langes, ruhiges Zahnarztleben zurück und will mich nun zur Ruhe setzen. Die Tickets für Zypern habe ich in der Tasche, übermorgen geht es los. Sonne pur. Darauf habe ich mich seit Jahren gefreut.«

Hansen schweigt. Manchmal baut er genau damit einen unerträglichen Druck bei seinen Gesprächspartnern auf, was auch hier gelingt. Mering sieht sich veranlasst weiterzureden. »Ich habe extra so lange gearbeitet, denn ich hatte früher Schulden. Die Altersversorgung durch die Zahnärztekammer Schleswig-Holstein fällt daher auch nicht so üppig aus, ich musste sie früh beleihen. Dafür bin ich nun fein raus und habe mir durch meine Zahnarzttätigkeit bis weit über 70 genug Geld fürs Alter zurückgelegt.«

Hansen kann auch gezielt bohren mit seinen Fragen: »Sie haben Geld verspielt?«

Mering: »Ja, woher wissen Sie das? Ich habe gleich als 30-Jähriger eine halbe Million verloren, kurz danach noch eine ganze. Dann kaufte ich Immobilien in Polen und Russland, aber die waren wertlos. Ich hatte davon keine Ahnung. Das Geld war auch weg, tragisch, oder?«

Hansen lässt die nächsten Fragen wie Querschläger erscheinen, die plötzlich und aus unerwarteter Richtung treffen: »Wer half Ihnen die letzten zwei Jahre in der Praxis? Oxana Weder ging ja 2015 in Rente.«

Mering verdutzt: »Stimmt, ich fragte eine ältere Kollegin, die werden Sie nicht kennen: Elvira Seeliger. Eine feine Frau. Sie wohnt in Sankt Peter-Ording und hat lange hier gearbeitet. Sie ist zwar auch in Rente, aber sehr fit. Die hat mir geholfen.«

»Hat Sie jemals ein Geheimdienst um einen Gefallen gebeten, Herr Doktor Mering?«, möchte Hansen wissen.

»Wie bitte? Nein, natürlich nicht«, lautet die gequälte Antwort.

»Es kam Ende 1978 ein Agent in Büsum ums Leben, der für den CIA gearbeitet haben soll. Er muss bei Ihnen behandelt worden sein«, krönt Hansen seine Befragung.

»Also bitte, Herr Hansen, das ist doch Unsinn. Leider habe ich aus der Zeit keine Unterlagen, sonst könnte ich es Ihnen beweisen«, verplaudert sich Mering.

»Beweisen, dass Sie den Agenten nicht behandelt haben?«, konkretisiert Hansen.

»Blödsinn, natürlich nicht, sondern dass es keinen Kofalski bei mir gab.« Mering scheint sich immer mehr zu verstricken.

»Soll ich daraus schließen, dass Kofalski Ihrer Meinung nach der tote Agent ist? Dann hätten die Überreste bis vor kurzem in dem abgerissenen Haus gelegen. Wissen Sie denn, wem das damals gehörte?«, erkundigt sich Hansen weiter.

»Nein, *Sie* haben den Namen erwähnt, und von diesem Haus weiß ich nichts. So, nun reicht es aber, ich will noch packen für Zypern. Auf Wiedersehen!«

Merit, die die ganze Zeit alle Reaktionen Merings genau beobachtet hat, meldet sich zu Wort. »Sieglinde Diekmann, ist Ihnen der Name ein Begriff? Sie wohnt in dem Hochhaus am Kurpark. War sie mal hier?«

Mering schüttelt nur den Kopf. »War nett, mit Ihnen zu plaudern, es tut mir leid, wenn ich Ihnen nicht helfen kann. Guten Tag!«

»Eine Frage habe ich noch«, sagt Hansen im Gehen, fast schon an der Wohnungstür, »Sie erwähnten die Aufbewahrungsfrist Ihrer zahnärztlichen Unterlagen. Ich würde mir die von den letzten zehn Jahren gerne einmal ansehen. Könnten Sie mir die bis morgen heraussuchen?«

Mering wirkt unentschlossen. Seine Hände zittern leicht. Er schaut zu Boden. »Sie werden den Namen Kofalski nicht finden, aber bitte, kommen Sie morgen früh wieder, dann gebe ich Ihnen alle meine Akten. Hahaha«, trötet er spöttisch.

»Danke, dann sind wir um acht Uhr hier, Herr Doktor Mering, also alle Akten bitte. Ich verlasse mich auf Sie!«, schließt Hansen seinen Besuch ab. Merit steht kaum zurück, indem sie sagt: »Vielleicht finden wir darin wenigstens Frau Diekmann, bis morgen dann.«

Im Auto sind beide fassungslos. Die Rückfahrt nach Büsum gerät zu einem sich überbietenden Austausch von Sätzen Merings, die ihn mehr belasten, als er jemals ahnen könnte. Hansen sagt auf Esperanto: »Dentisto kaj murdo – Zahnarzt und Mord.«

Merit setzt noch eins drauf: »Für mich wirkt der oberverdächtig. Dem ist alles zuzutrauen, und er ist überhaupt nicht cool. Der hat Angst. Wir müssen nur sehen, wie wir an Beweise kommen.«

Hansen gibt ihr völlig recht. »Oxana könnte seine Todeshelferin gewesen sein, aber auch die Elvira kommt infrage, wenn die ihm früher und jetzt wieder bis zuletzt zur Hand ging«, fügt er noch hinzu. Beide sind sehr gespannt auf ihren nächsten Besuch morgen um acht Uhr.

Merit liefert noch die Idee, die alte Frau Diekmann beschatten zu lassen. »Die hat durch Ihre Frage, Chef, nach Oxana Weder und Doktor Mering doch Wind davon bekommen, dass da was im Busche ist, aus jener Zeit, mal sehen, wen die so besucht«, schlägt Merit vor.

»Klar, gemacht«, kontert Hansen, der wenig überrascht ist, dass schon am nächsten Morgen ihr Zuträger, der pensionierte Kollege, meldet: »Die Diekmann hat gestern Abend die Oxana Weder besucht, die Zahnarzthelferin von damals, und auch noch diesen Mering um 22 Uhr. Da war sie bis 23 Uhr und ging mit zwei schwarzen Aktenordnern wieder hinaus.«

Merit und Hansen schauen sich morgens um 7.30 Uhr im Kommissariat an.

»Da bin ich mal gespannt, was der Mering gleich dazu sagt, sehr spannend«, findet Merit. Sie fahren los. Als sie an der Villa des Zahnarztes ankommen sind, geklingelt und geklopft haben, macht ihnen niemand auf. Beide gehen durch den Garten um das Haus herum. An der Rückseite ist eine große Glasfront zu sehen. Sie schauen durch die Fenster des Wintergartens und blicken auf das Unfassbare – Mering liegt mit dem Rücken auf dem Boden und starrt in den Himmel. Hansen und Merit ziehen sich ihre Handschuhe über, holen Werkzeug aus dem Auto und hebeln fachmännisch die Rolltür des Wintergartens auf. Merit hat schon den Notarzt alarmiert und die Spurensicherung. Hansen kniet noch über dem Körper, der aber keine erkennbaren Lebenszeichen mehr von sich gibt.

»Mausetot«, stellt Hansen fest. Der Notarzt hat dem nichts hinzuzufügen. Die Leiche kommt in die Gerichtsmedizin. Hansen und Merit aber lassen sich viel Zeit, sich in der Wohnung umzusehen. Sie ziehen hier eine Schublade auf und schauen dort in einen Ordner. Sie beantragen noch einen Durchsuchungsbefehl, der auch eintrifft, als sie schon zwei große Kisten gefüllt haben. Darin finden sich Reste von Cannabis, Ordner mit Schreiben von Betty Johannsen aus Zypern oder auch eine Dose mit Zähnen drin.

Die Villa macht einen merkwürdigen Eindruck. Einerseits sind die Räume penibel leer, fast klinisch rein, es riecht stark nach Desinfektionsmittel, andererseits herrscht im ersten Stockwerk Chaos. Da liegen Frauenkleider, wovon Merit zwei mitnimmt. »Mal sehen, wer da von unseren verdächtigten Frauen hineinpasst, Oxana oder Sieglinde«, kommentiert sie das. Dann wieder scheint Mering eher in seiner Küche gehaust zu haben. Essensreste liegen unter dem Tisch. Der Mülleimer ist voll. Leere Weinflaschen kullern über den Boden. Irgendwie haben sie bald genug von dieser wundersamen Welt des toten Doktor Mering. »Ne mortigu«, stellt Hansen zum Abschluss fest.

Merit lächelt und übersetzt: »Du sollst nicht töten.«

Hansen hat sich am frühen Abend mit Swantje im Strandkorb verabredet, die zum ersten Mal erfährt, dass er automatisch an sie denkt, wenn das Schiff »Funny Girl« vorbeifährt. »Ich liebe sie, frisches Design, jetzt mal gestreift, komplett runderneuert, und alles riecht so frisch«, schwärmt Hansen ihr vor.

Swantje stutzt und lächelt dann. »Dir ist wirklich aufgefallen, dass ich eine neue Brille habe, Henry? Das merken Männer sonst doch nicht«, lobt sie ihn.

»Oh, äh, stimmt«, setzt er sich noch mühsam auf die richtige Fährte und gibt dann doch zu: »Ich hatte vom neu gestalteten Schiff gesprochen, die Polster, die Birkenoptik, der Lounge-Charakter, die neue ›Funny Girl‹ eben.«

Swantjes Blick verfinstert sich kurz. »Okay, mein Lieber, aber warte mal, bis ich ganz runderneuert bin.«
Beide lachen.

KAPITEL 18
DER NIEDERGANG DER USA INS BODENLOSE

Prag und Washington 1983-84

»Europa ist wie eine Schachtel Pralinen – man weiß nie, was drin ist«, heißt es in der US-Regierung. Das habe ich mir aus unserer Zeitung herausgerissen. Frechheit. Washington traut also Prag nicht. Die Euphorie für Europa ist den USA wohl unheimlich geworden. Das ganze Jahr 1983 über ist Willy Brandt damit beschäftigt, dieses Vorurteil zu zerstören, wie ich in den Zeitungen lese. Er ist mehrfach durch die USA gereist, auch um die Menschenmengen in einigen Städten zu beruhigen. Das Land bewegt sich durch die Massenarbeitslosigkeit am Rande eines Bürgerkriegs. Europa kann nicht noch mehr Flüchtlinge aus den USA aufnehmen.

In Büsum ist das im Moment so: Im Eisladen bedienen ausgebildete Doktorandinnen für Medizin aus New York und Miami und sprechen bruchstückhaft Esperanto. Natürlich können hier die meisten Englisch, aber es ist der Versuch der jungen Amerikanerinnen, sich dem Land Europa und seinen Menschen zu nähern. Überqualifiziert sind die meisten, die von jenseits des Atlantiks ankommen. Nur finden sie hier keine angemessenen Jobs. Das liegt oft daran, dass die Betriebe sie nicht möchten oder mit eigenen, gut ausgebildeten Menschen besetzen. Doch setzt ein gewisser Konkurrenzkampf ein, der Unbehagen bei den Dithmarschern auslöst. Das verstehe ich gut. Ich möchte auch nicht, dass ein eingereister Ami mir die Stelle wegschnappt.

Bei uns in Europa gibt es wenigstens Mindestlohn, einheitlich für alle vom Nordkap bis Sizilien. Das wissen die Amis zu schätzen, die zu Hause oft um ihren Lohn verhandeln müssen und dabei so schlecht abschneiden, dass das Verdiente kaum zum Überleben reicht. Doch reich werden sie hier auch nicht. Die Eisverkäuferin aus Miami zum Beispiel wohnt bei einem Onkel von mir im Keller zusammen mit einer Näherin aus Massachusetts. Sie zahlen 50 Ecu die Woche. Das ist wenig.

Brandt sagte: Mehr sollen auf keinen Fall kommen, sonst kann Europa die Sicherheit der Amerikaner nicht garantieren. Angriffe auf Flüchtlinge aus den US-Südstaaten hat es schon in Venedig und in Barcelona gegeben. Im Namen der US-Regierung appelliert Willy Brandt also bei seinen Reden von Chicago über Miami bis New York an das Volk, möglichst im Lande zu bleiben und mit den von Deutschland eingesetzten Start-up-Krediten kleine Existenzen zu gründen. Von regionalen Pizza-Kurieren über Manufakturen für Möbel bis zu kreativen Parfümmixern reichen die Ideen. High-Tech-Firmen haben das Land längst verlassen; große Hersteller von Industrieprodukten aller Art haben ihre Werke meist schon geschlossen. Das Land versinkt in Armut.

Das Schlimmste aber ist der politische Zerfall: Gerade haben die Bewohner von Kalifornien für die Unabhängigkeit gestimmt. In einem halben Jahr wird sich das Land, etwas kleiner als Frankreich, selbstständig machen. Die bisherigen US-Staaten Minnesota, Wisconsin, Michigan, Ohio und Pennsylvania an den großen Seen im Norden haben sich längst schon Kanada angeschlossen. Im Süden sind Georgia, Florida, Alabama, Mississippi und Louisiana dabei, einen eigenen Staat zu gründen.

Als Willy Brandt wieder auf dem Rückflug nach Prag ist, kommen ihm Zweifel, wie von mitfliegenden Korrespondenten berichtet wird. Wie soll Europa auf Dauer für die Rest-USA und die neuen Länder sorgen können? Die Hilfe zur Selbsthilfe ist das Einzige, was Deutschland tun kann. Er sinniert, wie es dazu kommen konnte, zu diesem wirtschaftlichen und sozialen Schlamassel. Er denkt an Prag und den Dreißigjährigen Krieg. Der »Prager Fenstersturz« löste den Dreißigjährigen Religionskrieg aus. Damit aber ging es wirtschaftlich steil bergab. Es brach eine immense Inflation aus. Um überhaupt genug Geld für die geliehenen Soldaten zu haben, münzten die Fürsten um. Das heißt: Aufkäufer zogen durch das Land und suchten nach guten Münzen, die sie durch einen Wiegevorgang schnell prüfen konnten. Die schweren hatten also viel Edelmetall in sich. Diese Taler wurden dann eingeschmolzen und in billigere Taler umgemünzt, also in welche mit weniger Edelmetall. Die waren dann leichter. Somit konnten mehr Taler produziert werden.

Brandt liest den Korrespondenten vor: Als der Krieg zu Ende war, sah es in Deutschland ähnlich aus wie heute in den USA. Die Bevölkerungszahlen waren um 40 Prozent gesunken. In einigen Landstrichen wie jetzt um die Städte Chicago, Miami oder an der Westküste ist der Schwund heute sogar noch größer. In Deutschland lagen Handwerk und Handel am Boden, weil über zwei bis drei Generationen kein Wissen mehr an die Jungen weitergegeben werden konnte. Der Krieg zerstörte jede Struktur. Kapital war nicht mehr vorhanden. »Da sind die USA jetzt auch ohne Krieg angekommen«, sinniert Brandt. Sie haben sich isoliert und vom Welthandel abgekoppelt. Das war ihr Fehler. Den Niedergang dann aufzuhalten, ist fast unmöglich. Die langen Schatten der Rezession sind nicht zu übersehen. Fast poetisch fügt der europäische Präsident hinzu: »Erst mit dem Sonnenuntergang verlassen die Schatten die Welt.«

Aber was heißt das? Erst wenn in den USA alles ganz den Bach runtergeht, kann es zu neuer Blüte kommen. In Deutschland war das jedenfalls so. Während das Land nach dem Dreißigjährigen Krieg rund 100 Jahre brauchte, um sich zu erholen, und so verspätet Anschluss an die Industrialisierung fand, wuchsen Frankreich und Großbritannien zu Großmächten heran. Brandt sieht diese Parallele deutlich. Während die USA erst wieder Halt finden müssen, steigen China und Europa zu Weltmächten auf. Sie werden durch eine kluge Politik begünstigt und eine Reihe weitreichender Entscheidungen, wie Brandt feststellt. »Allen gleichzeitig gutgehen kann es offenbar nicht auf der Welt«, lautet sein Resümee, das ich teile.

Noch ein Beispiel: Geplant waren die Olympischen Sommerspiele 1984 in Los Angeles. Daran ist nun nicht mehr zu denken. Ein Jahr davor herrscht der Zerfall. Zwar möchte das unabhängige Kalifornien die Spiele sehr gern ausrichten, doch es fehlt an Stadien, an Wettkampfstätten und an funktionierenden Flughäfen. Kurzerhand springt Europa ein und organisiert Olympia in zehn Hauptstädten quer über den Kontinent. Das schnelle Verkehrsnetz hilft dabei, und es werden Billigflugverbindungen zwischen diesen zehn Städten eingerichtet. Die Sportler und Gäste jetten fast zum Nulltarif von London nach Ankara, von Helsinki nach Amsterdam. So entstehen die Billigfluglinien in Europa, die heute noch die Menschen schnell und einfach, selbst oft für ein Wochenende, zusammenbringen. Das ist eines der großen Einigungsprojekte, darüber bin ich froh. Nun sind die Antriebe der Jets auch auf Gas umgestellt, wenigstens etwas umweltfreundlicher als vorher.

Aber der Zerfall der USA, das ist für mich eine überraschende Erfahrung. Als Kind in Büsum hätte ich nie gedacht, dass es einmal so weit kommen würde. Der Wind dreht sich rasant auf der Weltbühne. Als es vor rund 100 Jahren in Deutschland zu wenig Arbeit gab, emigrierten die Menschen in die USA, jetzt ziehen sie von dort hierher. Wer weiß, wie es bei uns in 100 Jahren aussieht? Ich mag nicht daran denken.

KAPITEL 19
WAR ES SELBSTMORD?

Büsum 2019

Der tote Mering lässt Hansen keine Ruhe. Er weiß die Leiche bei Walter in guten Händen, denn der obduziert einwandfrei und mit Hingabe, wie er immer betont. Doch der Zeitpunkt und die Umstände des Todes so kurz vor der geplanten Befragung lassen ihn schon jetzt, bevor das Ergebnis der Obduktion feststeht, an Mord denken. Zusammen mit Merit geht Hansen am nächsten Morgen nochmals durch die Villa. Die Spurensicherung war aktiv und hat viele Bereiche gesichert. »Auf diese vielen Daten bin ich mal gespannt«, unkt Merit. Offenbar haben sich die Kollegen hauptsächlich unten in den Räumen aufgehalten. Oben erscheint den beiden alles unberührt zu sein. »Sieht aus wie gestern«, bestätigt Merit. Sie zeigt plötzlich auf einen großen, braunen Umschlag, der ihr gestern zwischen den leeren Flaschen, den Ketchupklecksen und der weichen Butter auf dem Teller mitten auf dem Küchentisch nicht aufgefallen war. Sie öffnet ihn und findet einen langen Brief, der mit Rolf Mering unterzeichnet ist, ein Abschiedsbrief. Hansen ist wie elektrisiert. »Was will er uns sagen?«, fragt er augenblicklich.

Merit liest vor: »Ich habe mich entschieden, nach einem langen, erfüllten Leben, dieses zu beenden. In einer Zeit, in der es Anschuldigungen gegen mich gibt, ich hätte Morde in meiner Praxis verübt. Dazu stelle ich fest: Ich habe stets den Wunsch meiner Patienten nach Sterbehilfe korrekt erfüllt. Das ist nicht strafbar. Sie haben alle dafür bezahlt. Das Geld ist ordnungsgemäß verbucht. Die vielen Fälle, die in auswegloser Situation zu mir kamen, waren meine Fälle. Ich habe den Menschen zugehört und bin auf ihre letzten Wünsche präzise eingegangen. Dabei habe ich sie wunschgemäß schmerzfrei ins Reich der Toten überführt. Ich betone ausdrücklich, dass dies stets aus freiem Willen der Betreffenden geschah. Niemals wäre ich aktiv geworden ohne Auftrag.

Ich betone zudem, dass ich stets allein handelte. Es gibt keine Mitwisser oder Helfer. Meine Helferinnen Oxana und Elvira wussten nicht einmal etwas und sind unschuldig. Wer das Gegenteil behauptet, liegt falsch. Sollte es einen Rest von Schuld geben, ich nehme ihn auf mich. Meine nächsten Verwandten, Freunde und Sonstige, die mich mögen, sind unschuldig an Tötungen in meiner Praxis. Ich wünsche eine Urnenbestattung auf meinem Grundstück im Garten. Ein kleines Denkmal für mich habe ich beim Steinmetz Hungerwolf in Auftrag gegeben und bezahlt. Quittung hefte ich an. Mit freundlichen Grüßen Doktor Rolf Mering.«

Hansen hat genau zugehört und findet das Schreiben sonderbar. »Der hatte Angst vor unseren Ermittlungen, ich schätze, besonders wegen der Knochen, die zu Kofalski gehören. Dass er sogar seine Helferinnen namentlich nennt und sofort entlastet, finde ich auch komisch. Welche Rolle spielt dann Sieglinde, die gestern Abend ja diese zwei Aktenordner abholte? Und zu Betty Johannsen wollte er offenbar morgen fahren, wenn die jetzt noch auf Zypern lebt, woher der Brief kam.« Hansen wirkt nachdenklich. Er schaut sich die Schrift an. Merit möchte das graphologisch prüfen lassen und telefoniert gleich deshalb. Bei Hansen meldet sich der Gerichtsmediziner. »Also, es war Herzversagen. Klar. Unklar ist noch, was dazu führte. Da untersuche ich noch auf unsere beliebte Blausäure. Vielleicht hat er auch etwas anderes genommen. Mit Giften hatte der Gute ja offenbar zu tun. Selbsttötung ist möglich, Mord aber auch. Wir müssen die nächsten Ergebnisse abwarten, Hansen. Noch zwei Tage Geduld bitte.«

*

»Wir kommen irgendwie nicht voran, Merit«, quält sich Hansen und meint: »Es geht nur weiter, wenn diese Oxana auspackt. Wie bringen wir sie dazu? Was können wir ihr bieten?« Merit wirkt auch ratlos, doch hat eine Theorie: »Ich sehe ein Dreieck oder Viereck von Frauen: Oxana Weder, die ausführende Zahnarzthelferin, sie hat Mering sicherlich auch bei den Tötungen assistiert, die befragen wir noch. Dann ist diese Sieglinde Diekmann dran, jetzt sitzt sie sogar auf den zwei Ordnern, die müssen wir beschlagnahmen. Betty Johannsen ist wohl auf Zypern, das prüfe ich mal. Die muss auch aussagen. Was dann noch mit Elvira Seeliger ist, bleibt offen.«

»Wir haben zwar jetzt diesen aktuellen Toten, doch ermitteln im Fall des ermordeten Kofalski können wir nur undercover. Was tun?«, fragt Hansen.

Merit ist da erfinderisch: »Sie und Ole hatten doch die Nummer mit dem Heimatfilm gestartet. Wir lassen weiter an diesem Heimatfilm drehen, Chef, wir schicken Sie nicht mehr los, sondern nur Ole, der kann quasi für uns weiterrecherchieren und noch seine Tochter mitnehmen, wie wär's?«

Hansen lacht kräftig und ist so gut aufgelegt, dass er gleich mehrere Titel für den neuen Streifen parat hat. »›Das Büsumer Oberstübchen – wo Willy Brandt sich Europa ausdachte‹ oder ›Willy privat, was Sie bisher nicht über Büsum wussten‹ oder ›Die Büsumer Achtziger: Ole setzt Segel‹.« Merit hat auch noch einen Titel: »›Oxana, die Meldorfer Wucht‹.«

Am nächsten Tag klingelt das kleine Filmteam bei Oxana Weder. Sie ist zu Hause, öffnet erfreut und lässt sich ohne Umschweife erklären, was das für ein neuer Heimatfilm über Büsum werden soll. »Gern mache ich da mit«, beteuert die 66-jährige Frau. Sie erzählt von der Kindheit, von den späteren Jahren und wie sie Büsum so erlebte. Tatsächlich filmt Oles Tochter Sanne die Hobby-Darstellerin mit ihren Ausführungen, wie es sich in dem Ort so lebte, wie sie das Watt immer schon mochte und wie sie sich das erste Mal verliebte. Ganz zum Schluss des einstündigen Besuchs möchte Ole doch noch etwas über ihre Arbeit als Zahnarzthelferin wissen. »Als Sie von einer ersten Liebe sprachen, da kam mir in den Sinn: Kann ich irgendwo in die Behandlungsakten von der Praxis Mering, in der Sie ja 1978 arbeiteten, einsehen? Ich hatte nämlich genau zu der Zeit eine Liebschaft, und ich möchte sie so gerne aufspüren. Ich weiß, dass sie bei Mering in Behandlung war«, fantasiert Ole vor sich hin.

»Unterlagen, tja, die gibt es nicht mehr, und schon gar nicht von jener Zeit, die Sie nennen. Ein Zahnarzt ist ja kein

Archivar. Wie sah denn die Gute aus? Vielleicht kenne ich sie«, bietet sich Oxana Weder an.

»Klein, schlank, blond, Haare bis zur Schulter, blaue Augen, sehr sportlich«, überlegt sich Ole in dem Moment, in dem er es schon ausspricht.

»Okay, da gab es allerdings viele. Vorname?«, wird Oxana konkreter.

Und weil Ole in dem Moment nichts weiter einfällt, sagt er keck: »Betty.« Das sitzt. Augenblicklich zuckt Oxana zusammen, bemerkt aber diese Schwäche, lächelt sanft und kontert überraschend: »Echt, Betty? Es gab nur die eine, Betty Johannsen. Ja, die war schlank, klein und sportlich, Segeln und Surfen mochte sie, sie war umtriebig, quirlig, aber leider, leider hatte sie schwarze Haare und nicht lange blonde. Also kann ich Ihnen nicht helfen.«

Sanne, die auch das Gespräch mitgefilmt hat, klappt alles zusammen, was zu ihrer Filmausstattung gehört. Sie verabschieden sich. Ole und seine Tochter fahren sofort ins Kommissariat und schauen sich mit Hansen und Merit diese Betty-Frage und die Antwort darauf gemeinsam an. Merit bewundert Ole und sagt: »Wie kamst du plötzlich auf Betty? Das war ja ein Frontalangriff. Die Oxana hat sofort gespürt, was da läuft. Wir suchen ja Betty Johannsen, und sie kennt sie, vermutlich lebt sie auf Zypern, aber das prüfen wir gerade. Betty war die Geliebte Heinz Kofalskis, Ole. Und die Vermutung, dass er in Merings Praxis den tödlichen Wattebausch bekam, können wir, glaube ich, als gegeben setzen. Ob Oxana die Tat ausführte, bleibt offen. Vielleicht war es auch Mering selbst. Aber der ist ja nun tot.«

Ole besorgt: »Was, der ist tot? Wer war das denn, habt ihr schon Spuren und Hinweise?«

Hansen antwortet: »Das Herz, aber die näheren Umstände sind unklar. Selbsttötung oder Mord, das ist offen. Wir werden heute dazu genau diese Oxana befragen. Wie hat sie auf dich gewirkt? Sie muss das von dem toten Mering schon wissen, vermute ich.«

Ole schüttelt den Kopf: »Sie wirkte gefasst, den Namen Mering hat sie nicht benutzt. Keine Ahnung.«

Der Chefermittler schweigt und sagt dann zu Sanne: »Zeig noch mal den kleinen Betty-Film, bitte, vielleicht haben wir etwas übersehen.«

Sie sehen sich den Zwei-Minuten-Streifen noch dreimal an. »Und?«, fragt Hansen in die Runde. Merit analysiert: »Oxana war sichtlich überrascht, als sie den Namen Betty hörte, fing sich schnell und nannte sogar den vollen Namen. Das wird ihr jetzt leidtun, aber es kam spontan. Somit gibt es vermutlich eine Verbindung zwischen ihr und der Frau. Aber Vorsicht: Alle drei Frauen plus Betty, falls sie noch lebt, sind jetzt gewarnt und ahnen, dass wieder ermittelt wird.«

Hansen nickt. »Ja, Merit, alles richtig, aber im Film fiel mir noch etwas auf: In der Regalwand hinter Oxana steckt ein Ordner. Auf dem Rücken steht: Praxis Mering 1977–1980. Den brauchen wir«, fordert er.

»Boa, Chef, habe ich echt nicht gesehen. Also privates Detektivbüro fragen, die sollen das Ding stehlen, oder?«

Hansen befiehlt: »Ja, bitte, ruf da an. Ich weiß aber später nichts davon, klaro?«

KAPITEL 20
EINE AUBERGINE FÜR NORDAFRIKA

Prag 1983

Aufkeimende Konflikte, dafür scheint Willy Brandt eine besondere Antenne zu haben. Er erkennt sie früher als andere und entwickelt Lösungen. Er sieht Wege vor sich. Das wird mir immer klarer in dieser Zeit. Nicht nur im Osten Chinas brennt es, auch vor der eigenen Südflanke – in Nordafrika. »Bevor die ganze Perlenkette von Staaten am Südufer des Mittelmeers wirtschaftlich immer weiter abgehängt wird, möchte ich gegensteuern«, verkündet er in Prag seiner Ministerrunde. »Wir starten eine Initiative, die uns zwar viel Geld kosten wird, aber die uns für die nächsten Jahrzehnte vor Flüchtlingsströmen bewahrt, meine Damen und Herren.« Im europäischen Kabinett brandet Beifall auf. Die Ministerinnen und Minister von Portugal, Spanien, Frankreich, Italien, Griechenland, Malta, Zypern und der Türkei wollen sofort ein Hilfsprogramm verabschieden. Außenminister Sandro Napolitano bereitet eine Reise fast des gesamten 20-köpfigen Kabinetts nach Nordafrika vor. Napolitano kündigt an: »Wir bereisen Marokko, Algerien, Tunesien, Libyen und Ägypten sowie Syrien dazu und machen auch in Israel Halt.«

Sandro Napolitano, dem dynamischen kleinen Mann, leuchten die Augen, jedenfalls sehe ich das im Fernsehen so.

»Wir schaffen ein polyzentrisches Kern- und Integrationsgebiet, dabei sind die jeweiligen Haupt- und viele Küstenstädte Nordafrikas die Kerngebiete, also da, wo sich neue Betriebe ansiedeln. Es werden kleine Manufakturen, aber auch große Industrien sein. Das fördern wir mit einer noch offenen Milliardensumme jährlich.« Napolitano erwartet Applaus, der brandet in der Ministerrunde auf, später auch bei seinen öffentlichen Reden. Franziska Valeska, die Ministerin für den afrikanischen Raum, ist geradezu euphorisch. »Wir müssen als Europäer unsere Verantwortung gegenüber Afrika gerade im nördlichen Teil zeigen. Das ist unsere Pflicht. Wir wollen den wirtschaftlichen Erfolg für die Millionen Menschen dort«, sagt sie in ihren Presseerklärungen, »das wird viel Geld kosten, aber es ist gut angelegt und mir ein Herzensanliegen. Mein Vater ist Ägypter, meine Mutter Portugiesin, mich verbindet alles mit diesen Ländern. Und Europa hat auch die moralische Pflicht, den Familien Nordafrikas eine Zukunft zu geben, Hoffnung, verstehen Sie?«

Die Vision von Kern- und Integrationszonen nimmt Fahrt auf. Wie eine große Aubergine sieht Valeskas Zeichnung auf der Karte Südeuropas und Nordafrikas aus, die sie nun ständig bei sich trägt. Als Kernzonen der wirtschaftlichen Entwicklung sind die gesamte nordafrikanische Küste eingezeichnet sowie die südeuropäische Küste von Gibraltar bis Israel. Zwischen allen Kernen, also den Städten, malt sie rote Verbindungsachsen ein, die sich entlang der Küsten ziehen, aber auch kreuz und quer über das Mittelmeer. »Das sind primäre Vernetzungen und Synergien, die nun entstehen. Der Austausch wird so eng wie nie zuvor«, beschreibt sie den Plan in TV Europo. Es führen also Achsen von Marseille nach Algier, von Rom nach Tripolis oder von Athen nach Alexandria.

Willy Brandt ist zufrieden. Hoffnung ist das Opium, das eine Regierung gratis verteilt, verteilen muss, wie er sagt. Nur so erreicht die europäische Idee auch Gestalt, wie der Präsident immer wieder betont. Das müsse unterfüttert werden mit realem Wohlstand, mit wirtschaftlichem Erfolg für jeden. Mehr Ecus in der Tasche, mehr zum Ausgeben, mehr Freude und Verdienst durch das eigene Tun – das ist die Unterzeile zur europäischen Vereinigung. Franziska Valeska wird auch in einem anderen Punkt deutlich. Sie will die Korruption bekämpfen. In vielen Ländern südlich des Mittelmeeres laufe das so ab: »Eines Tages ist bei einem Mitarbeiter einer Firma oder des Staates plötzlich eine hohe Summe auf dem Konto, sagen wir, zwei Millionen Ecu. Dann hat er die Wahl, er schweigt und steckt das Geld ein, künftig wird er alle Anweisungen, auch die schrägsten, befolgen und noch mehr Geld bekommen, dann ist er augenblicklich Teil des Systems, oder er meldet das und ist draußen.«

»Wir wollen, dass alle draußen sind«, kündigt die Ministerin für den afrikanischen Raum an. »Das geht nur mit wirtschaftlichem Wohlstand für alle und harten Schritten gegen die Korrupten.« Das Auberginenmodell Mittelmeer findet große Verbreitung und Zustimmung. Das geschieht vor allem deshalb, weil es ein weitreichendes Qualifizierungsprogramm gibt. Politiker und Behörden werden intensiv von Nordeuropäern geschult. Bizarr überbesetzte Amtsstuben gibt es künftig nicht mehr. Chronischer Müßiggang wird durch eine schlanke Arbeitsweise ersetzt. Dauerte es früher bis zu zwei Wochen, bevor etwa in Tunis ein Schiff entladen wurde, geschieht das nun innerhalb von 24 Stunden. Betriebe, die wegen des Mangels an ausgebildetem Personal schließen mussten, laufen nun im Hochbetrieb. Gerade junge Menschen erleben schnell, dass es sich lohnt, hierzubleiben und in absehbarer Zeit zu Wohlstand zu gelangen. Franziska Valeska sagt es in TV Europo so: »Es ist wie ein verrostetes Getriebe, in diesen Ländern nützt es nichts, ein Zahnrad zu polieren. Entroster und neues Öl müssen alle Zahnräder gleichzeitig zum Laufen bringen. Dann läuft es auch wieder!« Mich hat diese Frau sofort fasziniert. Sie ist schnell im Denken, flink mit dem Mund und hat eine Ausstrahlung. Das gefällt mir. Im Moment bin ich der Ansicht: Es geht voran mit Europa, großartig!

KAPITEL 21
AUS DEM PRIVATARCHIV
DES GEHEIMDIENSTLERS

Büsum 2019

Oxana Weder hat mit dem Besuch Hansens schon gerechnet. Sie öffnet ihm und seiner Assistentin Merit die Tür und setzt einen traurigen Blick auf. »Wir müssen Ihnen leider eine unangenehme Nachricht überbringen«, beginnt Hansen.

»Ich weiß. Unser lieber Doktor Mering ist tot«, kommt sie den Erklärungen des Kommissars zuvor. »Ich bin untröstlich, so ein guter Mensch, und er bringt sich einfach um, aus Kummer.«

Hansen nickt verständnisvoll, bohrt dann aber nach: »Welcherart Kummer war das denn?«

Oxana wirkt gelassener, als sie ist: »Geldsorgen. Ich glaube, er hatte Schulden.«

Merit leuchtet das nicht ein. »So plötzlich? Er wollte doch gerade nach Zypern in die Sonne und hatte aufgehört zu arbeiten.«

Oxana bleibt auch darauf keine Antwort schuldig. »Das Finanzamt wollte Geld und seine Schwester wohl auch. Ich weiß nicht, aber es ist alles so traurig«, schildert sie ihre Gefühle.

»Wie haben Sie überhaupt von seinem Tod erfahren, Frau Weder?«, möchte Merit wissen.

Die Befragte schweigt zunächst, dann sagt sie schließlich: »Ach, ich wollte ihm einen Brief bringen, da sah ich schon die Absperrbänder der Polizei und fragte einen Beamten«, flunkert sie.

»Wen von meinen Kollegen haben Sie denn gesprochen?«, fragt Hansen.

»So einen großen blonden Mann, sehr stattlich, aber wie der hieß, keine Ahnung.«

Hansen lässt das Gespräch dann in eine andere Richtung fließen. Einen großen Blonden gibt es nicht bei der Spurensicherung, denkt er sich. Oxana erzählt von ihrer Zeit als Zahnarzthelferin, als Kollegin von Elvira Seeliger und von besonders älteren Patientinnen, die den Doktor Mering so sehr gemocht hätten. Dann aber schießt Merit noch einen Pfeil ab. »Frau Weder, Doktor Mering hat einen Abschiedsbrief hinterlassen. Darin nimmt er jede Schuld an möglichen Toten auf sich. Er leistete Sterbehilfe und brachte Patienten auf ihren Wunsch schmerzfrei ins Reich der Toten, wie er schrieb. Was wussten Sie davon, waren Sie dabei?«

Oxana wirkt verwundert. »Ja, also nein. Ich meine, er tat Gutes. Einmal kam eine krebskranke alte Frau zu ihm, bot ihm Geld für die Tötung. Er nahm es warmherzig an und spritzte ihr ein Gift, glaube ich. Dabei war ich nicht«, versichert sie. Die Befragung in dieser Richtung bringt kein greifbares Ergebnis. Nur haben Merit und Hansen den Eindruck, die Frau sage nicht die Wahrheit. Doch das zu beweisen, braucht wohl noch Zeit, wie die beiden vermuten.

Als sie im Kommissariat sind, schickt Gerichtsmediziner Walter weitere Details der Obduktion Merings. Rizin löste das Herzversagen aus. Walter schreibt: »Ein tausendstel Gramm ist schon tödlich, und ein Gegenmittel gibt es nicht. Ich habe auch den Einstich im Rücken gefunden, mittig und weit oben, fast zwischen den Schulterblättern. Der Stich ähnelt einem Zeckenbiss. Rizin wirkt schnell, weil es die Proteinproduktion der Körperzellen stoppt. Ohne Protein kann die Zelle nicht lange überleben. In diesem Fall aber atmete der Mann auch Rizin ein. Das hat sehr schnell zu Atemnot mit Fieber und Übelkeit geführt. Fazit: Die Einstichstelle im Rücken ist schlecht mit den eigenen Armen zu erreichen. Ein Selbstmörder würde sich eine einfachere Stelle aussuchen. Die zusätzliche Beatmung mit dem Stoff unterstreicht diese These, dass jemand nachhalf. Das Atem- und Kreislaufversagen trat mit Sicherheit nicht auf natürliche Weise ein.«

Merit fasst zusammen: »Also nichts mit Selbsttötung, hier hat jemand schnell nachgeholfen, und die Frage, ob der Abschiedsbrief echt ist, stellt sich umso mehr.«

Hansen rät: »Warten wir mal die Spurendatei und die der Fingerabdrücke ab.«

Für heute ist aber Feierabend.

*

Kapitän Ole taucht in der »360-Grad-Bar« auf der »Watt'n Insel« auf und ist erfreut, Henry Hansen zu sehen. »Na, Seebär, endlich Feierabend«, zeigt sich auch der Kripomann erfreut.

»Joa, habe vorn in meinem Lastenrad meine beiden Enkel hierhergekarrt, die wollen im Watt patschen, aber was mir noch einfällt …«, beginnt Ole seine Erzählung, die langweilig beginnt, dann aber spannend wird. »Ich habe ja öfter Kontakt zu diesen Amis, die hier Eis verkaufen und nähen und Autos waschen. Die tun mir irgendwie leid. Doch einer von ihnen erzählte mal, wie da in den USA die Stimmung gegen den Brandt hohe Wogen auslöste. Damals. Der kam wie ein Geschenkeonkel und hielt die Wirtschaft samt Regierung über Wasser, aber die wollten den am liebsten umbringen. Haben die ja nicht geschafft, aber, du, Henry, versucht haben die das bestimmt«, meint Ole mit fester Stimme.

»Beweise?«, fragt Hansen professionell nach.

»Na ja, seine Personenschützer gingen immer dichter an ihn heran, und dieser Assistent Böhlmann, der hatte irgendwann die Hosen voll, sage ich mal so. Der rechnete so kurz vor seinem Verschwinden 1978 mit einem Anschlag. Das habe ich von ihm gehört. Und weißt du, was ich glaube? Diese Sieglinde Diekmann hatte den auf dem Kieker. Die hat den irgendwie verschwinden lassen. Ist nur so ein Gefühl, aber bei mir ist das stark wie eine Tüte harter Fakten.«

Ole verabschiedet sich rasch, denn seine Enkel rufen. Hansen gehen aber noch die Gedanken durch den Kopf: der Böhlmann und die Diekmann Ende 1978. Und das in der politisch brisanten Zeit kurz nach der Wiedervereinigung Deutschlands, das auf dem Weg zu einem Vereinten Europa ist. Nur vier Jahre später wird das Wirklichkeit. Wenn das stimmt mit der Diekmann, wie hat die diesen Böhlmann denn umgebracht? Hansen sinniert vor sich hin. Peer taucht unerwartet auf. »Du hast mir noch gefehlt«, grummelt Hansen ihn an. »Wo warst du denn jetzt wieder umsonst drin?«

Peer Taubald grinst breit und ruft: »Karl-May-Festspiele, haha, nein, ich war bei den Rolling Stones in Hamburg, Stadtpark Festwiese. Ja, und richtig gefragt, wieder umsonst. Das wolltest du doch fragen, Henry, oder? Immer umsonst und ganz vorne. Es war der Kracher, das Beste seit Jahren.«

Hansen quält sich ein »Ach ja?« ab. Peer übergeht das. Er ist fröhlich drauf, summt noch einen Hit der Stones und meint dann: »Hier, hast du das gelesen, erst getwittert, dann habe ich mir den ›Sternchen-Regen‹ mal im Kiosk gekauft. Die haben das gesamte Privatarchiv von diesem Geheimdienstleiter Werner Schwarmbach zugespielt bekommen. Da kommen immer neue Storys ans Licht, so Ende der 1970er-Jahre. Büsum ist auch dabei. Was hältst du denn davon als Polizist, dass da geheime Akten in der Presse auftauchen?«

Hansen springt wie elektrisiert hoch. »Ach, wenn man schon mal das Handy abstellt. Nee, habe ich nicht gesehen. Von Schwarmbach das Archiv? Ja, der Name sagt mir etwas. Guter Tipp, Peer. Hole ich mir. Sag mal, wann gönnen wir uns denn mal wieder einen Trischen-Törn mit deiner Jacht?«

Peer grinst erfreut: »Morgen um 9 Uhr?«

Hansen antwortet flink: »Gern, habe Zeit bis 12.« Was im »Sternchen-Regen« steht, überrascht Hansen und Merit tatsächlich. Erstmals wird klar, welchen Umfang die Spionage zu der Zeit hatte und wie wenig der deutsche Geheimdienst wirklich wusste, denn von den Informationen der Amerikaner war er fast ganz abgeschnitten. Die aber schienen heftiges Interesse an Willy Brandt gehabt zu haben. Das wird auch dadurch klar, dass wieder ein Mann als toter

CIA-Agent erwähnt wird. Büsum taucht in der Geschichte nur kurz auf, als geheimer Rückzugsort von Willy Brandt.

»Merit«, sagt Hansen zu seiner Kollegin, »wir müssen versuchen, in Hamburg in der Redaktion mehr über diese Akten von Werner Schwarmbach herauszufinden. Mich interessiert, wer dieser tote CIA-Agent gewesen sein soll.«

Die Redaktion bietet den beiden Ermittlern tatsächlich Zugang zu den umfangreichen Akten an, denn sie verspricht sich davon eine beschleunigte Auswertung. Zu umfangreich ist das Material für die Redaktion selbst. Es gibt nicht genug Redakteure, um all das in überschaubarer Zeit auszuwerten. So könnten also beide profitieren: Hansen und Merit sowie der »Sternchen-Regen«.

Für die ersten zwei Ermittlertage in der Redaktion in Hamburg haben sich Merit und Hansen freigenommen. Schließlich ist ja alles Privatsache, denn offiziell dürfen sie nicht ermitteln. Der Hamburger Verlag zeigt sich großzügig. Sie bekommen sogar ein Büro in der Redaktion, die auch für die zwei Hotelübernachtungen aufkommt. Es werden dann bald noch drei weitere Besuche von jeweils zwei Tagen. Am Ende der Durchsicht eines Teils der Akten haben sie über die Vorgänge in Büsum so viel herausgefunden: Offenbar war Sieglinde Diekmann damals tatsächlich CIA-Agentin, vielleicht ist sie es heute noch. Über einen toten CIA-Agenten lässt sich nichts finden. Der verschwundene Böhlmann wird aber erwähnt. Vor allem aber: Die Zahnarztpraxis Mering in Meldorf wird in den Unterlagen ausführlich vorgestellt. Der Zahnarzt soll für den CIA gearbeitet und gezielt Menschen vergiftet haben.

Wie er das tat, war den Berliner Geheimdienstlern offenbar nicht klar, aber sie konnten feststellen, dass immer mal wieder bis Ende der 1990er-Jahre Menschen durch seine Hand starben. Merit fragt aufgeregt: »Da müsste doch auch unsere Oxana irgendwo auftauchen, haben Sie was gesehen, Chef?«

Hansen blättert und vergleicht, dann stöhnt er laut: »Hier, Merit, Elvira ist da als seine Mitarbeiterin genannt. Von einer Oxana steht da nichts, aber hier, doch, das ist sie.« Er zeigt auf ein kleines Schwarz-Weiß-Foto von ihr. Darunter steht nur ein anderer Name: Rosi. Beide sehen sich an: Wer ist Rosi?

Für die Redaktion sind diese Details aus Büsum offenbar nicht so spannend. Daher fördern die beiden Ermittler noch viele Details über das Leben Werner Schwarmbachs aus den dicken Aktenbergen zutage. Sie lagen bis vor kurzem im Keller eines alten Berliner Mehrfamilienhauses, das nun verkauft wurde. Der neue Besitzer hatte sich an das Hamburger Magazin gewandt und offenbar Geld für die Unterlagen erhalten. Die Redaktion ist den beiden Büsumer Ermittlern dankbar. Mit ihrer Hilfe bringen sie eine Art verspätete Homestory auf den Weg. Es wird gezeigt, wo der Geheimdienstchef Schwarmbach in Berlin lebte, wie er seinen Tee kochte und mit welchen Frauen er den trank, warum er zwei identisch eingerichtete Büros im selben Gebäude hatte und welche direkten Drähte er zum KGB aufbauen konnte. Aus den aufbereiteten Unterlagen strickt die Redaktion für die nächsten Ausgaben weitere Themen wie »Schwarmbachs Schwärme – welche Frauen den Geheimdienstler liebten«, dann »Der heiße Draht zum KGB – die deutsch-russische Achse lief reibungslos« und abschließend dank Hansens und Merits Recherchen »Brandts Büsumer Basislager«.

Dieser letzte Bericht schlägt hohe Wellen, zumal in Büsum nun jeder etwas zu erzählen hat, was er vielleicht schon mal geahnt hatte. Der Bundeskanzler und spätere Präsident Europas hatte im Hochhaus sein Domizil. Das zu veröffentlichen war Hansen zwar nicht recht, aber er konnte es letztlich nicht verhindern. Zum Glück für ihn bleiben die meisten Details unerwähnt. Im letzten Moment hatte er noch den Namen Diekmann aus dem Artikel entfernen lassen können. Klar war jetzt nur: Sieglinde Diekmann hatte es nun schwerer, dort weiter unbehelligt zu wohnen. Auch wenn niemand in den aktuellen Ausgaben des »Sternchen-Regens« ihren Namen fand, vielen in Büsum fiel auf, dass sie eine wichtige Figur aus der Willy-Brandt-Zeit gewesen sein muss.

Für Hansen heißt das, diese Sieglinde noch einmal ins Visier zu nehmen. Schließlich ist sie ja auch gesehen worden, wie sie in der Nacht vor Merings Tod zwei Aktenordner aus seinem Haus geholt hatte. Doch als Merit und Hansen am nächsten Tag bei ihr im Hochhaus klingeln, öffnet niemand. Hansen wählt ihre Telefonnummer, auch da tut sich nichts. Er lässt vor dem Haus seinen pensionierten Kollegen patrouillieren. Irgendwie muss sie doch mal auftauchen, ist er sich sicher.

Was diese dubiose Zahnarztpraxis Mering angeht, ist nun klar, dass dort ein Mörder am Werk war. Er hat offenbar immer mal wieder Menschen aus dem Weg geräumt, nur konnte er das so geschickt einfädeln, dass niemand

Verdacht schöpfte. Die Menschen starben Tage nach der Behandlung an Herzversagen, immer wurde eine natürliche Todesursache festgestellt. Ob das, wie im Abschiedsbrief erwähnt, Sterbehilfe war, ist eine offene Frage. Aber dem Zahnarzt kam niemand auf die Spur. Hansen konzentriert sich auf weitere Ermittlungen gegen die Helferin Oxana oder Rosi, wie sie auch heißen könnte, und gegen Elvira Seeliger.

Für Merit ist klar: »Wir brauchen diese geheime Akte aus Oxanas Wohnzimmer mit den Fällen der Praxis Mering von 1977 bis 1980, soll ich den Auftrag geben, Chef, ganz privat?« Hansen nickt, schränkt gleich ein, dass er damit nichts zu tun habe.

»Verstehe, Chef«, quittiert Merit. Sie kann eine Detektei finden, die den Auftrag übernimmt, die Akte zu stehlen, zu kopieren und wieder in den Schrank zu stellen. Das gelingt überraschend schnell. Hansen beginnt noch in der Nacht, in den kopierten Unterlagen zu blättern. Es wird zwei Uhr morgens, bis er übermüdet über den Akten zusammensinkt.

KAPITEL 22
DER BRIEF AN WILLY BRANDT

Büsum und Prag 1983

Ich lebe ja gern in meiner alten Heimat. Früher war ich mal eine Zeit lang woanders, jetzt bin ich wieder hier in Dithmarschen. 26 Prozent der Deutschen wohnen immer noch oder wieder da, wo sie aufgewachsen sind. Am standorttreusten sollen die Hamburger sein. Rund die Hälfte der aktuellen Bewohner ist in der Stadt auch groß geworden. Büsum ist für mich immer Freiheit. Ich atme Kindheit. Ich fühle mich groß. Ich genieße das Vertrauen. So zufrieden ich bin, dieser Siggi geht mir auch nach so vielen Jahren nicht aus dem Kopf. Was mir fehlt, sind die Klarsicht und der Mut des Kindes wie in Andersens Märchen »Des Kaisers neue Kleider«. Es sieht wie alle anderen beim Festumzug des Kaisers, dass er keine Kleider anhat. Es hieß, die Kleider könnten nur die sehen, die nicht dumm seien. Das wollte natürlich niemand zugeben, dass er doof ist und sie nicht sieht. Doch das Kind ruft es als Einziges aus, dass der Kaiser nackt ist. Das hat mir immer schon gefallen. Ich wäre gern dieses Kind.

Ich glaube, dass Siggi Böhlmanns Verschwinden endlich aufgeklärt werden muss, weil ich befürchte, dahinter steckt mehr als vielleicht eine Liebesaffäre mit dieser Sieglinde. Selbst das ist ja nicht sicher. In meinen Tagebuchaufzeichnungen jener Zeit, da tauchen immer wieder Fragezeichen auf. War er ein Spion? Das wird irgendwie gemunkelt, aber das glaube ich nicht. Siggi machte mir immer einen aufrichtigen Eindruck, allerdings, ja, er wirkte ängstlich manchmal. So als wäre er auf der Flucht. Aber in meinen Armen, da konnte er sich immer so richtig fallen lassen. Das war ein herrliches Gefühl. Er plauderte, glaube ich, mehr als er durfte, aber es hat ihn erleichtert. Mit mir konnte er unverkrampft reden. Ich behielt ja alles für mich. Mit der Zeit entstand so eine solide, feste Beziehung. Mich störte nur, dass er so oft weg war. Oder anders herum: dass er so wenig hier war, bei mir in Dithmarschen. Wenn er aber kam, dann war er ganz da. Und jetzt?

Mir mangelt es ja schon an Mut, diese Sieglinde Diekmann aufzusuchen. Nun fehlt mir der Antrieb, mich der Kripo anzuvertrauen. Was sollte ich denen aber auch sagen? Das Ganze liegt so lange zurück. Da habe ich nichts in der Hand, vielleicht ein Foto oder ein paar Briefe. Doch die Klarheit fehlt mir völlig. Siggis Mutter soll hier in einem Pflegeheim leben. Aber ob das stimmt? Und wie soll ich sie finden? Manchmal habe ich schlaflose Nächte. Ich grübele viel. Aber wenn er ermordet worden sein sollte, dann muss doch der Täter gefasst werden. Auch nach so langer Zeit wäre das wichtig, finde ich. Mord verjährt ja nicht. Ich könnte Willy Brandt einen Brief schreiben, in dem steht: Hier, das weiß ich über Ihren früheren engsten Mitarbeiter. Dann könnte ich den Präsidenten verblüffen mit Details aus Persepolis von Böhlmanns Erzählungen oder von Brandts Bootsfahrten auf der »Hein Mück«, also von dem, was Ole mir erzählt hat. Stimmt, ich sollte ihm einen Brief schreiben, dem Willy Brandt. Darin könnte ich erst mal ausdrücken, wie sehr mich sein Tun persönlich erfreut. Dann käme ich in dem Brief auf den Verschollenen zu sprechen und könnte die Bitte an den Präsidenten äußern, doch mal durch seine Geheimdienste intensiv nach ihm suchen zu lassen.

So, ich schreibe nun diesen Brief an den Europäischen Präsidenten Willy Brandt, Sitz in Prag. Es werden drei Seiten. Alles fein säuberlich mit meinem Füller in blauer Tinte geschrieben. Das macht mir Freude, zu sehen, wie sich das leere weiße Blatt langsam füllt und darauf Botschaften zu lesen sind. Meine Handschrift ist gut zu lesen. Ich schicke also den Brief ab und warte. Es dauert drei Wochen, dann kommt Antwort. Ich sitze da und zittere etwas. Mein Herzschlag ist zu spüren. Ich bin sehr aufgeregt. Im Wohnzimmer öffne ich den Brief. Er kommt nicht von Willy Brandt selbst, sondern von einem Mitarbeiter aus dem europäischen Präsidentenamt. Der schreibt mir im August 1983, der Präsident bedanke sich für die ehrliche Meinung von mir zu Europa und für den uneingeschränkten Zuspruch für den neuen Staat. Einen Mitarbeiter mit dem Namen Böhlmann habe es tatsächlich gegeben. Er erinnere sich gern an ihn. Der Mann sei aber seit Ende 1978 außer Dienst, er habe gekündigt.

Er hat gekündigt? Ich glaube das nicht. Der hätte liebend gern weitergearbeitet für seinen großen Meister. So bleibe ich also ratlos zurück. Allerdings kann ich aus heutiger Sicht noch etwas anfügen. Wie ich erst sehr viel später über Ole erfuhr, ließ der Präsident nochmals nachforschen, was tatsächlich mit Siegfried Böhlmann geschehen sei. Offenbar nur eine Woche später liegt dem Cheflenker Europas ein kleines Dossier vor. Darin steht, dass Böhlmann auftragsgemäß eine kurze Affäre mit Sieglinde Diekmann hatte. Brandt schüttelt den Kopf. »Wer hat diesen Mist veranlasst?«, soll er dazu gesagt haben. Die wahrscheinlichste Möglichkeit zu seinem Verschwinden, so heißt es in dem Dossier, ist die: Er wurde ermordet.

KAPITEL 23
EIN HOFFNUNGSLOSES UNTERFANGEN?

Büsum 2019

Swantje Brackwedel hat es geschafft. Sie wird neue Landesbeauftragte für Thalasso in Tunesien mit Sitz auf der Insel Djerba. »Oh, ein langer Weg für uns«, moniert Henry, als er von der Zusage erfährt. Ihre neue Liebe hat sich gerade etwas verfestigt. Meist verbringen sie die gemeinsame Zeit bei Henry Hansen in seinem Reetdachhaus, Swantjes Einliegerwohnung bleibt dann leer. Nun aber steht ihr Wechsel in den Süden an. Zwar wird es noch drei Monate dauern, bis es losgeht, aber beiden ist klar, dass es dann eine Fernbeziehung mit allen Risiken und Nebenwirkungen wird. Swantje hat damit Erfahrungen gesammelt, als sie mal verheiratet war. Sie ist dennoch fröhlich, eine neue Stelle gefunden zu haben. Sarah besucht noch zwei Jahre das Internat am Genfer See. Für Henry wird es schwerer, wie er meint. »Ich komme doch aus Büsum immer so schlecht raus, immer ist irgendetwas«, beklagt er jetzt schon.

»Wir schauen mal«, gibt sich seine Freundin optimistisch. Büsum–Djerba, das sind 2.267 Kilometer Luftlinie.

Die beiden radeln am Nachmittag nach Sankt Peter-Ording und besuchen die »Arche Noah« am Strand. Sie sitzen bei einem Drink beschwingt in der Sonne, als Hansen plötzlich Oxana neben sich sieht, die Zahnarzthelferin. »Oh, Frau Weder, wie geht es Ihnen?«, fragt der Kripomann freundlich.

Sie antwortet: »Och, gut eigentlich, wenn auch der Tod meines Ex-Chefs noch sehr schmerzt. Ach, haben Sie das im ›Sternchen-Regen‹ über Büsum gelesen? Geheimdienste und Willy Brandt, das fand ich ja sehr interessant. Aber da war ja so einiges falsch«, berichtet sie.

»Ja, habe ich flüchtig gesehen«, flunkert Hansen, der ja durch die eigenen Recherchen in der Redaktion die Grundlagen für den Artikel mit erarbeitet hat. »Was war denn da falsch, Frau Weder?«

Sie lächelt nur kurz und meint dann: »Brandts Büsumer Basislager ist schon einmal Unsinn, denn der war kaum hier. Jedenfalls ist es das, was ich gehört habe. Und dass sich die Geheimdienste hier ein Stelldichein gaben, das ist pure Fantasie dieses Magazins. Das glaubt doch kein Mensch. CIA, KGB und deutscher Geheimdienst haben sich belauscht, glauben Sie das, Herr Hansen?«

Der bisher entspannt wirkende «Leuchtturm« Hansen setzt seinen scharfen Blick auf, beugt sich zu Oxana vor und sagt: »Ich weiß nur, dass hier in jener Zeit Morde verübt wurden, die noch nicht aufgeklärt sind. Und glauben Sie mir, der oder die Täter werden noch überführt. Mord verjährt ja nicht. Manch einer, der sich in Sicherheit wiegt, wird sicher in Kürze ganz schnell aufwachen. Aber Sie wissen ja, wenn Ihnen etwas ein- oder auffallen sollte, rufen Sie mich an, ich helfe Ihnen, Frau Weder.«

Die Frau schaut etwas verblüfft und verabschiedet sich rasch. »Was wolltest du ihr denn damit sagen?«, schaltet sich Swantje ein.

»Nur so viel: Sie kann sich melden, bevor ich mich melde.«

Swantje zuckt mit den Schultern.

Bei Oxana löst das Gespräch den beabsichtigten Effekt aus – sie ist verunsichert. Den kurzzeitigen Verlust ihres Aktenordners aus ihrem Wohnzimmer hat sie offenbar nicht bemerkt, aber die Worte Hansens wirken. Schon am Abend trifft sie sich mit Sieglinde Diekmann, ihrer Freundin aus alten Tagen. Sie beratschlagen, wie sie sich verhalten könnten. »Schweigen«, rät Sieglinde, »du machst dich nur immer verdächtiger.«

Oxana ist eher für Angriff. »Ich werde ihn zuschwallen, dann verliert er den Überblick, der Praxis Mering ist er ohnehin schon auf der Spur, und wenn er herausbekommt, dass du da auch ein und aus gingst, dann sind wir beide dran. Der treibt uns in die Enge, bis wir irgendwas gestehen.«

Sieglinde winkt ab. »Der hat aber auch gar nichts in der Hand gegen uns, außerdem will ich abtauchen, es wird mir zu heiß hier«, gibt sie zu bedenken.

Henry und Swantje genießen die Weite des Strandes in Sankt Peter-Ording. Sie gehen ein paar Kilometer, lassen sich den warmen Wind um die Nasen wehen und setzen sich abends in die »Stintecker Stuuv« in Westerdeichstrich, also nicht weit weg von Büsumer Deichhausen, wo Hansens Reetdachhaus wartet.

Merit hat endlich mal wieder Besuch aus Bonn. Ihr Mirko Vanderbelt, der Zahnarzt, hat sich spontan angemeldet. Er will ein paar Tage bleiben. Nach dem anfänglichen Knistern scheint das Feuer zwischen den beiden etwas kleiner zu brennen, aber es brennt jedenfalls noch. »Ach, Mirko, ich habe mich so auf dich gefreut, schön, dass du hier bist«, empfängt sie ihn herzlich. Auch der 39-Jährige zeigt seine Sehnsucht, indem er ihr einen handgeschriebenen Brief mit kleinen, bunt eingemalten Liebesschwüren überreicht. Beide erscheinen sofort wieder unzertrennlich wie vor ein paar Wochen. »Seid ihr denn mit eurem Kofalski weiter?«, will Mirko unbedingt wissen.

»Oh, da fehlen entscheidende Mosaiksteinchen, nach denen graben wir gerade. Die Recherchen beim ›Sternchen-Regen‹ in Hamburg haben uns da weitergebracht, aber ist dir und deinem Vater denn noch etwas eingefallen, Mirko?«

»Ja, wir sprechen öfter mal drüber, das stimmt. Also, eingefallen? Na ja, diese Oxana, die bei meinem Vater als Zahnarzthelferin gekündigt hatte und dann hier in Meldorf bei der Praxis Mering gearbeitet hat, die hat damals schon Cannabis geraucht, und sie hat damit sogar gehandelt. Inzwischen ist das ja legal, aber damals war es strafbar«, erinnert sich Mirko, der ihr einen handgeschriebenen Brief von Oxana überreicht, der sich noch in den Akten seines Vaters fand.

»Ach, interessant, was schreibt sie denn so? Das ist sowieso prima, den nehmen wir für ein graphologisches Gutachten. Aktuelle Schreiben von ihr dürfen wir leider nicht beschlagnahmen, wir ermitteln ja notgedrungen undercover, aber das bleibt unter uns. Hat sie sich eigentlich irgendwann auch einmal Rosi genannt? Den Namen haben wir in den Akten in der Redaktion des Hamburger Magazins gefunden, wo wir recherchiert haben«, erkundigt sich Merit.

»Rosi? Lass mich mal überlegen. Nein, ich kann mich nicht erinnern«, meint Mirko.

Henry Hansen beugt sich am nächsten Tag wieder über die kopierten Akten aus der Wohnung Oxana Weders. Er blättert und liest von behandelten Patienten. Inzwischen beherrscht er schon ein kleines Fachvokabular und kann einige Befunde entschlüsseln. Ihn wundert, dass der Name Kofalski nirgends vorkommt. Er wurde schließlich ziemlich sicher in dem Zeitraum in der Praxis behandelt. So blättert Hansen also Seite um Seite durch. Er stößt auf Elviras Namen, auch sie ist dort behandelt worden und hat selbst behandelt. Ihre Freundin Oxana steht ebenfalls drin, was ihn nicht überrascht. Aber dann stößt er auf Sieglinde Diekmann. Sie hat drei Behandlungstermine im Dezember 1978 gehabt, in der Zeit, als Böhlmann verschwand. Er überlegt: Oxana bekommt diese anonyme Zahlung. Woher, ist ungewiss. Und sie hat mit Sicherheit vom tödlichen Handwerk Doktor Merings gewusst, ihm vermutlich sogar assistiert. Sieglinde Diekmann spielt zumindest eine dubiose Rolle. Sie ließ sich selbst behandeln und sie könnte während der Termine alles Wichtige zu den Morden mit dem Zahnarzt besprochen haben. Aber das ist nur Theorie. Ich muss sie dringend verhören, aber wie komme ich an sie heran, da ich ja nicht ermitteln darf? Hier steht jedenfalls etwas von drei Terminen bei Doktor Mering in einer Woche. Da kann irgendetwas nicht stimmen, stellt Hansen fest.

Er liest sich tatsächlich durch alle 320 Seiten. Zunächst fällt ihm nichts weiter auf von weiteren verdächtigen Behandlungsfällen oder Namen. »Hier steckt aber mehr drin«, sinniert er vor sich hin. Er möchte unbedingt Beweise sichern, mit deren Hilfe er wenigstens dieser Oxana Beihilfe zum Mord nachweisen kann. Doktor Rolf Mering ist tot. Komisch, dass er offenbar keine Angehörigen hatte. Jedenfalls ist nichts darüber herauszufinden. Die Rede war von einer Schwester, aber wer ist das? »Himmel, warum hilft mir keiner?«, empört sich der Oberkommissar, den es sehr wurmt, in diesem Fall nicht offiziell ermitteln zu dürfen. Da hätte er ganz andere Möglichkeiten. So aber muss er vorsichtig agieren, darf nicht zu viele schlafende Hunde wecken und vor allem seinen Vorgesetzten beim Kieler Landeskriminalamt nicht aufschrecken, diesen unangenehmen Doktor Roman Sattler. Und wie sollte das Ganze ausgehen? Angenommen, er fände den Mörder. Was soll geschehen? Anklage oder schreitet dann der europäische Geheimdienst ein und stoppt alles? Agentenschutz? Gibt es nicht auch Polizistenschutz? Es könnte ihn wahnsinnig machen. Abends trinkt er schon Lindenblütentee zur Beruhigung. Er würde disziplinarisch belangt dafür, dass er einen Mörder findet, den dann der Staat vor Verurteilung schützt? Und das nur, weil er mal Agent war? Hansen tut sich gerade selbst leid. »Ich glaube, ich habe mich verrannt, es ist ein hoffnungsloses Unterfangen«, gesteht er sich ein. Eigentlich Zeit zum Krankwerden.

Zum Glück muntert ihn Swantje auf. Sie hat auf der Terrasse bei ihm Cocktails serviert und den Grill in Betrieb. Ein paar kleine Steaks können doch den Feierabend hübsch verschmacklichen. Was für ein Sonnenuntergang! Beide liegen sich in den Armen und genießen den Anblick dieses Naturschauspiels am Himmel. Abschied in Orange-Rot heißt der Titel für den Schlussakkord dieses Tages. Henry und Swantje schlummern sanft auf dem Sofa ein, das die kleine Terrasse ziert.

KAPITEL 24
OFFENE GRENZEN CHINA-RUSSLAND

Prag, Schanghai und Peking 1983

Politiker werden selten in die Feinheiten der Arbeit von Geheimdiensten eingeweiht. So ergeht es auch Willy Brandt. Das wird mir jetzt klar. Das Verschwinden Böhlmanns beschäftigt ihn – wie ich über spätere Kontakte von Ole erfahre – auch nach dem vorgelegten Dossier, doch muss sich der Staatsmann dringend wichtigen Aufgaben widmen. Die Chinareise steht an. Das finde ich sehr spannend. Ich verfolge das alles live auf TV Europo. Politik zum Miterleben ist das für mich. Früher wollte ich mal Politik studieren, aber dann erschien mir so ein Studium lang und die Aussicht, damit Geld zu verdienen, vage. Also machte ich die Ausbildung zur Zahnarzthelferin. Damit bin ich ja auch sehr zufrieden.

Also: Brandt will sich ein Bild über die aktuelle Wirtschaftskraft des riesigen Landes China machen und besucht dazu Schanghai, Peking, aber dann auch das Mandschurische Becken ganz im Osten. Das ist deshalb interessant, weil es einerseits an Nordkorea grenzt, andererseits gleich hinter der Grenze zu Russland die Hafenstadt Wladiwostok liegt. Diese Wirtschaftszone vor den Toren Japans verzeichnet einen enormen Aufschwung und große Zuwanderung. Es sind so viele Chinesen dort, dass Russland gern welche aufnimmt. Wladiwostok kann so vom Wirtschaftsboom etwas abbekommen. Die Chinesen sind aber skeptisch. Sie wollen lieber die Grenze ganz schließen. Dieser östliche Teil Russlands gehört zwar nicht zu den Vereinigten Staaten Europas – die reichen nur bis zum Ural –, aber natürlich weiterhin zu Russland. So ist Brandts neuer russischer Amtskollege Juri Adamowitsch höchst erfreut über diese Initiative des Europäers. »Wir können in dieser heißlaufenden und konfliktträchtigen Zone eine ordnende Hand gut gebrauchen«, pflichtet Adamowitsch Brandt bei. Der kann bei seinen Gesprächen mit der chinesischen Führung weitgehend offene Grenzen in diesem Bereich zwischen China und Ost-Russland schaffen. Für die stark gewachsene Bevölkerungszahl im Osten Chinas bedeutet das Entlastung, für die leeren Räume im benachbarten Russland Aufschwung. Künftig sollen sich Tausende chinesische Familien am Chanka-See nördlich von Wladiwostok ansiedeln.

»Wenn wir helfen können, aufkeimenden Streit zu ersticken, sind wir da«, bekräftigt Brandt seine Initiative, wie ich im Fernsehen mitbekomme. Und er beginnt eine weitere: Das sich abkapselnde Nordkorea soll sich öffnen. Dazu gewinnt er China und Russland als Partner. Das Ziel ist es, auch offene Grenzen zu dem südlichen Nachbarn in dieser Region zu schaffen. So kann sich das diktatorische Land besser entwickeln, lautet Brandts Credo. »Auch dort wird die Demokratie einziehen, da bin ich überzeugt, nur müssen die Menschen das erst spüren, erst wirtschaftlich und sozial spüren, was für sie drin ist«, fügt er hinzu und lächelt weise. Nordkorea hat neben der langen Grenze zu China im Norden auch einen 19 Kilometer langen Grenzstreifen entlang des Flusses Tumen zu Russland. Es wird noch einige Jahre dauern, aber immerhin legte er die Grundlage. Der Europäer denkt stets ein paar Schritte im Voraus. So liegt ihm als Deutscher, der zwei deutsche Staaten zusammenführte, besonders am Herzen, auch Nord- mit Südkorea wieder zu vereinen. »Es kommt in der Politik auf Visionen an, auf Vorstellungen, wie etwas werden wird«, sagt Brandt mehrfach öffentlich in jener Zeit. »Unsere Aufgabe als Politiker ist es doch, diese Ziele zu entwickeln und dann gemeinsam darauf hinzuarbeiten«, begründet er das.

Brandts Reden in jenen Jahren haben mir immer besser gefallen. Einige davon habe ich mir sogar aufgehoben. Und ich weiß von Siggi Böhlmann, wie sehr es der einstige deutsche Bundeskanzler schätzte, hoch über Büsum in seinem Penthouse in einem kleinen Kreis über genau diese weltpolitischen Ziele zu sinnieren. Wer weiß, vielleicht sind die Ideen zu einer Freihandelszone China-Russland-Nordkorea auch dort oben entstanden.

Ich frage mich nur gerade, ob Brandt nun überhaupt noch nach Büsum kommt und er sein Domizil dort oben noch bewohnt. Bei allem, was ich so lese und höre in den europäischen Fernsehkanälen, muss er dafür kaum Zeit haben, so viel reist er durch Europa und um die Welt. Dazu habe ich Ole mal gefragt, meinen Freund aus Kindertagen. Er überlegt etwas. »Nö, kann ich mich nicht erinnern, dass Brandt hier war, jedenfalls haben wir da keine Bootstour zusammen gemacht«, sagt Ole. »Aber sein Penthouse hat der noch, das weiß ich. Der Mietvertrag mit der Immobilienfirma, der die Wohnung gehört, lief bis 1982, dann hat Brandt bis Ende 1984 verlängert, ganz sicher.«

Dem Ole zeige ich auch meinen Brief aus Prag, direkt aus Brandts Umfeld. Ole ist platt: »Das hat er dir geschrieben? Stempel aus Prag, Wahnsinn! Du bist ja jetzt berühmt, du, ich bin stolz auf dich. Aber der Böhlmann hat doch damals nicht gekündigt, das glaube ich auch nicht. Der war doch so dicht an dem Brandt dran, der klebte fast an ihm. Da ist mächtig was faul mit seinem Verschwinden, das sage ich dir.«

KAPITEL 25
ZWEI FRAUEN IN JAPAN

Tokio 2019

»Wie lange kannst du noch schweigen, Oxana?«, entfährt es Sieglinde Diekmann, als sie ihre aufgebrachte Kollegin zu Hause besucht. Die 75-jährige frühere CIA-Agentin, die unter Brandts Wohnung wohnt, ist seit der Veröffentlichung des Büsum-Artikels im »Sternchen-Regen« angespannt. Sie erntet in ihrem Hochhaus böse Blicke und öffnet nicht mehr die Tür, wenn es klingelt. Sie möchte dort wegziehen. Irgendwie behagt es ihr auch nicht, dass dieser Hansen so viel aus alter Zeit aufwirbelt.

»Mich hat er ja auch interviewt mit diesem Girlie Merit Hoyer an seiner Seite«, stimmt Oxana mit ein. Sie sitzen beide bei ihr im Wohnzimmer ihrer Villa, die sie seit ein paar Jahren bewohnt. Sieglinde fällt da plötzlich der Ordner im Bücherregal Oxanas auf. »Um Himmels willen, was stellst du den denn hierher, die Fälle von 1977 bis 1980, die musst du wegschließen oder gleich vernichten, was soll das?«, kreischt Sieglinde.

»Das sieht doch keiner«, wiegelt die 66-Jährige ab. »Außerdem steht da ja auch nichts Besonderes drin, oder?«, schränkt sie gleich ein.

»Zeig mal bitte«, fordert Sieglinde sie auf und nimmt gleich selbst den Ordner in die Hände. Sie blättert unbeholfen durch die Seiten. »Da steht ja dreimal mein Name drin, Oxana, wer hat das denn gemacht?«, regt sie sich auf. »Drei Termine in einer Woche im Dezember 1978, was für ein Blödsinn«, poltert sie.

»Weiß ich nicht«, versucht Oxana sie zu beschwichtigen, »das ist doch auch egal, du warst vermutlich da, um Geld zu bringen oder einige deiner Anweisungen an Doktor Mering zu erteilen, das war doch immer als Behandlungstermin vertuscht worden.«

Sieglinde schüttelt den Kopf. »Gut, dass dieser Mering tot ist, der würde heute ja alles falsch machen. Wer dem etwas stärker auf den Zahn fühlte, bekam doch die ganze Wahrheit von ihm geboten, ein Sicherheitsrisiko ersten Ranges, das habe ich ja immer gesagt, aber wen hätten wir finden sollen für diese Eingriffe? Wer hat eigentlich das ganze Geld von ihm geerbt, der hatte doch keine Angehörigen, oder?«

Oxana holt eine andere Akte hinten aus dem verschlossenen Schrank und blättert sie auf. »Der Rolf Mering hatte eine Stiftung gegründet, die Bluetooth-Foundation. Passend, oder? Blauzahn bleibt Blauzahn. So starben nun mal die meisten unter seinen Händen. Etwas Watte für den hohlen Zahn und dann dieser Mandelgeruch der Blausäure. Du warst ja nie dabei. Es war für mich jedes Mal ein Abschiednehmen von der jeweiligen Person. Es fiel mir schon schwer, glaub es nur. Okay. Also Bluetooth mit Sitz auf Zypern hat die rund zehn Millionen Ecu von ihm. Rolf Mering starb eigentlich mittellos. Gut, meine hunderttausend Ecu standen mir ja zu, die hat er mir auch noch rechtzeitig in die Hand gedrückt.«

»Alles bar bezahlt, wie schön«, äußert sich Sieglinde fast abfällig. »Was machst du mit dem Geld? Du lebst doch in diesem großzügigen Haus, das er dir kaufte, schon gut, wozu brauchst du das alles?«

Oxana zuckt die Schultern. »Ich gehe endlich mal auf Kreuzfahrt, ich will verreisen, mal nach Alaska, mal zum Kreml«, schwärmt sie vor sich hin.

»Kreml? Das musst du ja wissen, aber das halte ich für sehr gefährlich. Der KGB ist überall, auch in Büsum«, warnt Sieglinde.

»Und was machst du jetzt so, willst du wirklich abhauen?«, möchte Oxana wissen.

»Ehrlich gesagt, ich weiß es noch nicht. Wohin soll ich denn? Ich bin ja nicht mehr die Jüngste, ich bin auf mich allein gestellt, so ohne Mann oder Kinder, und habe auch nicht mehr so viel auf dem Konto«, weint sich Sieglinde bei Oxana aus.

»Dieser dämliche Nachlass von dem deutschen Geheimdienstchef, diesem Werner Schwarmbach, den würde ich mal gern durchsehen. Daraus spuckt ja immer wieder dieses Hamburger Magazin etwas aus. Die haben das Material ja wohl gekauft oder es wurde ihnen zugespielt. Ich glaube, da steckt viel drin, da werde ich mit Sicherheit als einstige CIA-Mitarbeiterin auftauchen. Aber eigentlich sind wir ja geschützt vor Verfolgung, na ja, der CIA ist mir noch verpflichtet.« Sieglinde will sich die Verzweiflung nicht anmerken lassen. Oxana legt ihre rechte Hand auf ihre linke und meint: »Wir schmieden einen neuen Plan, das ist es, wir preschen vor.«

»Ach ja, wie denn?«, will Sieglinde wissen.

»Hier, wir fliegen zusammen nach Japan. Mal andere

Nasen sehen, die sind doch so höflich und freundlich. Da machen wir erst mal vier Wochen Urlaub, dann schauen wir, ob wir zurückkommen wollen. Ich entkomme hier auch diesen blöden Nachforschungen nach Merings Tod. Was hältst du davon, Sieglindchen? Morgen losfahren?«, schlägt Oxana aufgekratzt vor. Sie malt sich aus, wie es mit dieser einst sehr attraktiven Frau an ihrer Seite wohl wäre. Sie selbst sieht sich ja eher als Mauerblümchen. Ständig trägt sie einen adretten Rock, eine gebügelte Bluse, hat dünne, dunkle Haare mit Dauerwelle und eine schwarze Brille auf der Nase. Diesen Riecher findet sie zu groß, ihr Gesicht zu blass. Sieglinde dagegen ist trotz ihrer 75 Jahre attraktiv für Männer, wie Oxana findet – wohlgeformt, schlank, blond, braungebrannt und fast immer mit einem sympathischen Lächeln im Gesicht. Sieglinde hat nach einer recht kurzen Bedenkzeit Gefallen an der Idee gefunden. Sie buchen für die nächste Woche, fliegen ab Hamburg und sind auf einmal in der für sie fremden Welt Japans.

»Vom Flughafen Haneda im Süden Tokios nehmen wir gleich den Zug nach Kyoto, das reizt mich«, erläutert Sieglinde und übernimmt somit die Reiseleitung für sie beide. Oxana hat unten im Bahnhof Shinagawa, wo sie in den Shinkansen steigen, eine Bentobox für jeden besorgt. Mit Sushi und Stäbchen, Wasabi und Ingwer wird das im dahinrasenden Shinkansen eine regionaltypische Ernährung. »Klasse, wie die Landschaft so vorbeibraust«, urteilt Oxana, «rechts war eben kurz der Fudschijama zu sehen, soll ganz selten sein, der ist meist im Nebel versteckt.« Die Sitze sind bequem. Der Schaffner verneigt sich jedes Mal, wenn er den Waggon wieder verlässt. Alles sehr vornehm, höchst rituell und fast lautlos. In der alten Königsstadt

Kyoto beziehen sie eine vornehme Suite oben im Hotel nahe am Bahnhof. »Ich lade dich gern dazu ein, ich habe doch die 100.000 Ecu für meine Bluetooth-Morde, das verprassen wir jetzt«, wird Oxana schon etwas makaber. Sie fühlt sich befreit. Diese Reise mit ihrer früheren Mordauftraggeberin bietet einen gesunden Abstand zum kleinteiligen Geschehen in Büsum, das beiden nicht behagt, seit dieser Artikel über Willy Brandt und die Geheimdienste im »Sternchen-Regen« erschienen ist.

»Ich spüre hier auch Freiheit, Oxana, das war eine prima Idee, Japan zu erkunden«, bedankt sich Sieglinde bei ihr.

Jetzt ist Onsen dran. In diesen typischen Heißbädern Japans tauchen sie ab bis zum Hals. Vorher muss sich jeder mit Schaum an seinem Sanitäreckchen den Körper wund schrubben. Das verlangt das Ritual. Die Einrichtung ist nach Männern und Frauen getrennt. Alle sind nackt. Ein feuchtes, kühles Handtuch auf dem Kopf regelt notdürftig den Kreislauf herunter, wenn sich der Besucher in das fast 40 Grad heiße Wasser begibt. »Puh, viel zu heiß für mich«, kündigt Oxana ihren baldigen Rückzug aus dem Heißbecken an.

»Ich kann noch einen kleinen Moment vertragen«, antwortet Sieglinde. Sie haben sich zum ersten Mal nackt gesehen und ihre Körper gegenseitig unauffällig begutachtet. Jede findet an der anderen vorteilhafte Partien. Oxana sieht ihre Befürchtung bestätigt, dass Sieglinde doch viel attraktiver sei als sie.

Danach sitzen sie nach einer kurzen Taxifahrt in den Nordwesten Kyotos am Goldenen Tempel, versuchen Fischkuchen, essen am Abend Kobe-Rind und trinken Sake-Wein. Manchmal mischt sich in das wohlige Gelächter der beiden doch ein Schuss Melancholie, nämlich dann, wenn Sieglinde an ihre Mordaufträge denkt.

Oxana wehrt ab: »Warum kochst du das alles hoch? Nur weil du meinst, Hansen ermittelt gegen uns? Der macht gar nichts, der kann nur Rolf Mering was anhängen, aber der ist ja zum Glück tot. Und es gibt einen Abschiedsbrief von ihm, da nimmt er alle Schuld auf sich.«

Sieglinde zeigt sich verwundert: »Ein Abschiedsbrief? Das glaube ich nicht. Meinst du denn, es war wirklich Selbstmord? Warum wollte er denn nicht mehr, ich hörte, er hätte schon seine Zypernreise gebucht.«

Oxana halb freimütig: »Nein, den Brief hat er natürlich nicht selbst geschrieben, aber Selbstmord, das glaube ich schon, der hatte doch immense Schulden.«

Sieglinde schüttelt den Kopf. »Wie auch immer er zu Tode kam, es war kein Selbstmord, da bin ich mir sicher. Jedenfalls bin ich froh, dass er nicht über meine Vergangenheit reden kann, da hätte er ja einiges zu bieten. Und dann diese Knochenfunde im alten Haus am Kurpark, das mit dem toten Mann, das macht mir echt Stress, wenn diese Geschichte wieder hochkommt, Oxana. Vor ein paar Tagen stand es wieder in unserem Büsumer Blatt. Die Polizei hat die Identität des Mannes angeblich ermittelt. Dann wissen sie also, dass er den Namen Kofalski trug. Schrecklich, oder? Da möchte ich am liebsten ganz weit weg bleiben, hier zum Beispiel.«

Oxana holt tief Luft. »Ja, schon, aber der Name taucht doch nirgends in unseren Unterlagen auf, Sieglindchen, kümmre dich nicht um so alten Mist. Hier ist Kyoto, morgen geht's nach Hiroshima, ich zahle, meine Liebe, ich möchte dann auch Ruhe vor diesem grausamen Tötungs-Blausäure-Mist aus Büsum, können wir uns darauf verständigen?«, schnauzt Oxana ihre Mitreisende an.

»Ja, das können wir, aber ich habe ja nur dich als einzige Person, mit der ich darüber sprechen kann, und das von damals belastet mich immer noch, so schön die CIA-Zeit war. Und weißt du, Oxana, auf meine alten Tage möchte auch ich meine Ruhe haben, darum überlege ich ernsthaft, ob ich nicht hier in Japan bleibe.«

»Wirklich? Die Japaner sollen ja auf Europäerinnen abfahren, da könntest du dir eine zweite Kirschblüte zulegen, eine Liebschaft, nur mit der Sprache wird es dauern, fürchte ich, etwas kompliziert für uns«, meint Oxana zu ihr.

»Ja, das mit der zweiten Kirschblüte gefällt mir, wobei ich gar nicht weiß, welche die erste war. Verheiratet war ich ja zum Glück nie, den Siggi Böhlmann damals, den hätte ich allerdings sofort genommen. Das war ein ganz besonderer Mann. Immerhin waren die Stunden mit ihm schon wunderbar. Wir hatten aber einfach nicht genug Zeit.«

Jetzt schweigt Oxana. Sie schaut Sieglinde an. »Mit dem hattest du was? Das wusste ich gar nicht. Der ist doch dann plötzlich verschwunden, so im Dezember 1978«, zeigt sich die frühere Zahnarzthelferin Doktor Merings überrascht. »Dann hattest du ja echt direkten Zugang zu allen Brandtschen Geheimnissen, eine deutsche Christine Keeler, falls dir der Name was sagt. Die war Partygirl und plötzlich kurzzeitig mit dem britischen Verteidigungsminister Profumo liiert.«

Sieglinde wird böse. »Den Fall kenne ich, aber mich mit der zu vergleichen, das ist ja bodenlos frech. Sag mal, welche anderen Auftraggeber für Morde hattet ihr denn außer mich?«, wird die einstige CIA-Agentin konkreter.

»Betriebsgeheimnis, meine Liebe, aber du glaubst doch nicht, dass der Rolf Mering die zehn Millionen Ecu für die Bluetooth-Foundation allein durch sein bisschen Herumbohren bekam? Deine Zahlungen für die Mordaufträge waren ja äußerst bescheiden, also kannst du dir ausrechnen, dass es da noch andere Geschäftsbeziehungen gab«, macht Oxana ihr klar. »Nun ist aber wirklich Schluss mit diesem Blauzahn-Gewürge. Ich will Hiroshima sehen«, beendet die 66-Jährige die Diskussion.

Beide steigen aus dem Shinkansen, der pünktlich in der Stadt des ersten Atombombenabwurfs eintrifft. »6. August 1945 war das, genau um 8.15 Uhr«, erläutert Sieglinde, »die Bombe hieß ›Little Boy‹ und explodierte in 600 Metern Höhe, wir werden uns das Gelände und den Peace Memorial Park gleich heute ansehen. Ich bin sehr gespannt darauf, das war immer mein Ziel, diese brutalen Folgen der amerikanischen Kriegsführung genau zu betrachten.«

Oxana pflichtet dem bei: »Ich finde, das muss jeder auf der Welt mal gesehen haben, damit das nie wieder geschieht. 90.000 Menschen waren sofort tot, aber es gibt heute noch Überlebende, unvorstellbar, oder?«

»Meine Arbeit beim CIA habe ich mir immer so vorgestellt, dass ich durch mein Tun mithalf, so einen Atombombeneinsatz im Kalten Krieg zu verhindern, so verstand ich meine Arbeit auch in Büsum«, beginnt Sieglinde eine längere Rechtfertigung. Oxana lässt sie reden. Beide schauen sich derweil den Peace Dome von außen an. Das Gerippe dient als Mahnmal. Tafeln an allen Seiten geben Auskunft. Es war vor dem Angriff der Amerikaner die Handelskammer Hiroshimas und befand sich beim Abwurf der Bombe im Epizentrum der Explosion. Papiergefaltete Kranichgirlanden zieren die Anlagen im Peace Memorial Park auf der anderen Flussseite. »Lass uns auch ein paar dieser Friedenskraniche falten«, schlägt Oxana vor. Im Museum, das sogar einen Nachbau der Bombe »Little Boy« zeigt, bleiben die beiden Frauen bewegt vor ein paar Steinstufen stehen. Sie sind original und zeigen die Umrisse eines sitzenden Menschen lediglich als Farbunterschied im Stein. »Der ist hier ums Leben gekommen, grausam«, sagt Sieglinde. »Die Strahlung hat den Stein dunkler werden lassen, aber wo er saß, blieb es heller. Dafür hat er alles an Strahlung abbekommen und war dann schnell tot.«

Als sie später beim Tee am Hiroshima Castle sitzen, das von Wasser umgeben ist, schwärmt Oxana von der Entspannungspolitik Willy Brandts. »Der hat es doch meisterhaft verstanden, Ost und West vor genau so einem Szenario zu bewahren, Kalter Krieg ade, das war sein Werk.«

Sieglinde sieht das anders. »Ich habe nie verstanden, warum der so dicht an den Russen dran war, das war sein großer Fehler, auch sonst empfand ich den nur als Anti-Amerikaner«, stellt sie sich in Opposition zu Oxana.

Die aber wird gleich persönlich: »Nur weil du für die Amis gearbeitet hast, musst du sie doch heute nicht mehr verteidigen. Du hast genau genommen Brandt an die Amis verraten durch deine Abhöraktionen. Der Ausgleich mit Moskau war nach dem Zweiten Weltkrieg eine Geste der Versöhnung, die dringend geboten war. Russland ist der bedeutendste

Nachbar im Osten und gehört zu Europa. Das kann man nicht übergehen. Die Amis hatten andere Interessen, aber wir Deutschen haben unsere erkannt und die Russen in Europa fest eingebunden. Klug von Brandt, ich bewundere ihn.«

Sieglinde widerspricht weiterhin, bis Oxana eine Art Vollbremsung hinlegt: »Hör mal gut zu, Sieglindchen, du schläfst mit Brandts Mitarbeiter, um an erstklassige Informationen zu kommen, du hörst den Bundeskanzler und späteren Präsidenten Europas über Jahre in Büsum ab, um alles haarklein nach Washington zu melden. Und jetzt soll ich das noch gut finden? Du bist eine Verräterin, weiter nichts, jawohl, eine Mörderin obendrein.«

Sieglinde steht auf und geht. Sie hält diese Beschuldigungen für unangemessen. »Ich bin doch keine Mörderin!«, poltert sie los. Erst im Hotel nahe der Kyobashi-Brücke etwas südlich vom Bahnhof treffen sich die beiden wieder. »Ich habe mir etwas überlegt«, beginnt Sieglinde ihre Erklärung, »ich werde in Japan ein neues Leben anfangen. Jetzt. Der CIA wird mir eine neue Identität geben, und ich nehme mir in Hiroshima ein Zimmer. Du kannst meine Wohnung in Büsum auflösen, mir ein Paket mit meinen Unterlagen schicken. Das ist alles. Hier ist der Schlüssel. Den Rest verkaufst du oder lässt es zum Müll bringen. Das ist mein Entschluss, Oxana.«

Die Mitreisende zeigt sich überrascht, aber verständnisvoll. »Wenn das deine Entscheidung ist, dann solltest du genau so handeln. Ich wünsche dir viel Glück dabei. Dann endet hier unsere gemeinsame Reise?«, fragt Oxana.

»Wir gehen noch ein letztes Mal essen, hier am Kyobashi-gawa-Fluss ist ein schönes Restaurant, Oxana.« Es gibt

Thunfischsteaks, Reis, frisches Gemüse und dann gefüllte Kuchen in Form eines Ahornblattes sowie frische Pfannkuchen, mit Marmelade gefüllt – okonomi-yaki. »Dann fahre ich morgen nach Tokio zur amerikanischen Botschaft. Da werde ich mein Leben neu starten. Das ist wohl sehr nötig«, kündigt Sieglinde an. Die beiden verbringen noch den letzten Abend gemeinsam, der ganz ohne gegenseitige Beleidigungen und Vorwürfe auskommt.

Nur beim Frühstück am nächsten Morgen schießt Sieglinde noch einen Pfeil ab, der zu treffen scheint. »Nur zum Abschluss, Oxana, wie ist eigentlich dein Chef Rolf Mering ums Leben gekommen? Ein natürlicher Tod war das doch nicht, oder?«, bohrt Sieglinde nach. Oxana holt tief Luft, denn sie weiß genau, wie er ums Leben kam, will das aber als Geheimnis auch für sich behalten. »Das war Herzversagen, so steht es im Totenschein, der Hausarzt hat es bescheinigt. Man fand ihn tot im Wintergarten«, sagt Oxana teilnahmslos.

»*Man* fand ihn, heißt: *Du* fandest ihn?«, fragt Sieglinde nach.

»Nein, dieser Hansen mit seinem Girlie, aber ich versichere dir, ich habe ihn nicht umgebracht, wirklich nicht«, kommt als kurze Antwort. Die Frauen umarmen sich zum Abschied. »Ich schicke dir alles zu, Sieglinde, wenn du eine Wohnung hast. Wir werden uns wohl nie mehr wiedersehen.«

Sieglinde weint. »Nein, werden wir nicht, danke trotzdem für alles, was du noch für mich tun wirst«, beendet sie das Gespräch. Oxana zieht ihren Koffer aus dem Hotel und geht die paar Schritte zum Bahnhof. Sie will weiter nach Nagasaki im Südwesten. Sieglinde nimmt eine Stunde später den Zug zurück nach Tokio im Norden.

KAPITEL 26
EINE NEUE LIEBE

Sankt Peter-Ording 1983

Ich genieße den Sommer, liege gern in Sankt Peter-Ording am Strand. Es ist eine wunderbare Zeit. Es ist die praktizierte Leichtigkeit des Seins. Die Arbeit stresst mich wenig. Aber wenn ich auf dem Rücken liege und in die Wolken schaue, dann ziehen auch andere Gedanken auf. Ich sehne mich nach einem Mann. Ja, das ist so. Mich verlieben mit Haut und Haar, das möchte ich wieder. Siggi, ja, diese Zeit liegt leider schon lange zurück. Knapp vier Jahre waren wir zusammen, von 1974 bis zu seinem Verschwinden 1978. Ich hatte damals eine intensive Zeit mit Siggi. Das war schon ein toller Kerl, so richtig zum Träumen. Wann immer er zwischen seinen geschäftlichen Terminen und Reisen Zeit, oder besser gesagt, wenn er Lust auf mich hatte, kam er zu mir. Blieb immer nur ein paar Stunden in meiner kleinen Wohnung in Sankt Peter-Ording. Ich habe mir ja damals immer mehr gewünscht.

Jetzt bin ich über den Schmerz hinweg, denke ich zumindest. Das wird sich zeigen, wenn ich wieder mit einem Mann schlafe. Wie sehr werde ich an die Stunden mit Siggi denken, an unsere heißen Nächte? Kann ich das abstellen und mich ganz auf den Neuen einlassen? Ich bin so gespannt, mir klopft jetzt schon das Herz. Ich lege jetzt die Angel aus. Ein paar Blicke ernte ich öfter, von Männern, die mich meist aber nicht interessieren. Sie sind entweder zu unsportlich, zu unrasiert oder zu klein. Ich möchte schon jemanden haben, der so groß ist wie Siggi mit seinen 1,80 Metern. Dunkle Haare, fein gekleidet, das könnte mir schon gefallen. Vermutlich bin ich immer noch nicht von ihm los, merke ich gerade, denn ich suche sein Ebenbild. Das bringt doch nichts, muss ich mich ermahnen. Sei doch mal spontan und offen – so versuche ich, mir klarzumachen, dass mein Mann von morgen auch ganz anders aussehen kann.

Vielleicht sollte ich erst mal einen Urlauber nehmen, doch einzelne Herren laufen hier selten herum. Meist sind es Paare, aber das wird mir zu kompliziert, einer anderen Frau den Mann auszuspannen. Oder sollten wir es mal zu dritt wagen? Das male ich mir gerade aus. Neulich sah ich einen Film über solche Beziehungen – ein Mann und zwei Frauen. Es würde mich schon reizen, aber dann wären mir doch zwei Männer lieber als noch eine andere Frau. Ich bin jetzt 32 Jahre alt, habe Erfahrung mit Männern und brenne auf etwas Neues. Also lege ich mich hier auf die Pirsch, und was soll ich sagen – es dauert nur eine Woche, da habe ich den ersten Mann an der Angel: Peter.

Er ist angeblich Single, macht hier mit zwei Freunden zusammen Urlaub und kommt aus Lüttich in Belgien. Wir lernen uns am Strand beim Federball kennen, gehen zusammen essen. Es kribbelt in meinem Bauch. Er hat die von mir bevorzugten 1,80 Meter in etwa zu bieten, ist schlank und sportlich. Wir sitzen zwei Abende zusammen, bis es in einer heißen Nacht endet, bei mir in der Wohnung. Es ist das erste Mal, dass ich nach Siggi einen Mann in meine vier Wände lasse, für eine Nacht. Es wird noch eine zweite daraus. Bald aber nähert sich seine Abreise. Wir verbringen noch eine zusammen, so zum Abschied. Peter fällt es nicht leicht, mit den anderen beiden Jungs ins Auto zu steigen und wieder nach Lüttich zu fahren. Wir umarmen uns.

Als er weg ist, fällt mir auf, wie gut wir uns in Esperanto verständigt haben. Diese neue Sprache Europas ist auch für mich noch nicht so gefestigt. Aber selbst intime Dinge kann ich damit ausdrücken. Peter spricht aber auch Französisch und Englisch sowie ein wenig Deutsch. Ich kann auch diese drei Sprachen, doch eine neue gemeinsam zu haben, finde ich toll. Hier hat sie sich bewährt. Dann war das Gefühl wieder da, das ich seit Siggi vermisst hatte. Es ging also gut im Bett mit Peter. Ich werde ihn demnächst besuchen.

Wir haben uns über unser Bildungssystem in Europa unterhalten. Zwölf Jahre Schule schreibt es für alle vor. Und es wird überall gleich unterrichtet. Ein Kind könnte also von Büsum nach Lüttich wechseln, ohne etwas zu versäumen. Dieselben Lehrpläne herrschen dort wie hier. Das finde ich großartig. Aber noch besser ist das duale System aus Lehre und Schule zur Ausbildung. Es ist überall in Europa Standard und garantiert eine qualifizierte Ausbildung in Berufen wie Elektriker, Automechaniker oder Bäcker. Jetzt denke ich darüber nach, noch Politik zu studieren. Studiengebühren gibt es nicht mehr, jeder kann sich ein Studium leisten, es wird sogar vom Staat Europa unterstützt. Ich könnte doch zu Peter nach Lüttich gehen oder er käme hierher, und ich mache einen Abschluss in

Politik. Das wäre in drei Jahren hinzubekommen. Peter ist Lehrer für Chemie und Physik, 29 Jahre alt und wünscht sich, glaube ich, eine Familie. Was ich mir wünsche, weiß ich nicht, aber mit Kindern habe ich im Moment nichts am Hut. Ich möchte mehr von der Welt sehen, Neues erleben und Unbekanntes ausprobieren.

KAPITEL 27
DIE ENTSCHEIDENDE WENDE

Büsum 2019

»Hansen, Sie alte Flöte, von Ihnen habe ich ja lange nichts gehört«, leitet Doktor Roman Sattler vom Landeskriminalamt Kiel sein Telefongespräch ein. Er hält nicht so viel von Henry Hansens Ermittlerqualitäten, was auf gewisse Fälle aus der Sylter Zeit Hansens zurückzuführen ist. Der hingegen missachtet seinen Vorgesetzten, weil er ihn für pedantisch, nicht kreativ und besserwisserisch hält. Sie lassen sich die gegenseitige Abneigung zuverlässig regelmäßig in ihren Telefonaten spüren. Hansen antwortet: »Es gab wohl keinen Anlass, hier in Büsum läuft ja alles reibungslos, Doktor Sattler.«

Der räuspert sich nur kurz, sagt dann: »Wir saßen hier in größerer Runde zusammen, Hansen, und haben über diese Artikel im ›Sternchen-Regen‹ gesprochen, die über Willy Brandt. Haben Sie die gelesen? Ich maile die Ihnen gleich mal. Es geht um …«

Hansen wendet gequält ein: »Kenne ich. Und weiter?«

Doktor Sattler wird nun förmlich: »Wir sehen da durchaus Ansätze für Ermittlungen, immerhin muss es da unaufgeklärte Todesfälle geben, Hansen, Sie hatten doch da diese mysteriösen Knochenfunde an der Baustelle. Es gab im damaligen Umfeld Willy Brandts Mordfälle, das steht hier.

Sehen Sie mal zu, da laufen Mörder frei herum, seit 40 Jahren. Mord verjährt nicht.«

Hansen glaubt es nicht. Da hat er viele Wochen heimlich und in der Freizeit eine Menge Zeit investiert, um die Hintergründe des Mordes an diesem Knochenmann aufzuklären, nur um dann eine förmliche Mitteilung zu erhalten, er dürfe nicht weiterermitteln. Entsprechend überrascht ist er nun. »Doktor Sattler, sind Sie sich sicher? Ich darf also wieder ermitteln, denn Sie hatten es mir ja verboten«, erkundigt sich Hansen bei seinem Kieler Chef.

»Die Lage ist doch jetzt ganz anders, Hansen. Sie durften aus irgendwelchen Gründen, die ich auch nicht so genau kenne, nicht diesem Kofalski nachspüren, aber in dem Magazin-Artikel ›Brandts Büsumer Basislager‹ gibt es Hinweise auf Mord an seinem Mitarbeiter. Auch von späteren Morden ist da die Rede. Unser Chef in Berlin, der wohl einen Anruf aus der Zentrale des Europäischen Geheimdienstes aus Prag erhielt, möchte da nichts unversucht lassen, das auch heute noch aufzuklären. Sie können sich sicher Verdienste erwerben. Sehen Sie denn einen Anhaltspunkt vor Ort? Ich meine, Sie kennen doch die Gegend.«

Hansen ist immer noch wie gelähmt, wobei gleichzeitig von tief aus dem Bauch ein Freudegefühl aufsteigt. Jetzt klingt es so, als habe sein verehrter Doktor Sattler vom Chef in Berlin oder gar aus Prag den dringenden Auftrag erhalten, sofort nachzuhaken. Und vermutlich soll genau dieser Chef in Kürze dem Europäischen Geheimdienst Rede und Antwort stehen, was denn nun genau veranlasst worden sei, um da Klarheit zu schaffen. Er möchte sich einen

Orden anheften, das ist ja nicht zu überhören. Immerhin geht es ja um Willy Brandt und die Weltpolitik. »Wie sich der Wind doch so rasch dreht«, sinniert Hansen kurz vor sich hin, dann sagt er zu Doktor Sattler: »Ja, ich habe hier eine frühere Zahnarztpraxis Doktor Rolf Mering. Über den Mann, der gerade angeblich an Herzversagen starb, möchte ich von Ihrer Dienststelle in den nächsten drei Stunden alle verfügbaren Informationen online zugestellt bekommen. Können Sie das veranlassen, Doktor Sattler? Ein Dossier müsste auch vorliegen über den verschollenen Siegfried Böhlmann, den Mitarbeiter Brandts. Da bitte auch alles, was Sie haben. Und nicht nur einen Auszug aus der Verkehrssünderkartei, verstehen Sie?« Mit diesem Seitenhieb will Hansen seinem Vorgesetzten klarmachen, dass er sehr wohl weiß, wie der von seinen geheimen Ermittlungen erfahren hatte. Es waren Hansens Anfragen, ob gegen Heinz Kofalski, Elvira Seeliger und Oxana Weder etwas beim Flensburger Amt vorgelegen habe oder vorliege. Er hatte auch auf Fotos gehofft.

Doktor Sattler bleibt diesmal ruhig: »Natürlich, Hansen, wir werden in Kürze alles beschafft haben, was zur Verfügung gestellt worden war. Ich habe einen Stab von zwei Assistenten gegründet, die Ihnen zuarbeiten. Und nur zur Klarheit: Es heißt ›Verkehrszentralregister‹, Hansen.«

Der grinst fröhlich und entgegnet: »Erstklassige Arbeit, verehrter Doktor Sattler, die Sie da werden machen lassen, Respekt. Wir werden wohl wieder voneinander hören. Ich gebe zurück nach Kiel. Guten Abend.«

Hansen ist außer sich vor Freude, hat die etwas komplizierte Ausdrucksweise Sattlers mit Futur zwei und Plusquamperfekt perfekt imitiert und ruft Merit zu sich. Sie beginnen, einen Plan für die nächsten Ermittlungen zu verfassen. »Das ist ja unglaublich, wie sich das Blatt so wendet, Chef!«, kreischt sie vor Freude. »Wir kommen doch noch groß raus. Sie vor allem mit Ihren 1,93 Metern. Sie sind für mich immer schon der Leuchtturm«, schmeichelt sie ihm.

»Merit, wir müssen ganz neu denken. Wir bekommen morgen wichtige Infos über fast alle Beteiligten. Das heißt für dich: Grundbuchamt und schauen, wem das abgerissene Haus am Kurpark früher gehörte. Dann bestellen wir diese Sieglinde Diekmann ein und auch Oxana Weder. Beide sind höchst verdächtig, gerade was den Tod von Kofalski angeht. Unser Ziel aber wird auch Betty Johannsen sein, ein Phantom bislang. Diese Freundin Kofalskis haben wir nirgends aufspüren können. Und über Kofalski selbst werden wir hoffentlich auch mehr erfahren. Es kann noch recht bunt werden, aber Doktor Sattler hat ja zwei Assistenten, die ihm im Fall ›Brandts Büsumer Basislager‹ mächtig zuarbeiten wollen. Dass ich nicht lache, Merit. Das wird sowieso nichts mit dem Zuarbeiten.« Beide verabreden sich für morgen 9 Uhr in der Dienststelle.

Derweil ist Oxana Weder wieder zurück aus Japan. Sie zieht ihren Rollkoffer in ihre Villa und leert den Briefkasten. Da klingelt schon ihr Telefon. Elvira Seeliger ist dran. »Wo hast du denn so lange gesteckt, Oxana, ich habe mir Sorgen gemacht.«

Die antwortet: »Ich war in Japan, mal andere Wände sehen, Heißbäder kennenlernen, mit Stäbchen essen, Hiroshima erleben und nicht sterben müssen. Es war wunderbar.«

Elvira ist überrascht, weil Oxana bisher ihres Wissens kaum weit gereist ist. »Du allein oder war jemand mit?«, möchte die Freundin wissen.

Oxana zögert etwas, dann sagt sie: »Ja, allein, da kann ich am besten abschalten, gibt es denn hier Neues?«

Elvira schlägt ein Treffen vor, um alles bereden zu können. Anlass ist auch der Artikel über Willy Brandt und Büsum, der Elvira beunruhigt. Sie hatte ihn erst verspätet wahrgenommen.

Elvira wird das alles etwas viel. »Du, da kommt einiges aus unserer Vergangenheit hoch, was mir nicht gefällt. Da drängen sich aber auch Fragen auf. Deine Rolle bei dem Rolf Mering ist ja auch nicht ganz einfach. Wie siehst du das so?«, erkundigt sie sich.

»Ach, weißt du, Elvira, ich habe nichts zu befürchten. Wer soll mir denn etwas nachweisen? Es gibt diese Sieglinde Diekmann, aber die schweigt eisern. Und es gibt den toten Rolf Mering, der schweigt sogar für immer. Was soll passieren?«, gibt sie sich sicher.

»Aber das ist ja genau der Punkt, Oxana, es wird so viel hochgewühlt, da kann schon jemand kommen und fragen, warum du zum Beispiel als Zahnarzthelferin in so einer noblen Villa wohnst«, sorgt sich Elvira. »Und wo steckt eigentlich Sieglinde? Die habe ich auch länger nicht gesehen.«

Oxana zuckt mit den Schultern. »Lass es ruhig angehen. Für mich ist am wichtigsten, dass der Mering nicht mehr unter uns weilt. Der hätte jedem alles erzählt. Aber das ist vorbei. Sieglinde? Tja, die ist verreist, wie sie sagte, brauchte mal Abstand. Im Hochhaus wurde sie oft böse angesehen, das muss mit dem Artikel zusammenhängen und dass einige sie für eine Spionin halten. Die war sie ja nie.«

Elvira schüttelt nur den Kopf. Will diese Oxana sie für dumm verkaufen? Natürlich weiß sie, dass Sieglinde für den CIA gearbeitet hat. Betty Johannsen würde sie gern wiedertreffen, dann könnte sich so einiges klären, vor allem zum Tod Kofalskis. Schließlich verlässt Elvira nach einem Tee, den Oxana verspätet doch noch anbietet, dann wieder das Haus und fährt nach Sankt Peter-Ording zurück. Doch sie denkt: Diese Oxana führt irgendetwas im Schilde. Sie scheint verändert zu sein. Sie tut so gelassen, aber das ist sie gar nicht. Sie hat schließlich viele Menschen auf dem Gewissen, und das wird sie bedrücken.

Am nächsten Tag beginnt Oxana mit der großen Ausräumaktion im Hochhaus. Sie inspiziert die Wohnung von Sieglinde, durchsucht alle Regale nach verwertbaren Akten und wird im Safe fündig. Zu dem hat sie einen Schlüssel, denn der hing in Merings Haus. Dem nämlich gehört das Apartment, in dem Sieglinde wohnte. Also steckt Oxana hier rasch ein paar Belege aus den 1980er-Jahren ein und da ein paar Faxe an den CIA. Es füllen sich drei große Kisten. Damit es nicht auffällt, dass die Wohnung geräumt wird, heuert sie zwei junge Männer an, die die Möbel in ihre Garage räumen, nachts. Die Kleider gibt sie zum Deutschen Roten Kreuz, zwei Ladungen kommen zum Sperrmüll. Im Internet verramscht sie die Möbel aus ihrer Garage. Immerhin 500 Ecu bringt das ein. Viel spannender aber sind die drei Kisten voller Hinweise auf eine betriebsame Vergangenheit Sieglindes als Agentin. Die Zwei-Zimmer-Wohnung will sie vorerst so lassen, aber in ein paar Monaten vermieten. Noch besser, ich nehme Feriengäste, sagt sie sich.

Derweil hat Merit herausgefunden, wem das Haus am Kurpark zur Zeit der Ablage der Leiche gehörte, also Ende 1978: Dörte Kubier. Das wäre nicht weiter aufregend, doch steht dahinter der kleine Zusatz: geborene Mering. Damit ist es sehr wahrscheinlich eine Verwandte des Zahnarztes Rolf Mering, vielleicht Tante oder Schwester. Sie besaß das Haus bis 1984 und hat es dann an eine Kanadierin verkauft.

»Herr Hansen, Sie waren nie bei diesem Zahnarzt Mering in Behandlung, oder? Sonst lägen Sie vielleicht auch im Keller des alten Hauses am Kurpark. Es gehörte seiner Schwester, wie ich gerade herausfinde. Da konnte er die Leichen wunderbar verstauen«, gibt Merit ihrem Chef zu Protokoll.

Der antwortet: »Nee, mir sagte dieser Mering nie etwas, ich weiß gar nicht, ob alte Dithmarscher ihn kennen, irgendwie eine Art Hubschrauber. Der kam, landete und starb 40 Jahre später, na ja, etwas verkürzt gesagt.«

Hansen hat das Dossier über Rolf Mering aus Kiel bekommen. Seitenweise gibt es Anlass für Ermittlungen, rund zehn Menschen werden seit einer Behandlung bei ihm vermisst. Es gibt also noch mehr versteckte Leichen. Doch wieso wurde da bisher nicht ermittelt, wenn diese Fakten offenbar alle aktenkundig sind? Sehr seltsam, findet Hansen. Da hielt die Behörde mächtig etwas unter Verschluss. Das kann dann nur mit der Sperre für Ermittlungen zu tun haben, vermutet Hansen. Also Geheimdienste. Oxana Weder als Assistentin Merings dürfte viel zu den Fällen zu sagen haben. Hansen lädt sie für nächsten Mittwoch zur Vernehmung vor.

Hansen lässt auch Sieglinde Diekmann vorladen, doch der Brief kommt zurück. Er fährt zur Wohnung. Das Namensschild fehlt. Er erwirkt einen Durchsuchungsbefehl. »Alles sauber wegtransportiert, besenrein, Kompliment, noch im richtigen Moment geflohen«, sagt er vor sich hin. Merit fährt wieder ins Grundbuchamt. Dort ist als Eigentümer der Wohnung noch Rolf Mering eingetragen. »Ach ja, alte Bekannte«, stöhnt Hansen. Gerade sei ein Brief aus Zypern gekommen, erzählt Merit von ihrer Nachfrage beim Chef des Grundbuchamtes, eine Bluetooth-Foundation habe sich als Erbe Merings gemeldet und wolle die Wohnung übernehmen.

»Ich fasse es nicht, das Geld Merings liegt bei dieser Stiftung Blauzahn in Zypern, die nun auch die Wohnung und vermutlich sein Haus in Meldorf besitzt«, klagt Hansen. »Also soll Doktor Sattler diese Stiftung mal überprüfen, sag ihm das bitte, Merit«, ordnet der Chefermittler an, der nun wieder großen Gefallen an den neuen Möglichkeiten gefunden hat, hier in Büsum und Umgebung alles aufzumischen, was seit Willy Brandts Zeiten in seinem geheimnisvollen Umfeld liegen blieb.

KAPITEL 28
DAS NEUE TOR ALLER LÄNDER

Prag 1983

Ich bin wieder sehr berührt, wie ich auf meinen alten Siggi stoße. In irgendeinem Radiobeitrag höre ich, dass der europäische Präsident sich an einem Nachmittag, als er in Prag beim Tee sitzt, an Siegfried Böhlmann erinnert, seinen einstigen Mitarbeiter. Was hatte er noch aus Persepolis im alten Persien erzählt? Man bräuchte ein »Tor aller Länder«. Böhlmann meinte damals in Büsum oben im Penthouse zu Brandt: »Das brauchen Sie, ein Einfallstor für alle Menschen dieser Welt, ein Symbol, einen Willkommensstempel, verstehen Sie?« Das hatte er mir damals schon erzählt.

Brandt sagt nun, es sei an der Zeit, dieses Tor zu bauen, nur wie und wo? Auf Symbole versteht sich der Mann. Er veranlasst, europaweit einen Wettbewerb auszuschreiben. Jeder, buchstäblich jeder kann sich daran beteiligen. Das finde ich großartig, eine Bewegung von unten, kein vorgesetztes Denkmal von oben. Er möchte nicht hochrangige Architektenbüros damit behelligen, sondern Bürgerinnen und Bürger, einfache Leute. Sollte es Vorgaben geben? Das Tor müsste in Prag, der Hauptstadt Europas, stehen, denkt sich Brandt. Ihm schwebt so etwas wie der Triumphbogen in Paris vor. Ich lese in der Zeitung: Die Menschen sollen innerhalb von drei Monaten ihre Vorschläge einreichen, eine Mitarbeiterin wird das koordinieren.

Brandt ist im Fernsehen zu sehen, wie er sich Bilder vom »Tor aller Länder« in Persepolis ansieht. Der schlanke, hohe Steinbau hat drei Zugänge. An der westlichen Seite wachen sieben Meter hohe Stierfiguren, an der östlichen Mischwesen mit Menschenköpfen, die zylindrische Kronen mit Hörnern tragen. Sie dienten als Abwehr und Schutz und fußten auf assyrischen Vorbildern. Das Dach tragen vier jeweils 16,5 Meter hohe Säulen. In die Säulen sind Symbole verschiedener Kulturen eingebaut. Brandt schwebt etwas Ähnliches vor, was die Symbole und Besonderheiten jeder Kultur der europäischen Länder abbildet. Das neue Tor soll einerseits zeigen, was in Europa alles drinsteckt, andererseits Gästen einen Willkommensgruß entbieten.

Das gesamte Kabinett zeigt sich gespannt, was da so in den nächsten Monaten an Vorschlägen eintrudelt. An Ideen mangelt es offensichtlich nicht, schon bei den 20 Mitgliedern der Regierung. Einige sehen das »Tor aller Länder« über der Moldau in Prag stehen, andere nacheinander in jeder Hauptstadt als mobile Lichtinstallation. Es gibt die Idee, es auf einem Schiff zu errichten und über die Flüsse Europas ziehen zu lassen. Franziska Valeska, die Ministerin für den afrikanischen Raum, steuert eine verwegene Idee bei: Das Tor soll außerhalb von Prag stehen und 100 Meter hoch in den Himmel ragen, vor allem soll jedes Land ein originales Teil einer eigenen Sehenswürdigkeit beisteuern, also Paris etwas vom Eiffelturm, Rom vom Kolosseum oder Athen von der Akropolis.

Ich bin skeptisch, was so ein neues Monument angeht. Weil Siggi es aber vorgeschlagen hat, bin ich natürlich aufgeschlossen und interessiert. Er hat mir damals von dieser Idee erzählt und mir sogar Bilder aus Persepolis gezeigt. Für mich sollte so ein Tor an allen Eingängen nach Europa stehen. Klar, davon gibt es natürlich sehr viele. Aber wo kommen denn die Gäste an? Am Flughafen. Also gehört es da an jeden internationalen Flughafen in Europa. Häfen sind genauso geeignet. Vielleicht sollte das Tor als Satellit um die Welt kreisen.

Drei Monate später finde ich die lustigsten Vorschläge in einem Heft, das ich mir kaufe. Schulklassen haben Zeichnungen eingeschickt, Studenten basteln Miniaturen und viele Betriebe sind mit Fotos dabei. Eines zeigt einen Menschenturm. Männer und Frauen aus ganz verschiedenen Ländern stehen einander auf den Schultern und fassen sich an. Das Prager Europakabinett beschließt dann: Es gibt ein Haupttor in Prag. Jedes Land ist mit einer eigenen Säule vertreten, die es selbst gestaltet. Sie wird zehn Meter hoch sein. Das Dach ist eine gewagte Konstruktion mit Materialien, die aus den einzelnen Ländern geliefert werden. Das reicht von Schilf über Lehmziegel bis zu Tonziegeln in allen möglichen Formen und Farben. Unten wird in einem Raum alles ausgestellt, was an Ideen und Entwürfen von den Bürgerinnen und Bürgern eingereicht wurde. Das finde ich eine gute Idee, so geht nichts verloren und alle sind irgendwie auch beteiligt. Der Bau soll bald beginnen.

Und tatsächlich wird dann eine Miniatur des Tores in jeder Hauptstadt Europas an einem zentralen Platz aufgestellt. Ich freue mich schon, wenn ich das Emblem »Tor aller Länder« auf den europäischen Schnellzügen, auf Flugzeugen der Europalinie oder an Schiffen sehe. Es versetzt mir aber auch immer einen kleinen Stich ins Herz, denn ich weiß, dass es Siggis Idee war. Deshalb ist das Allerschönste für mich doch dieses: Am Original in Prag wird in der deutschen Stele ganz unten links auf Wunsch Willy Brandts eingraviert: »In Erinnerung an Siegfried Böhlmann, den Ideengeber zu diesem Tor«. Als es fertig ist, fahre ich sogar hin und lege ein paar Blumen davor ab. Ich bin tatsächlich so gerührt.

KAPITEL 29
DIE MASCHINERIE LÄUFT

Büsum 2019

Ein paar Tage vergehen. Derweil gehen gegen Doktor Rolf Mering zwei Mordanzeigen ein. »Ganz Dithmarschen scheint in Aufruhr, nachdem so einiges über diesen Zahnarzt in den Zeitungen gestanden hat«, stellt Hansen fest. Da ist zum einen Heike Bohnhoff. Die 36-jährige Frau aus Heide erzählt Hansen, dass ihr Vater Herbert vor fünf Jahren mit 66 Jahren plötzlich gestorben sei. Herzstillstand sei festgestellt worden, er lag tot im Garten in Heide. Einen Tag zuvor jedoch sei er bei Doktor Mering in Behandlung gewesen. Hansen ordnet an: Exhumieren. Dann erstattet auch Anne Oertel Anzeige. Sie hat den plötzlichen Tod ihrer Mutter vor fünf Jahren nur schwer verkraftet. »Die war doch erst 51«, schluchzt sie bei der Befragung durch Hansen. Auch die Mutter Marlis war kurz vor ihrem Tod bei Doktor Mering in Behandlung gewesen.

Ihm gefällt es zwar nicht, aber Hansen muss nun doch Doktor Sattler anrufen. »Hier Hansen aus Büsum, Doktor Sattler, was macht Ihre Zypern-Connection? Stiftung Bluetooth? Sind Sie da klar?«

Der Vorgesetzte räuspert sich kurz, dann antwortet er: »*Ich* stelle hier die Fragen. Nun im Ernst, Hansen, wir sind dabei. Diese Stiftung gibt es, sie hat zehn Millionen Ecu an

Kapital, alles Geld stammt von Doktor Rolf Mering. Der Stiftungszweck ist dubios. Es geht vermutlich um Geldwäsche bei der Konstellation. Aber wir sind in Kontakt mit einem Vertreter von Bluetooth, der demnächst wegen der Umschreibungen der Immobilien Doktor Merings nach Büsum kommt. Den können Sie dann befragen.«

Der Chefermittler ist zufrieden. »Ach, konnten Sie schon prüfen, ob Sieglinde Diekmann außer Landes ist? Die Wohnung ist ja blitzblank. Wir haben sie öffnen lassen und durchsucht. Besenrein«, fragt Hansen vorsichtig.

»So ist es recht, Hansen, vorsichtig mal nachfragen bei uns, meine beiden Assistenten sind ja wegen der Sache Brandts Büsumer Basislager fast rund um die Uhr beschäftigt. Ja, in dem Fall ist jetzt klar: Sie war CIA-Agentin. Das haben wir direkt von der Europäischen Geheimdienstzentrale. Der Flugdatenabgleich hat ergeben: Sie ist nach Japan geflogen, aber hat den geplanten Rückflug nicht wahrgenommen. Sie könnte also noch in Japan sein. Warten Sie kurz. Ja, ach so? Ich höre gerade, sie war nicht allein. Eine Oxana Weder reiste mit ihr gemeinsam nach Tokio, doch die ist wieder hier gelandet. Die müssten Sie in ihrem Haus finden, Hansen.«

»Doktor Sattler, Mensch, Sie machen mir Freude. Also die CIA-Tante hat sich abgesetzt und wird in Japan untergetaucht sein. Sie könnte natürlich auch mit Beinbruch im Krankenhaus liegen, sich in einen Japaner verliebt oder aus Versehen am falschen Flughafen gewartet haben. Das dürfte für uns schwierig werden, der nachzustellen. Ich tippe verschärft auf neue Identität mit Hilfe der Amerikaner. Da sollten Sie mal nachforschen. Diese Oxana befindet sich in ihrem Haus, wie Sie sagen, werten Sie denn da schon Handydaten aus, Doktor Sattler? Wir haben da oft vor der Tür gestanden, vergeblich«, teilt ihm Hansen mit.

»Sehr richtig, Hansen, sie ist jetzt aktuell zu Hause. Das sehe ich hier auf dem Bildschirm.«

Merit und Hansen machen sich also auf den Weg zur Villa. Auch wenn ihr zur Beschattung abgestellter Mitarbeiter, der pensionierte Polizist, nichts von ihrer Rückkehr gemeldet hat, klingeln sie Sturm bei Oxana Weder. Sie öffnet die Tür, hat offenbar nur einen Bademantel an, gähnt und sagt knapp: »Sie wünschen?«

Die beiden schauen sie verblüfft an. »Wir möchten Ihnen als Zeugin ein paar Fragen stellen. Dürfen wir reinkommen?«

Oxana weist Merit und Hansen wortlos den Weg ins Wohnzimmer. Sie nehmen Platz. »Als Helferin von Doktor Rolf Mering hatten Sie mit Patienten zu tun, die kurz nach ihrer Behandlung starben. Uns liegen mehrere Mordanzeigen vor, gegen den Zahnarzt, aber Sie als seine Helferin müssen wir dazu als Zeugin befragen. Möchten Sie hier aussagen oder können wir Sie mit ins Kommissariat nehmen zur Befragung?«, beginnt Hansen seine Ausführungen.

»Och, wir bleiben mal hier, wie darf ich Ihnen denn helfen?«, gibt sie sich vorerst unbesorgt.

»Noch etwas anderes, Frau Weder, wo waren Sie in der Nacht, als Doktor Mering starb?«, möchte Hansen wissen.

»Hier zu Hause, warum?«, antwortet sie ruhig.

»Er wurde ermordet. Rizin heißt das Gift. Es sollte nach einem Herzinfarkt aussehen. Frau Weder, es gab häufiger Todesfälle in der Praxis. Was wissen Sie davon?«, fragt Hansen weiter.

»Soweit ich weiß, waren es Sterbehilfefälle, das sagte ich doch schon. Mehr weiß ich nicht und würde das auch nicht ohne Anwalt sagen«, betont sie nun.

»Haben Sie denn Zeugen, dass Sie in der Mordnacht ununterbrochen hier in der Villa waren?«

Oxana schüttelt den Kopf und schweigt.

»Sagen Sie uns bitte, was Sie über den Verbleib von Sieglinde Diekmann wissen, sie ist nicht in ihrer Wohnung zu erreichen. Und wo steckt Betty Johannsen? Das beschäftigt uns auch. Sie haben Kontakt zu beiden, oder?«

Oxana weicht aus und erklärt nur, sie habe Sieglinde auch tagelang nicht gesehen und wisse nicht, wo Betty Johannsen heute lebe.

Hansen rollt seine Lippen zusammen. Ihm ist der Ärger anzumerken, dass diese Frau maßlos mauert. »Tja, dann müssen wir Sie zur Vernehmung mitnehmen. Sie können Ihren Anwalt gern bestellen«, kündigt er jetzt an.

»Der ist schon da«, sagt sie kess und ruft kurz ins Nachbarzimmer. Ein älterer Mann, der sich als Anwalt Hans Schneiderjahn vorstellt, nimmt in der Runde Platz. Er erklärt, seine Mandantin wolle zu den Vorwürfen schweigen. Zur Begründung führt er an: »Frau Weder ist mit Herrn Doktor Rolf Mering verheiratet. Sie genießt Zeugnisverweigerungsrecht.«

Merit und Hansen sehen sich verblüfft an. »Oh, dann nachträglich meinen Glückwunsch und natürlich mein Beileid, Frau Weder«, sagt der Oberkommissar förmlich. »Sie haben sicher mit dem Nachlass zu tun«, fügt er hinzu. Er schaut sie genauer an und stellt in ihrem furchtbar blassen Gesicht tiefe Furchen fest. An den Unterarmen hat sie frische blutige Kratzer. Hansen denkt nur flüchtig: Ob die aggressiv ist, auch zu sich manchmal? Ob sie Impulskontrollstörungen hat und andere angreift, wenn sie in Wut gerät? Hansen verabschiedet sich mit einem langen, festen Händedruck. Merit ruft ein lockeres »Tschüss!« in die Runde.

Sie sagt zu ihrem Vorgesetzten während der Rückfahrt im Auto: »Ob das stimmt mit der Heirat? Das überprüfe ich gleich mal beim Standesamt. Aber dann müssen wir noch mehr ermitteln, damit wir sie als Beschuldigte befragen können. Für mich ist klar, dass sie bei den Tötungen mitgemacht hat. Ob Heirat oder nicht, das ist doch egal. Entweder die ist Täterin oder als emotional Abhängige Mitwisserin, oder sie wusste von nichts. Kann ja auch sein.«

Immerhin konnten sie von Oxana noch erfahren: Sie hatte am Vorabend des Mordes an Mering dessen Haus gegen 20 Uhr verlassen. Anschließend ist sie direkt in ihre Villa gefahren. Einen Zeugen oder Beweise, dass sie dann spätestens ab 21 Uhr bis zum nächsten Morgen zu Hause war, hat sie nicht. Die Telefonüberwachung zeigt, dass sie zweimal an dem Abend mit Sieglinde telefonierte, sie selbst bestreitet das. Zu früheren Mordfällen äußert sie sich nicht, hält aber welche als Sterbehilfe für möglich, die ihr Chef vorgenommen habe. Sie sei niemals dabei gewesen. Hansen ist hochgradig genervt von den Antworten dieser Frau und fragt sich, wo diese beiden Aktenordner liegen, die Sieglinde aus Merings Haus an dem Abend abgeholt hat. Zu Sieglinde Diekmann schweigt Oxana beharrlich, gibt nicht einmal die gemeinsame Japanreise zu.

Im Büro vertieft Hansen sich erneut in die Kopien des Ordners der Fälle 1977 bis 1980 aus der Praxis Mering. Dann geht er die Unterlagen aus dem Verkehrszentralregister durch, die ihm Doktor Sattler zukommen ließ. Es sind tatsächlich alle Namen, die er früher schon einmal angefordert hatte, zu finden. Damals erhielt er dafür noch einen Rüffel vom Landeskriminalamt, er solle nicht weiterermitteln.

Heinz Kofalski hatte mehrere Rotlichtvergehen, es liegen sogar Fotos vor, wie er am Steuer sitzt und bei Rot über die Kreuzung fährt, 1977 in Bonn war das. Elvira Seeliger, die Zahnarzthelferin von Doktor Mering, hatte mehrfach den Führerschein abgeben müssen. Es waren Fahrten unter Drogen, genauso wie bei Oxana Weder. Diese Drogenfahrten der beiden liegen gar nicht so lange zurück. Hansen wundert das.

Merit stürmt herein: »Diese Oxana hat Doktor Mering geheiratet, aber nur eine Woche vor seinem Tod. Das ist so frisch, das war alles noch gar nicht eingetragen, zumal die nicht hier, sondern in Hamburg geheiratet haben. Chef, die plötzliche Heirat könnte mit dem Erbe zu tun haben. Aber hat der nicht alles dieser ominösen Stiftung auf Zypern vermacht?«

Hansen grübelt. »Wir werden es herausfinden, Merit. Aber schau dir bitte mal diese Fotos hier an. Links, das ist Heinz Kofalski 1977 als Verkehrssünder in Bonn, rechts, das ist Siegfried Böhlmann 1978, wie ich ihn aus den Dokumenten abfotografierte, die wir beim ›Sternchen-Regen‹ in Hamburg einsehen konnten. Fällt dir etwas auf?« Hansen schaut Merit an.

Sie setzt sich hin, studiert die Fotos und sagt dann: »Zwei Männer, die aussahen wie viele zu der Zeit, groß vermutlich, Nase im Gesicht, Scheitel links oder rechts, der eine mit Brille, der andere ohne. Was, meinen Sie denn, sollte ich noch sehen, Chef?« Hansen zieht die Augenbrauen hoch. »Natürlich sehen die auf den ersten Blick verschieden aus, aber ich starte hier mal meine Theorie: Das ist dieselbe Person, Merit. Kofalski, unser Knochentoter, ist möglicherweise Böhlmann. Die beiden verschwanden etwa zur selben Zeit, im Dezember 1978. Beide waren in Büsum. Wir lassen mal in Kiel eine Computeranimation erstellen. Da werden Ähnlichkeiten sichtbar, und wir brauchen Zahnarztunterlagen von Böhlmann. Verlagerte Eckzähne, du verstehst.«

KAPITEL 30
HÄTTE, WÄRE, KÖNNTE, ABER ...

Prag 1983

Als ich so durch Prag schlendere, meine Blumen an Siggis Stele abgelegt habe, da kommt mir etwas ganz anderes in den Sinn: Wenn er heute noch leben würde, was wäre er dann, was würde er machen, für wen würde er arbeiten – und natürlich die Hauptfrage: Wären wir ein Paar? Hätte, wäre, könnte, aber, alles nur Gelaber – das ist leider so. Aber mir geht es auch um mich. So wie Brandt seinen früheren Mitarbeiter ehrt, so hätte er ihn auch mit etwas Höherem ausgezeichnet, wenn er noch gelebt hätte. Vielleicht wäre Siggi Minister geworden oder Diplomat. Vielleicht säßen Siggi und ich in Singapur in der europäischen Botschaft oder in Buenos Aires. Ich habe ja ein bisschen Spanisch gelernt. Ach, das sind alles Träume. So bin ich ja mit meinem Leben auch fast zufrieden. Ich habe einen guten Job, habe das genossen, was sich bot. Ich bin in meiner alten Heimat zu Hause, habe einiges von der Welt gesehen. Politisch sind es sehr spannende Zeiten, die ich live miterlebe. Öfter denke ich noch an Siggi Böhlmanns letzte Worte, die ich von ihm hörte. Er sagte, er habe einen Fehler begangen. Was das sein könnte, beschäftigt mich schon seit jenem Tag. Die Antwort auf diese Frage hängt sehr wahrscheinlich mit seinem Tod zusammen. Einige Jahre kannten wir uns ja, bis er verschwand. Aber wie gut kennt man einen anderen Menschen wirklich? Oft denke ich, ich kenne mich ja selbst gar nicht genau. Siggi war immer ein neugieriger Mensch, besessen von Ideen und dem Drang, sie auch umzusetzen. Von daher: sehr ähnlich wie unser Willy Brandt. Die beiden haben sich wirklich gut verstanden, das glaube ich zumindest. Ich war ja nie dabei, wenn sie sich trafen. Doch Siggi hat dies und das erzählt, vielleicht auch mehr, als er eigentlich durfte, Bettgeflüster eben, ich fand es spannend.

Es zirkulieren die Gedanken. Es gibt in schlaflosen Nächten viel Zeit für Vermutungen. Diese aufzuschreiben, hilft da schon sehr viel dabei, die Probleme zu verarbeiten. Aber ich möchte so gern einen Abschluss finden. Ich möchte wissen, was aus Böhlmann wurde, wie er seine letzten Tage verbrachte. Ja gut, auch, mit wem. Vor allem interessiert mich seine Mörderin oder sein Mörder.

Wenn die Äpfel reif sind, dann gehe ich noch manchmal in den Büsumer Kurpark. Da hatten Ole und ich Mitte der 1960er-Jahre einen Apfelbaum gepflanzt. Der ist ja nun recht stattlich und trägt schon lange Früchte. Dann pflücke ich mir ein paar Äpfel und denke an Ole. Der gibt mir jedenfalls keine Rätsel auf. Hin und wieder treffe ich ihn heute noch und wir plaudern ein wenig. Oft ist er mit seinem Lastenrad und seinen zwei Enkeln darauf unterwegs. Ole ist eine knuffige Type, etwas verschmitzt, etwas verwegen, ein prima Kumpel.

Mit Siggi habe ich so kein richtiges Ritual, keinen Ort, an den ich gehen könnte, um mich ihm nahe zu fühlen. Hätte er ein Grab, ich würde hingehen. So ist es nur die Erinnerung, die mir Kraft gibt. Prag, die Stele im »Tor aller Länder« mit seinem eingravierten Namen, das ist für mich so ein Ort der Besinnung auf unsere gemeinsame Zeit. Das Logo dieses Tores, das ich nun an Zügen, Schiffen und Flugzeugen sehe, erinnert mich an Siggi. Das freut mich jedenfalls jedes Mal. Irgendwann kommt der Tag, dann ist alles klar und ich kann meine Ruhe mit all dem finden.

KAPITEL 31
NEUES VON ELVIRA BIS DÖRTE

Büsum 2019

Elvira Seeliger wollten die beiden Ermittler aus Büsum ohnehin noch besuchen. Sie könnte sicher ein paar der Fragen zum Mordfall Mering beantworten, denn immerhin hat sie dort mehr als 30 Jahre als Zahnarzthelferin gearbeitet. Die Frau öffnet die Tür ihres Hauses in Sankt Peter-Ordings Ortsteil Böhl. »Was führt Sie zu mir?«, möchte sie wissen.

»Wir sind so wild darauf, wieder mit Ihnen eine Teestunde zu genießen. Haben Sie gerade Zeit für ein paar Fragen?«, sagt Hansen.

»Immer doch«, sagt sie und scheint ihre alte Dynamik noch nicht verloren zu haben. Sie hat sogar Tee gekocht und schenkt Merit und Hansen davon großzügig ein. Elvira kann eine Atmosphäre verbreiten, die Geborgenheit vermittelt. Sie strahlt Ruhe aus. Sie hat ein aufgeräumtes Haus mit grünen Tapeten und einem grünen Sofa, dazu wachsen überall grüne Pflanzen. Mit ihrem grünen Kleid kann sie sich in dieser Umgebung fast unsichtbar machen. Ihr herzliches Lächeln strahlt Wärme aus.

»Sie kennen doch Oxana Weder. Wir möchten gern wissen, was Sie von Ihrer damaligen Kollegin wissen, Frau Seeliger.« Hansen schaut sie dabei fest an.

»Ja, Frau Weder ist außerordentlich liebenswürdig, sie steht nicht so auf Männer, was aber offenbar auf Gegenseitigkeit beruht. Die Männer ließen sie immer sitzen. Sie galt so als das Mauerblümchen. Ungeliebt. In der Praxis war sie immer sehr kompetent und präzise.« Elvira schaut die beiden an, während sie plaudert. Sie kann keine auffällige Reaktion ablesen.

Hansen hat mehrere Pfeile, die er abschießen kann. »Wann haben Sie Frau Weder zuletzt gesehen, wann Doktor Mering?«

Elvira überlegt nicht lange: »Kurz nach ihrer Japanreise, Mering eine Woche vor seinem Tod.«

Hansen holt Luft. »Frau Seeliger, welchen Eindruck macht Oxana auf Sie, was ist anders heute gegenüber früher, wie oft treffen Sie sich so?« Er bittet noch um etwas Tee.

Elvira denkt nach und sagt dann: »Wir kennen uns seit mehr als 30 Jahren, glaube ich. Sie ist seit zwei oder drei Jahren verändert. So berechnend, überlegt eher, was sie sagt. Früher plauderten wir drauflos. Das ist seit ihrer Pensionierung anders. Sie ist zurückhaltender. Wir sehen uns nur noch so gelegentlich mal.«

Merit möchte nun wissen: »Ist Ihnen bekannt, dass Oxana Doktor Mering heiratete?«

Elvira Seeliger reißt die Augen auf: »Was? Das glaube ich nicht, warum die beiden? Liebe auf den zweihunderttausendsten Blick oder wie? Die sind doch kein glaubwürdiges Paar! Nein, wie kommen Sie darauf?«

Das spontane Nein scheint den beiden Polizisten echt zu sein. »Doch, doch, sie haben in Hamburg eine Woche vor dem Tod Merings geheiratet«, erläutert Merit. »Was könnte dahinterstecken?«

»Geld, weiter nichts, das Erbe, aber dass das dann auch so schnell eintritt, oh je, ich weiß, was Sie jetzt denken, sie hat nachgeholfen«, sagt Elvira.

»Wie kommen Sie darauf, nachgeholfen, sagen Sie?«, fragt Hansen.

Die Befragte meint nur: »Ach, das sagt man doch so, nur so eine Idee, dann ist sie ja nun eine Witwe, ob glücklich oder unglücklich, entscheidet der Kontostand.«

»Frau Seeliger, die Siebziger, das waren ja stürmische Zeiten, in denen sind Sie doch auch so richtig ins Leben geschritten. Ich erinnere mich, wie viele damals gekifft haben. Wie war das bei Ihnen? Kennen Sie sich da aus? Haben Sie mal Drogen genommen?«, bohrt Hansen weiter.

»Ja, der eine oder andere hat mal was geraucht, ich habe das auch mal probiert, aber ich bin davon nicht begeistert«, erzählt sie.

»Wann genau haben Sie das letzte Mal etwas geraucht?«, wird Hansen konkret, denn er kennt ja die aktuellen Daten aus dem Verkehrszentralregister.

Elvira überlegt kurz, dann meint sie: »Ist sicher Jahrzehnte her.«

Der Büsumer Kripo-Chef hat die falsche Aussage zu den Drogen registriert, sagt aber nichts dazu, sondern entgegnet: »Ich bitte Sie, morgen zu uns ins Kommissariat zu kommen. Es ist nichts weiter als Routine, aber die muss halt sein. Wir müssen noch ein paar Daten zum Tod Doktor Merings abgleichen. Sie würden uns und ihm damit sehr, sehr helfen.«

Elvira ruft sofort Oxana an. Sie tauschen sich aus und erzählen von ihren Gästen, die ja identisch sind. »Du hast den Mering echt geheiratet? Ich bin ja platt. Warum sagst du das nicht? Und hast du was mit Rolf Merings Giftmorden zu tun, Oxana?«, fragt Elvira.

»Ach, nichts Großes, wir hatten halt Lust auf Hochzeit. Damit ich im Alter mal abgesichert bin, wenn ihm was zustößt. Dass das so schnell geht, das konnte ja keiner ahnen. Übrigens, die Sieglinde hat sich gemeldet. Japan ist ihr großes Ding. Sie lernt schon die Sprache. Viel Spaß habe ich ihr gewünscht. Sie hat zwei Zimmer in Hiroshima, blickt auf das Schloss. Es sieht aus wie eine Pagode und steht auf einer künstlichen eckigen Insel im Wasser. Wir waren ja zusammen da, aber ich hätte nie gedacht, dass die das durchzieht. Sie heißt jetzt Mary Goldworthy und hat einen amerikanischen Pass. Der CIA hat alles für sie arrangiert. Wahnsinn, oder? So viel Glück werde ich wohl nicht haben. Den Russen ist doch völlig egal, was aus mir wird«, plaudert Oxana fröhlich drauflos. Sie wirkt beschwingt und lacht viel.

All das beruhigt Elvira keineswegs. Ihre Gedanken und Sorgen nehmen schlagartig zu. Soll sie hier in eine Verschwörung hineingezogen werden? Diese Sieglinde Diekmann war ihr nie geheuer. Sie will gar nichts davon wissen, dass diese Diekmann nun mit Hilfe der CIA als Mary Goldworthy von ihrer Wohnung aus besten Blick auf das Hiroshima-Schloss hat. Soll sie doch, denkt sie nur. Um Oxana macht sie sich allerdings Sorgen. Ihr Drogenkonsum scheint wieder zu steigen. Das verrät schon ihr abgehacktes Lachen am Telefon. Die heimliche Heirat kurz vor Merings Tod wirft auch bei ihr Fragen auf, wie deren

Beziehung wohl ausgesehen haben könnte. Ob der steinreiche Zahnarzt ihr das ganze Vermögen vermachte? Elvira verspürt Neid. Sie war ja nie verheiratet, wird auch nicht mehr reich erben, wie sie annimmt. Wer sollte da noch kommen?

Inzwischen liegt Hansen das graphologische Gutachten vor. Der Mann hat den Abschiedsbrief Merings mit einem früheren Schreiben Oxana Weders verglichen. Das hatte Doktor Vanderbelt aus Bonn seiner Freundin Merit beim jüngsten Besuch mitgebracht. »Es gibt Ähnlichkeiten«, räumt der Graphologe ein, »aber die Wahrscheinlichkeit ist letztlich gering. Sicher ist nur eins: Ich habe mehrere Hundert Seiten Texte von Doktor Mering mit diesem Brief verglichen. Und der Mann hat ihn auf gar keinen Fall selbst geschrieben. Das ist eindeutig. Die Fälschung ist nicht gut gelungen. Aber um zu ermitteln, wer ihn geschrieben hat, dazu bräuchte ich weitere Vorlagen von Verdächtigten, dann kann ich weiterforschen.«

Merit fährt hoch und ruft laut: »Chef, wer käme infrage: Elvira, Sieglinde und vielleicht diese mysteriöse Betty?«

Hansen überlegt. »Schwer zu sagen, wir versuchen mal, zumindest von den beiden ersten Damen ein paar Schriftproben zu bekommen.«

Das Verhör Elvira Seeligers im Kommissariat verläuft problemlos. Die 68-Jährige gibt bereitwillig Auskunft, nimmt kein Blatt vor den Mund, wenn es um diese nicht zu findende Betty Johannsen geht. »Wenn Sie die aufspüren, Herr Kommissar«, kündigt Elvira entschlossen an, »dann kriegen Sie von mir zusätzlich einen Orden zu den vielen, die Sie sicher schon haben. Ach, und ich möchte noch etwas richtigstellen: Ich habe neulich erst einen Joint geraucht, Cannabis. Nur, weil Sie danach fragten.«

Hansen lächelt betreten. »Okay, ist angekommen. Und ich kann Ihnen verraten: Ich habe keinerlei Orden, aber den nehme ich von Ihnen natürlich gern an. Sie sind uns eine wichtige Zeugin, mit der alles Weitere steht oder fällt, und diese Betty werden wir noch finden, da bin ich mir sicher. Dann sehen wir weiter. Ach, könnten Sie mir diesen Text hier einmal kurz mit einem Stift abschreiben? Ich brauche das für einen Vergleich.«

Elvira schreibt bereitwillig die Seite aus einem Büsum-Prospekt ab, schmunzelt über die hübsche Darstellung des Ferienorts und verabschiedet sich. Hansen deutet noch einen Handkuss an, ganz der Kavalier.

Merit kichert, als sie das sieht. »Herr Hansen, Sie sind ja alte Schule, wa? Hammse jesehen, die Computersimulationen sind da. Wir können jetzt noch besser Böhlmann und Kofalski in allen Varianten sehen, mal rot, mal blau, mal mit Brille, mal ohne, mal Scheitel links, mal rechts. Klasse, diese neue Technik. Hier, ich klicke mal auf Alter 60. Da sehen die beiden doch noch jung aus.«

Hansen macht das Spielen mit den beiden Gesichtern auch Spaß. Doch mehr ist dabei auch nicht herauszuholen. »Mit diesem Böhlmann hat der leider doch keine große Ähnlichkeit.« Hansen betrachtet beide Bilderserien noch eingehend, dann sagt er: »Ist ja auch nur eine Theorie, eine These, eine Annahme.«

Am nächsten Nachmittag sitzt Hansen wieder in seiner beliebten »360-Grad-Bar« auf der »Watt'n-Insel« von

Büsum. Bis zur Ankunft des Schiffes von Helgoland ist noch Zeit.

»Na, wieder beim Kaffeesieren?«, quatscht ihn Peer von hinten an.

»Du fehlst mir gerade noch«, begrüßt Hansen seinen Kumpel. »Ja, ich leiste mir heute einen Pharisäer, setz dich zu mir. Du hast bestimmt Neuigkeiten«, schlägt der Kripomann dem Seglerfreund vor.

»Gern, ich habe da auch eine Frage an dich als alten Büsumer«, meint Peer. »Also: Dieses alte Knochenfundhaus ist ja weggebaggert, da am Kurpark, jetzt sind die in diesen paar Wochen schon recht weit mit dem neuen Apartmenthaus. Echt schick. Beste Lage. Das alte Haus gehörte doch Merings Schwester, weißt du, die von dem Zahnarzt aus Meldorf, der neulich starb ...«, beginnt Peer seine Fragen.

Da fällt ihm Hansen ins Wort: »Du meinst Dörte Kubier?«

Peer kurz: »Ach, die kennst du? Ja, die meine ich. Die soll ja ordentlich Schotter haben und alleine leben. Eine gute Partie hat man das früher genannt. Die würde ich mir gerne mal näher betrachten. Die ist zwar deutlich älter als ich, aber wer spät heiratet, erbt jung.«

Hansen holt tief Luft, nimmt noch den letzten Schluck Pharisäer und denkt sich, was ist das doch für ein blöder Spruch. Doch plötzlich hat er eine Idee. »Ja, mache ich klar, ich frage sie mal, ob wir nicht zusammen segeln wollen. Dann kannst du ihr stundenlang auf den Zahn fühlen, und ich lenke sie mit meinen Fragen ab.«

Peer ist verblüfft, wie schnell Hansen so locker sein kann und dass er auf so etwas eingeht. »Du bist ja ein patenter

Kerl, Henry«, lobt er ihn. »Ich dachte schon, mit meinen belämmerten Fragen hätte ich denselben Effekt, als wenn ich in meinem Garten herumlaufe und aus Versehen auf die Harke trete. Die liegt natürlich verkehrt herum und zack, habe ich den Stiel im Gesicht. Ist mir schon passiert, du, und das nicht nur einmal.«

Hansen lacht breit. »Wäre ich gern dabei gewesen, Peer. Aber an der Stirn ist ja nichts zu sehen bei dir. Nur, mal eine andere Frage: Ist dein Stilberater im Urlaub? Mit dem karierten Hemd und der gestreiften Hose und dem gestreiften Pullunder, da siehst du nicht aus, als wärst du auf dem Weg zum Laufsteg bei Chanel.«

Peer schaut traurig an sich herunter. »Ausnahmsweise hast du recht, war heute morgen noch dunkel, als ich das aus meinem Schrank zog, morgen bin ich wieder adretter«, meint er.

»Ich melde mich, bis morgen«, verabschiedet sich Hansen.

Er hat sehr schnell die Nummer von Dörte Kubier in Friedrichstadt herausgefunden, erzählt ihr eine lustige Geschichte vom Segeln und trifft sogar ihren Geschmack damit. Ja, sie möchte gern einmal segeln gehen. So macht Hansen mit ihr und Peer den Segeltörn für den nächsten Tag um 15 Uhr klar und geht pfeifend nach Hause. Da kann ich die unauffällig nach dem alten Schacht und den Knochen in ihrem Haus von damals fragen, freut er sich. Die Freude wird noch größer, als er Swantje sieht. »Ich bin auf der Suche nach einer schönen Wohnung auf Djerba, da wird Platz auch für dich sein, mein Lieber«, berichtet sie ihm.

»Das freut mich für dich«, kommt es aus Hansen heraus, doch der Versuch eines Lächelns gelingt ihm nicht. »Schade, dass Büsum keinen Kurdirektor suchte«, betont er dann. Für ihn klingt das Gerede von Tunesien so metallen wie eine Bahnhofsansage in der Art von »Vorsicht an Gleis acht, ein Zug fährt durch«. Henry schlägt Swantje vor, noch eine Radtour zu machen. Sie willigt sofort ein. Bewegung tue ihr ja so gut, beteuert sie und küsst ihn herzhaft. Sie wirkt beschwingt, seit sie die neue Stelle als Landesbeauftragte für Thalasso in Tunesien in Aussicht hat. Hansen dagegen quält eher der Gedanke, sie bald nicht mehr täglich um sich zu haben, aber im Moment verdrängt er das. Ihn beflügelt der Fortgang der Ermittlungen.

Kurz bevor er am nächsten Nachmittag die »Trischen« von Peer für den Segeltörn mit ihm und Dörte Kubier betritt, klingelt sein Handy. Es ist die Spurensicherung. »Hansen, wir haben in Merings Haus viele Fingerabdrücke von Oxana Weder gefunden und auch den Füllfederhalter, mit dem der Abschiedsbrief vermutlich geschrieben wurde. Die Tinte ist jedenfalls dieselbe. An diesem Schreibgerät sind die Abdrücke genau dieser Frau sowie einer weiteren Person, die wir nicht identifizieren können. Merings Fingerabdrücke sind jedenfalls nicht drauf. Dann gibt es auch Spuren von Rizin, dem Gift, mit dem er umgebracht wurde. Und was komisch ist, es gibt einen leeren Raum, in dem muss mal ein Aquarium gestanden haben, aber das muss riesig gewesen sein, etwa fünf mal fünf Meter. Wollen Sie mehr hören? Sie sagen ja gar nichts. Also: Wir haben noch zwei Briefe gefunden, ebenfalls mit dem Abschiedsfüller geschrieben, die sind mit ›Rosi‹ unterzeichnet.«

Hansen räuspert sich: »Mir mal bitte mailen. Rosi könnte Oxana sein. Halten Sie mich auf dem Laufenden, danke schon mal.«

Hansen geht zum Schiff, begrüßt Frau Kubier, die tatsächlich für ihre 70 recht fesch aussieht, und Peer. Schon legen sie ab. Hansen hält sich zunächst zurück und lässt die anderen beiden locker miteinander ins Gespräch kommen. Es geht ums Segeln, um Schiffe, die gute Lage von Büsum und das entspannte Leben als Rentnerin. »Was haben Sie denn früher gemacht, Frau Kubier?«, fragt Peer arglos.

»Ich habe mit Immobilien gehandelt«, sagt die Dame. Etwas schnodderig fädelt Peer die nächsten Fragen ein, die sich alle um das einstige Haus Kubiers am Kurpark in Büsum drehen, in dessen Keller die Knochen gefunden wurden. Die 70-jährige Frau antwortet freimütig, dass sie das Haus habe bauen lassen und bis 1984 besessen habe. Anfangs sei sie selbst da drin gewesen, dann habe sie es vermietet. Nach ihr besaß dann eine Kanadierin das Haus. »Und die muss dann ganz gut an diesem Haus verdient haben, sie verkaufte es ja neulich erst an die Baufirma, die jetzt diese Apartments baut.«

Es entsteht eine Pause, in die hinein Hansen nur kurz fragt: »Da war doch neulich dieser mysteriöse Knochenfund, die Sache lässt sich ja wohl nicht mehr aufklären, aber haben Sie eine Erklärung, wie die Knochen oder gar die Leiche da in den Keller bei Ihnen kam?«

Auch darauf hat Dörte Kubier eine einfache Antwort. »Das war ja wohl ein Schock für mich. Das Wissen, Jahre mit einer Leiche im Keller verbracht zu haben, ist nicht gerade angenehm. Gruselig, Herr Hansen, das ist gruselig. Das Ganze kann ja nur in der Bauphase 1978 passiert sein. Da wollte jemand diese Leiche beseitigen und hat dann mit den Maurern zusammen diese Nische oder diesen Schacht entstehen lassen. So erkläre ich mir das. Vielleicht hat ein

Maurer jemanden umgebracht und gleich die Leiche entsorgt. Das Ganze ist jetzt rund 40 Jahre her, da wird es schwierig, die Maurer noch zu finden, auch die Baufirma gibt es nicht mehr. Die gehörte einem Bekannten von mir. Aber für mich, glauben Sie mir, war das ein komisches Gefühl, jetzt zu wissen: Du hattest eine Leiche im Keller.«

»Es hat ja so mancher eine Leiche im Keller«, prustet Peer hervor, schaut in die Runde und erkennt, dass diese lockere Anspielung nicht so gezündet hat. »Sorry, ja, muss ein blödes Gefühl sein, verstehe«, fügt er deshalb hinzu. Die »Trischen« nimmt bei der leichten Brise weiter an Fahrt auf. Die Crew hat ihren Spaß und ist nach zwei Stunden wieder im Hafen. Der Oberschnorrer hat natürlich von seinen zahllosen Gratiseintritten als VIP in viele Konzerte geprahlt. Frau Kubier ist hellhörig geworden. »Da gehe ich gern mal mit, mal sehen, wie das funktioniert«, schlägt sie vor. Peer willigt sofort ein. »Peer, ich möchte öfter mal mit Ihnen fahren, wissen Sie, das ist für mich eine willkommene Abwechslung«, kündigt die fesche Dame an.

»Gern, ich bin Peer, wir können uns gern duzen«, schlägt der Skipper vor. Hansen verabschiedet sich lieber förmlich, geht noch mal ins Kommissariat und unterrichtet Merit vom jüngsten Stand der Dinge. Sie sitzen noch bis in die Nacht, um die nachfolgenden Ermittlungen abzusprechen. Dazu gehören der Graphologe mit weiteren Schriftproben, die Suche nach Betty, eine mögliche Hausdurchsuchung bei Oxana wegen der Aktenordner und Beweismittel sowie die Suche nach einem Zahnarzt, der Bilder vom Gebiss Böhlmanns hat.

KAPITEL 32
DAS SCHALLENDE GELÄCHTER GOLDA MEIRS

Prag 1984

Meine Notizen aus jener Zeit tanzen etwas auf der Stelle, was Siggi angeht. Vor allem beschäftigt mich, wie es in Europa weitergeht. Als Willy Brandt die Präsidentschaft für die Vereinigten Staaten am 1. Januar 1982 übernimmt, steht fest, dass er das Amt nur bis Ende 1984 ausüben würde. Am 18. Dezember 1984 wird Willy Brandt 71 Jahre alt. »Ich finde, das ist ideal, dann aufzuhören«, beteuert er fortwährend. Viele seiner Anhänger wollen natürlich, dass er weitermacht, zumal es für das neue Staatengebilde hervorragend läuft. Doch er winkt schon früh ab. Es ist auch die Ausnahme, ihm zu Ehren. Denn künftig wird die Präsidentschaft jedes halbe Jahr wechseln. Die Minister allerdings bleiben vier Jahre. Die nächsten Wahlen zum Europaparlament laufen dann ebenfalls 1986.

Brandt ist stolz darauf, die erste deutsche Olympiamannschaft auf den Weg gebracht zu haben. Sie startete schon bei den improvisierten Olympischen Spielen 1982 in Europa. Los Angeles war ja nicht in der Lage, sie zu veranstalten. Für 1986 plant Brandt nun eine gemeinsame europäische Mannschaft. Dazu laufen bereits jetzt, im Sommer 1984, die

Vorbereitungen. In allen Teilen Europas machen sich die Sportler auf zu Wettkämpfen. Es ist ein Spaß, den Übertragungen im Fernsehen zuzusehen. Neu sind Disziplinen wie Karate, Sportklettern, Surfen und Skateboarden. Europa belebt auch die Idee neu, Kunstwettbewerber teilnehmen zu lassen. Bildhauerei, Malerei, Musik und Architektur gehören nun auch dazu.

Nun sind wir im Sommer 1984. Willy Brandt denkt bereits an seinen Ruhestand. »Noch ein halbes Jahr, dann bin ich der erste Ex-Präsident Europas«, sagt er sich. Er möchte in Prag wohnen bleiben und liebäugelt aber auch damit, wie ich von Ole weiß, seinen Mietvertrag der Büsumer Wohnung über das Jahr 1984 hinaus zu verlängern. Doch in diesem Jahr ist er wohl nur erst einmal in Büsum gewesen. Die politischen Termine sind offenbar zu eng und zu wichtig. So viel Zeit bleibt ihm nicht. Bald wird er seine Nachfolgerin einarbeiten müssen. Es wird eine Frau sein, die aus Frankreich kommt. So viel steht schon fest, das haben die Parlamentarier beschlossen.

Ich finde in meiner Mappe ein Bild, das zeigt Willy Brandt zusammen mit Golda Meir, der israelischen Ministerpräsidentin von 1969 bis 1974. Es stammt aus der Zeit, in der Brandt sie als Bundeskanzler Deutschlands besuchte. Sie hat die Augen geschlossen und den Mund weit vor Lachen aufgerissen. Sie legt ihren Kopf leicht schräg und zeigt mit dem rechten Zeigefinger auf Willy Brandt, der einen halben Meter vor ihr steht und über sie hinweglächelt. Die Szene lässt mich vermuten, er hat gerade einen Witz erzählt, der sie in schallendes Gelächter ausbrechen lässt. In der Adenauer-Zeit war das Verhältnis zu Deutschland für die Israelis schwierig. Bei den Olympischen Spielen in München 1972 kamen bei einem Anschlag elf Israelis ums Leben. Das trug weiter zur Abscheu vor den Deutschen bei. Doch Willy Brandt konnte zu Golda Meir eine politische Beziehung aufbauen. Sie hielt ihn immer für glaubhaft, allein schon wegen seiner Vergangenheit, die seinen Kampf gegen die Nazis so eindeutig belegt.

Jetzt denke ich, dieses Charisma, dieses natürliche Fischen nach Sympathie, dieses glaubhafte Beschreiten von zukunftsfähigen Wegen – all das zeigt dieses Bild. Brandt steht für etwas, er ist kein Wendehals. Das Verhältnis Israels zu Deutschland hat er geglättet. Golda Meir starb übrigens im Dezember 1978, wie Siggi.

KAPITEL 33
WIE HANSEN OXANA ZUM REDEN BRINGT

Büsum 2019

Doktor Rolf Mering hat offenbar mehrfach Menschen durch mit Blausäure getränkte Wattepellets in den Tod geschickt. Nur, in wessen Auftrag? Zwei aktuelle Anzeigen liegen vor. Das sollte schnellstens geklärt werden, findet Hansen. Offen ist noch, wer Doktor Mering getötet hat. Ein natürlicher Tod war es jedenfalls nicht.

Zwei Frauen geraten da ins Visier der Ermittler: Oxana Weder, seine Zahnarzthelferin und kurzzeitige Ehefrau, sowie Merings Schwester Dörte Kubier. Oxana ist höchst verdächtig, die Morde mit ihrem Chef zusammen ausgeführt zu haben, findet Merit, was sich allerdings noch nicht eindeutig beweisen lässt. Oxanas Zustand ist labil, sie steht unter Beobachtung. Dann zu Dörte: Ihr gehörte das Haus am Kurpark, in dem die Knochen gefunden wurden. Hansen fragt sich, ob wohl ihr Bruder etwas mit der eingemauerten Leiche zu tun hat. Wenn ja: Wusste Dörte davon? Und woher stammt eigentlich ihr Vermögen?

Zehn Millionen Ecu von Merings Vermögen sowie seine Immobilien sind in der Stiftung Bluetooth-Foundation auf Zypern gelandet. Er hatte die selbst gegründet. Von dort kommt nun ein Gesandter, der sich die neuen Büsumer Immobilien der Stiftung einmal ansehen will. Das ist neben Merings leerem Haus auch die Wohnung im Hochhaus, in der Sieglinde Diekmann wohnte. Die Wohnung ist leer und wird von Oxana verwaltet, wie Merit herausfindet. Oxana könnte auch die Verwaltung der restlichen Immobilien übernehmen, wenn sie nicht gleich verkauft werden.

Dann gibt es eine Betty Johannsen. Es soll die frühere Freundin von Heinz Kofalski gewesen sein, dessen Knochenreste im Fundament des alten Hauses am Kurpark lagen. Von ihr fehlt jede Spur. Kofalski selbst soll zwei Kinder gleichen Alters in Hamburg haben, die aber zwei verschiedene Mütter haben. Vielleicht wäre das ein Ansatz, die ausfindig zu machen, schlägt Merit vor.

»Ich glaube ja immer noch, dass am Ende alles gut wird und dass wir noch in den Talkshows Europas landen. Das ist ein großes Ding, Chef.« Merit schlägt vor, sich um die beiden jüngeren Todesfälle zu kümmern. Die Leichen der beiden kurz nach der Behandlung bei Doktor Mering gestorbenen Menschen bringen es ans Licht. Bei beiden bestätigt sich der Verdacht, dass auch sie vergiftet wurden: mit blausäuregetränkten Wattepellets, die unter einer brüchigen Zementdecke in die Backenzähne eingebracht wurden. Beim Zerbrechen des Zements wird die Blausäure über die Mundschleimhaut aufgenommen. Ist die Dosis hoch genug, treten sofortige Bewusstlosigkeit und schon bald der Tod durch Herzversagen ein.

Heike Bohnhoff aus Heide weist anhand der Kontobewegungen ihres Vaters nach, dass er für den Tod durch Blausäure an Doktor Mering 50.000 Ecu überwiesen hat, in fünf Raten. Genauso verhält es sich bei Anne Oertels Mutter Marlis aus Wesselburen. Beide waren zuvor bei Doktor Mering in Behandlung. Langsam wird klar, dass die Praxis Mering eine Blausäure-Tötungs-Manufaktur war. Merit vertieft sich in die beiden Fälle Bohnhoff und Oertel und findet auch rasch ein weiteres Motiv: Versicherungsbetrug. Es waren jeweils hohe Summen in den Lebensversicherungen der beiden für einen Begünstigten angegeben. Bei Herbert Bohnhoff waren es 100.000 Ecu, bei Marlis Oertel 150.000 Ecu für die Stiftung Merings auf Zypern. »Sieh an, das war ja gar nicht uneigennützig von diesem Mering, das muss ja ein Früchtchen gewesen sein«, spottet Hansen.

Doktor Sattler vom Landeskriminalamt Kiel ist hellauf begeistert. »Da haben sich die Ermittlungen ja schon gelohnt, Hansen. Was Sie in der kurzen Zeit alles herausgefunden haben, Applaus. Auf Sylt waren Sie ja nicht so kreativ. Aber jetzt diese beiden Morde mit Blausäure, alles geht klar und schnell. Bohnhoff und Oertel gehen auf Doktor Merings Konto. Das ist ja großartig«, zollt der Vorgesetzte Hansen großes Lob.

Hansen muss am Telefon grinsen und zieht die Augenbrauen hoch. Natürlich weiß Doktor Sattler nicht, wie viel Vorarbeit von ihm drinsteckte, denn er hatte ja über viele Wochen heimlich ermittelt. Allerdings fehlt noch das ganz große Ding mit diesem Böhlmann. Doch Hansen sagt: »Ja, Kollege Sattler, vereinte Kräfte, Sie mit Ihren Assistenten sind ja Gold wert. Die Jungs werden wir noch brauchen. Sie lesen das gleich. Die Stichworte lauten ›Betty Johannsen‹ und die Frage, wer Heinz Kofalski wirklich war. Was wir bisher haben, Doktor Sattler, das ist nur Beifang. So nennen die Fischer hier vor Büsum das, was sie fast am liebsten gleich wieder über Bord werfen würden. Die dicken Fische fehlen uns noch.«

Doktor Sattler brummelt nur und sagt etwas wie »Zufrieden sind Sie wohl nie«.

Inzwischen hat das Grundbuchamt Hansen über das Eintreffen des Zyprioten informiert. Hansen und Merit holen den Mann dort ab und laden ihn zum Gespräch ins Kommissariat. »Die Stiftung existiert schon zehn Jahre, Doktor Mering war damals sogar bei uns in Limassol. Alles sauber geklärt und fein eingetragen«, erläutert der etwa 50-Jährige in bestem Englisch. Hansen, der schon einmal auf Zypern Urlaub gemacht hat, kontert: »Limassol ist doch Standort Tausender Briefkastenfirmen, Finanzzentrum der Russen und Sitz von Offshore-Firmen. Was genau ist denn der Zweck Ihrer Stiftung?« Der Mann ist erstaunt über die Nachfragen. Beim Stiftungszweck setzt er zu einer langen Erklärung an, die in Hansens und Merits Gesichtern nur noch mehr Fragebedarf erkennen lässt.

»Warum nennen Sie die Stiftung ›Bluetooth‹?«, bohrt Hansen.

»Na, das fanden wir modern und schick«, hören die Ermittler als Antwort.

Hansen murrt aber: »Bluetooth ist in Ihrem Fall eine Irreführung. Der Name ist doch eigentlich für ein System der Datenübertragung zwischen zwei Geräten auf kurzem Funkweg reserviert. Bei Ihnen heißt das aber, Sie sanieren mit dem Geld kaputte Gebisse von Kindern in Entwicklungsländern. Das geben Sie jedenfalls als Zweck an. Für mich sehr fragwürdig. Wussten Sie denn, dass Doktor Mering mit Blausäure Menschen das Leben verkürzte? Daher rührt meines Erachtens der Name Bluetooth!«

»Ich bitte Sie, Doktor Mering war ein ehrenwerter Mann ohne jeden Tadel«, erwidert der Gast aus Zypern.

Hansen geht nicht darauf ein, sondern erkundigt sich weiter: »Haben Sie denn ein europäisches Spendensiegel?«

»Nein, haben wir nicht, aber ich lege Ihnen mal unsere Bilanz vor, hier«, sagt der Zypriot.

»Wie hoch ist denn der Anteil von Verwaltungskosten?«, möchte Hansen wissen.

»50 Prozent«, erzählt der Mann freimütig.

Merit und Hansen hüsteln künstlich. »Ich sage Ihnen zum Schluss noch eines: Ihr feiner Herr Doktor Mering hat sich mit dieser Tötungsart hier einen Namen gemacht, wie wir gerade herausfinden. Seine Stiftung ist nicht zufällig auf Zypern. Dort fallen geringe Steuern an, die Verwaltung ist günstig, eine vielleicht unangenehme öffentliche Testamentseröffnung entfällt, das Vermögen wird vor Gläubigern geschützt oder auch vor Erben. Sie könnten mir mal die Kontobewegungen von der Gründung vor zehn Jahren bis heute hierlassen.« Hansen steht auf.

Der Mann wirkt bedrückt. »Ich maile Ihnen alles, sobald ich wieder in Limassol bin, Herr Hansen, wirklich«, lauten seine Worte. Er möchte gehen. Doch bevor der Mann den Raum verlässt, fällt dem Oberkommissar noch etwas ein: »Sie könnten mir einen Gefallen tun, Ihnen oder der Stiftung gehören ja jetzt Merings Villa und die Wohnung im Hochhaus. Ich möchte in beide mal hineinschauen, reine Routine, wir ermitteln nämlich.

Könnten Sie mir Zugang verschaffen? Heute noch?« Zwar kennt Hansen die Immobilien, aber er erhofft sich, bei einem Überraschungsbesuch mehr zu erfahren.

Der Mann nickt betroffen. »Ich lasse Ihnen die beiden Schlüssel hier, ist ja sowieso alles leer, und ich habe mehrere davon. Sagen wir: In zwei Wochen schicken Sie mir die Schlüssel der beiden Immobilien nach Zypern, okay?«, schlägt der Mann mit dem schwarzen Aktenkoffer vor.

»Besten Dank, dann gute Reise in die Sonne Zyperns«, wünscht ihm Hansen.

Zu Merit sagt er dann bald: »So eine hohle Nuss, der tut so scheinheilig, oder glaubst du, der weiß es nicht besser? Der muss doch gesehen haben, woher das Geld für diese Stiftung so kommt. Ich vermute, von Versicherungen und Geheimdiensten.«

Hansen weiß zwar, dass beide Wohnungen Merings besenrein sind. Doch jetzt können Merit und er sich darin noch einmal in Ruhe umsehen. Sie fahren sofort los. Es gibt zwei Überraschungen. Die Wohnung im Hochhaus ist nicht verschlossen. Hansen nimmt drinnen den frischen Duft eines Frauenparfüms wahr.

»Sie haben ja diese feine Nase, Herr Hansen, ich rieche nichts«, bestätigt Merit. Hansens zweiter Spitzname nach »Leuchtturm« lautet schließlich »die Nase«, weil er für vieles eben einen Riecher hat. Er ist sich sogar fast sicher, dass er neulich erst dieses süßlich strenge, etwas nach Zitrone und Anis riechende Parfüm geschnuppert hat – nur bei wem, das ist ihm jetzt nicht mehr klar. Wie erwartet, ist die Wohnung leer.

Die zweite Überraschung finden die beiden im Haus Merings. Nachdem die Spurensicherung das Haus verlassen hat, sind nur wenige Tage vergangen, doch nun ist es komplett leer. Im Wohnzimmer sind zwei Pfützen auf dem Fußboden zu sehen. Hansen beugt sich hinab. »Ein Hund war das nicht, vermutlich Wasser, vielleicht Reinigungsmittel«, folgert er. Vorsichtshalber lässt er die Spurensicherung kommen. Die waren zwar schon dort, aber diese frischen Spuren lassen ahnen, dass hier immer noch etwas vor sich geht. »Oxana hat doch einen Schlüssel zu dem Haus, hier hat sie vielleicht noch einmal ein paar Spuren beseitigt, mit Allzweckreiniger«, lautet Hansens Vermutung. So falsch liegt er nicht. Die Kollegen finden das Reinigungsmittel. An der Stelle im Boden waren größere Flecken, die nun blasser, aber noch festzustellen sind. Aus dem Abruf von Doktor Sattlers Handyortung bei Oxana wird klar: Sie war erst vor einer Stunde hier. Die Flecken sind frisch und stammen von Erbrochenem.

»Ich glaube, es wird Zeit, diese Oxana mal ernsthaft zu befragen«, dröhnt Hansen. Für ihn laufen bei dieser Frau nun offenbar alle Fäden zu den Mordfällen zusammen. Diesmal fackelt Hansen nicht lange. Er lässt sie von zwei Polizisten abholen, um sie im Kommissariat zu verhören. Sie ruft schnell ihren Anwalt herbei.

Nein, sie habe mit dem Tod Doktor Merings nichts zu tun. Nein, sie habe keinen Siegfried Böhlmann gekannt. Nein, sie wisse auch nichts über den Verbleib von Sieglinde Diekmann in Japan. Allerdings machen die vielen Neins Henry Hansen nun doch langsam wütend, und genau das ist gar nicht gut für die Verhörte. Intern hatte Hansen sie schon vorher als »Frau Weder-Noch« bezeichnet, weil sie sich in ihren Aussagen nie festlege. Wer den Zorn Hansens erst einmal zu spüren bekam, konnte sich auf etwas gefasst machen, ob mit Anwalt oder ohne.

»Gut, Japan, Frau Weder. Da sind Sie zusammen mit Sieglinde Diekmann hingeflogen. Sie blieb da, Sie kamen zurück. Die Frau lebt dort sehr wahrscheinlich unter einem anderen Namen, denn unter ihrem jetzigen konnten wir sie dort nicht ermitteln. Möchten Sie den neuen Namen gern jetzt sagen oder sollen wir ihn erst herausfinden? Es geht hier um mehrere Mordfälle in der Praxis, in der Sie gearbeitet haben, bei denen Sie die Hand im Spiel hatten. Mittlerweile haben wir Beweise dafür, Frau Weder. Beihilfe zum Mord, wir befragen Sie nun als Beschuldigte. Nun können Sie mal kurz nachdenken, wozu Sie jetzt etwas sagen möchten«, sprudelt es aus Hansen heraus. »Sie waren nachweislich dabei bei den Blausäuremorden an Herbert Bonhoff und Marlis Oertel vor fünf Jahren. Sie haben die Eintragungen in den geheimen Akten gemacht, die uns vorliegen. Beihilfe zum Mord, ja, das ist belegt. Von dem Versicherungsbetrug wussten Sie sicher, schließlich war ja dieser feine Doktor Mering Ihr Chef. Jetzt können Sie mit uns kooperieren oder weiter mauern, ganz wie Sie möchten.«

Oxana schaut ihren Anwalt an. Sie beraten sich. »Was möchten Sie denn genau wissen?«, erkundigt sich die Zahnarzthelferin.

»Ganz einfach«, sagt Hansen, »ich sage einen Namen, und Sie sagen, wer diese Person umgebracht hat. Ich kann

Ihnen zur Erleichterung auch jedes Mal drei Varianten anbieten, wie im Fernsehquiz, und Sie setzen auf A, B oder C. Wie wär's? Wir beginnen mit Siggi Böhlmann.«

Hansen läuft zur Höchstform auf. Merit ist begeistert. Ihr röten sich die Wangen vor Aufregung. Hansen wartet keine Antwort ab. Er prescht vor mit einer kecken Behauptung, für die er keinerlei Beweis hat: »Böhlmann wurde ermordet von Doktor Mering in seiner Praxis im Dezember 1978, es geschah entweder im Auftrag von Sieglinde Diekmann, von Oxana Weder oder Elvira Seeliger. Sie nehmen welche Antwort, Frau Weder?«

Oxana scheint sich diesem emotionalen, dramatischen Sog, den Hansen erzeugt, kaum entziehen zu können. Sie wähnt sich wegen der Anwesenheit ihres Anwalts in Sicherheit. Nur schweigt der und hat sich aufs Zuhören reduziert. Anfangs gestikuliert er noch und möchte verhindern, dass Oxana überhaupt etwas sagt. Doch sie scheint das zu übersehen.

Oxana ruft laut: »Alles falsch! Sieglinde weiß bestimmt mehr. Weiter?«

Hansen lächelt gequält. »Heinz Kofalski aus Bonn war bei Ihnen in Behandlung. Er steht nicht in den Akten aus jener Zeit, aber er hatte zwei verlagerte Eckzähne. Sie wissen, was das ist. Das ist äußerst selten. Wo sind die Aufnahmen des Gebisses? Er wurde getötet bei Doktor Mering im Dezember 1978. Glauben Sie A – es gab keine Aufnahmen von seinem Gebiss? Glauben Sie B – es gab sie, aber sie sind verschwunden? Nehmen Sie C – sie sind noch in den Unterlagen aus der Praxis, zum Beispiel im Ordner der Fälle 1977 bis 1978 in Ihrem Wohnzimmer?«

Oxana schweigt. Hansen schaut sie lange an. Merit explodiert fast vor Aufregung. Der Anwalt blickt zu Boden und sagt dann leise: »Sie müssen sich nicht selbst belasten, Frau Weder.«

Schließlich bricht Oxana das Schweigen und sagt: »Herr Kommissar, es war so: Heinz Kofalski stellte sich bei uns mit Schmerzen in den Backenzähnen vor. Er kam aus Bonn und besuchte hier irgendwen. Wir behandelten ihn, dann aber starb er wohl bald. Davon weiß ich nichts. Und Bilder vom Gebiss habe ich nicht gesehen.«

»Langsam, Frau Weder, was heißt: ›Dann starb er wohl bald‹?«, erkundigt sich Hansen.

Oxana erwidert: »Ich weiß nicht, wer da anrief bei meinem Rolf, dem Doktor Mering, aber er war plötzlich sehr aufgeregt. Wir bestellten Kofalski am nächsten Tag erneut. Ihm ging es sehr schlecht, das sah man schon. Ich musste die Praxis verlassen. Doktor Mering wollte ihn allein untersuchen, aber da brach der Kofalski schon zusammen. Es war eine fremde Helferin da. Der herbeigerufene Hausarzt stellte Herzstillstand fest. Sie sehen: Damit habe ich nichts zu tun.«

Hansen schnell: »Eine fremde Helferin? So plötzlich, wieso? Wie sah diese fremde Frau aus? War es Elvira?«

Oxana kontert: »Nein, die war es nicht, die kam ja erst 1980 zu uns. Ich kannte diese Frau nicht. Sie hatte lange, schwarze Haare, war so mein Alter, also etwa Mitte 20 damals, und schien diesen Kofalski zu kennen.«

Hansen blickt Oxana Weder in die Augen. »Haben Sie nie gefragt, wer diese Frau war? Kam sie mal wieder? Was geschah mit der Leiche? Was tat Doktor Mering?«

»Herr Kommissar, glauben Sie mir, ich weiß es auch nicht, am nächsten Tag war die Leiche weg. Rolf war auch verschwiegen. Der mochte das nicht, wenn ihm jemand reinpfuschte.«

Hansen wiederholt: »Reinpfuschte. Verstehe. Er nennt sein Konto und schon floss das Geld für diese Tötungen an ihn, später dann an seine schöne Stiftung auf Zypern. Jetzt wollte auch er dorthin und sein Geld besuchen. Einen Tag vorher aber wurde er getötet. Sie haben ein Motiv: Das Geld fließt an Sie. Die Stiftung auf Zypern hat das Testament, und darin werden Sie begünstigt. Es liegt uns sogar vor.«

Oxana gibt sich unwissend. »Was für Geld? Nein, davon weiß ich nichts.«

»Unser Quiz ist ja noch nicht zu Ende, Frau Weder. Sie haben auch noch den Telefon- und den Publikumsjoker, wobei, na ja, Sie haben beim zweiten die Wahl zwischen Ihrem Anwalt und meiner Kollegin, Frau Merit Hoyer. Also: Wer hat Doktor Mering getötet? Ein Unfall lautet Antwort A. Für B käme seine Schwester infrage. C könnten Sie selbst sein, wegen des Erbes.«

Oxana gestikuliert wild. »Nein, warum C? Ich erbe nichts. A könnte sein. B, mmh? Irgendwie möglich, denn ich glaube, die Dörte verstand sich nicht so sonderlich mit Rolf.«

Hansen ist unzufrieden. »Sie müssen sich entscheiden!«

Oxana meint schließlich: »Dann nehme ich B.«

»Für heute genug, wir bringen Sie wieder nach Hause, wenn Ihnen morgen etwas einfällt, dann rufen Sie mich unbedingt an, Frau Weder. Es geht um viel. Wir sind noch nicht am Ziel. Für heute vielen Dank«, verabschiedet Hansen die Befragte merklich aufgewühlt.

Zu Merit sagt er dann leiser, als sie allein sind: »Unter Druck sagt die doch etwas. Aber an Lügen mangelt es nicht. Den toten Kofalski haben die bestimmt zusammen weggeschafft. Diese Unbekannte war garantiert Betty. Aber wer hat den Auftrag zur Tötung erteilt? Der CIA? Der KGB? Warum? Die japanische Sieglinde vielleicht. Die müssen wir über Sattler dann doch in Japan ermitteln lassen. Die hat bestimmt eine Gesichtsoperation hinter sich, hat Schlitzaugen und nennt sich Kimura Yamamoto oder so etwas in der Richtung. Und Mering selbst? Das war doch nicht die Schwester, die ihn getötet hat. Warum sollte die das tun? Da fehlt mir das Motiv bisher völlig.«

Merit hatte Oxana noch nach dem Erbrochenen in der Villa Doktor Merings gefragt. Dazu sagt sie nur, ihr sei übel geworden bei der Übergabe an den Zyprioten von der Stiftung.

KAPITEL 34
EINE SCHWARZE FRAU
AN DER SPITZE AMERIKAS?

Washington und Prag 1984

Ich rätsele noch: Siggi und Golda Meir verschwanden gleichzeitig von der Bildfläche. Wurde Böhlmann von Israelis ermordet? Kann ich mir nicht vorstellen. Da fehlt das Motiv. Willy Brandt war der Versöhner der Deutschen mit den Israelis. Noch heute wird er in dem Land hoch geachtet. Dem israelischen Geheimdienst ist ja so einiges zuzutrauen, aber das ergäbe gar keinen Sinn. Da bin ich mir nun sicher.

Steckt vielleicht die Tote Armee Fraktion dahinter? Die sind ja gegen die Beteiligung Russlands an den Vereinigten Staaten von Europa. Ein Motiv wäre ja dann, den engen Mitarbeiter Brandts oder sogar Brandt selbst zu beseitigen. Und zwar noch vor der Gründung Europas. Auch das geht mir durch den Kopf. Aber mit wem soll ich darüber reden?

Mir fällt noch etwas anderes ein: Zwar ist der Republikaner Ronald Reagan 1984 noch einmal wiedergewählt worden, und das trotz seiner schweren Fehlentscheidungen auf den Gebieten Finanzen, Wirtschaft und Außenpolitik, aber bis 1988 bringen sich langsam neue Kandidaten in Position. Das geschundene und am Boden liegende Land, das nur noch ein Rumpf ist nach dem Austritt der Staaten im Norden, Süden und von Kalifornien, braucht dringend eine neue Kraft. Reagan ist doch nicht sehr viel mehr als ein Schauspieler. Schon in dem 1942 gedrehten Streifen »Casablanca« sollte er mitspielen. Das hat gerade TV Europo gemeldet. Die Rolle des Richard (Rick) Blaine wurde dann allerdings doch mit Humphrey Bogart besetzt. Besser so.

Was mich auch erfreut: Da fällt mir in den Nachrichtensendungen eine Frau auf mit dunkler Haut und schwarzen Haaren. Sie gehört zu den US-Demokraten, ist smart, sehr gescheit und heißt Nancy Hope. Als wäre ihr Nachname Programm, kann sie dann die Vorwahlen gewinnen und tritt später tatsächlich gegen den Kandidaten der Republikaner an. 1989 wird sie – welch ein Jubel! – die erste Präsidentin der USA, und dazu ist es eine Schwarze. Das finde ich heute noch sehr bemerkenswert (später eingefügt). Ich bin regelrecht begeistert.

Willy Brandt muss derweil seinen Abschied zum Ende des Jahres 1984 als europäischer Präsident vorbereiten. Da sollen alle wichtigen Staatschefs der Welt dabei sein. Brandt ist seine Würdigung sehr wichtig, darum wird ein Stab gegründet, der diese große Zeremonie vorbereitet, die allerdings auch nicht pompös aussehen darf. Schließlich soll Europa als Demokratie glänzen und nicht als Ein-Personen-Stück. Ich finde, diese Mischung wird dann auch wunderbar erreicht. Es wird eine Abschiedstournee durch ausnahmslos alle Hauptstädte Europas. Brandt schüttelt als »König der Könige« jedem Staatsmann und jeder Staatsfrau die Hand. Jeweils ist aber auch das Volk dabei. Es gibt große Feste und die Chance für jeden, seine Vorstellungen und Ideen für die Weiterentwicklung Europas zu äußern. Das geschieht über handgeschriebene Zettel, auf denen die Bürger ihre Sätze festhalten. Die werden dann bei den Festen auf große Leinwände mehrsprachig übertragen.

Und wer folgt auf den ersten Präsidenten? Es wird eine Frau aus Frankreich, das stand schon fest. Aber Mitte 1984 wird auch klar, wer es sein wird: die 44-jährige Françoise Deneuve. Das finde ich eine gute Wahl, denn sie ist zupackend, versiert, spricht fünf Sprachen Europas und die Fußstapfen Willy Brandts scheinen ihr nicht zu groß zu sein. Schade nur, dass Frankreich nur ein halbes Jahr dran ist, so lautet aber die Regel. Dann kommt Polen. Auch nicht schlecht. Jedes Land setzt neue Impulse. Das zählt. Und was mache ich in Büsum?

Meine Sommerliebe Peter hat es nicht über den Winter gebracht. Irgendwann tun sich doch Differenzen auf, zu denen ich keine Lust habe, die wegzublenden. Es sind Vorstellungen politischer Art, persönliche Vorlieben wie Urlaube oder Essen sowie die Frage, wer wen besucht. Trotzdem bin ich froh über meine erste Beziehung nach Siggi. Sie hat mich wieder gefestigt.

KAPITEL 35
DAS GEHEIMNIS DER DREI HAARE

Büsum 2019

Hansen nimmt nun Dörte Kubier ins Visier. Er lässt sich von Doktor Merings Schwester ein paar alte Bilder von ihrem Haus am Kurpark zeigen. Der Kellerbau und das Gießen der Betondecke sind zu sehen. »Da gab es den Schacht, von dem Sie reden, nicht, hier, sehen Sie!«, beteuert Dörte Kubier. Auf ihren Schwarz-Weiß-Bildern ist tatsächlich nichts davon zu sehen. Auf Hansens Frage zu ihrem Verhältnis zu ihrem Bruder weicht sie zunächst auf Allgemeinplätze aus und erzählt etwas von Familienzusammenhalt. Dann aber erläutert sie doch, wie sehr sie sich beide unterschieden hätten. Rolf sei immer ängstlich und verstockt gewesen. »Der kam nie aus sich heraus und sagte nicht viel. Er hatte einen sparsamen Sprachverbrauch, manchmal nur so zehn oder zwanzig Wörter am Tag, seine Patienten irritierte das mächtig«, charakterisiert sie ihn.

Hansen fragt ganz klar: »Halten Sie es für möglich, dass er einen Mord begangen hat? Wäre er dazu fähig gewesen?«

Dörte wiegt den Kopf, dann meint sie: »Nein, eigentlich nicht, aber wem schaut man schon hinter die Stirn? Also, ich überlege gerade, wenn überhaupt, dann irgendwie völlig ruhig, ohne Blutvergießen, toxisch sozusagen. Ja, das wäre seine Art gewesen.«

Hansen nickt nur.

»Glauben Sie, dass Ihr Bruder getötet wurde?«, möchte Hansen von ihr noch wissen.

»Nein, der starb plötzlich an Herzversagen«, zitiert sie die offizielle Todesursache, »eine Woche vorher hatte er ja heimlich geheiratet, das war vermutlich zu viel für ihn. Vielleicht ist er beim Sex gestorben. Auch schön, oder?«

Hansen lächelt. »Auch schön, oder?«, wiederholt er. »Sie mögen diese Oxana nicht. Warum?«, schiebt Hansen nach.

»Berechnend, erpicht auf das Erbe. Die hat ihn doch um den Finger gewickelt und wie eine Weihnachtsgans ausgenommen. Warum sie nach so langer Zeit der Beziehung plötzlich und klammheimlich geheiratet haben, ist mir ein Rätsel. Vielleicht war er sterbenskrank und wollte, dass sie von seiner üppigen Zahnärzteversorgung profitiert. Als eine Art Sofortrente hat sie, glaube ich, schon 100.000 Ecu kassiert. Das Testament muss allerdings erst noch eröffnet werden, da bin ich ja sehr gespannt. Mit Liebe hatte diese Liaison rein gar nichts zu tun. Ich gehe wohl ohnehin leer aus. Wäre er unverheiratet gewesen, hätte ich als Schwester zumindest den Pflichtteil abgekriegt. Das wäre dann der Anteil vom Vermögen unserer Eltern. Aber so? Das andere Geld fließt an diese Stiftung da irgendwo in Zypern. Aber wer weiß, wen die wieder begünstigt, vielleicht auch Oxana.«

Hansen ist zufrieden. »Sagen Sie, wie kam Ihr Bruder darauf, eine Stiftung für die Zahngesundheit für Kinder in Afrika zu gründen, die in Zypern sitzt?«, forscht Hansen weiter.

»Zypern ist ein Steuerparadies und wird kaum kontrolliert, da lässt sich einiges drehen. Wird da das Testament eröffnet, bekommt das hier eh niemand mit. Und Kinder in Afrika, das ist eine Zugnummer, mehr nicht. Der hat sich weder um Kinder noch um Afrika gekümmert, mein lieber Bruder.«

»Danke, Frau Kubier, dann bis zum nächsten Segeltörn«, verabschiedet sich Hansen.

Zu Merit sagt er dann nach seiner Rückkehr: »Die Kubier will nichts von dem Leichenversteck in ihrem Haus im Kurpark gewusst haben, das glaube ich nicht. Und sie hat diese Oxana als mögliche Mörderin ihres Bruders schwer belastet.«

Merit hat den Fragenkatalog für Elvira fertig. »Da müssen wir wohl morgen mal wieder zum Tee hin, oder wollen wir sie einbestellen?«, sagt die 28-jährige Polizeimeisterin zu ihrem Chef.

Hansen findet das eine gute Idee, mal wieder bei Elvira auf einen Tee hereinzuschauen. Doch wird es diesmal kein fröhliches Kränzchen. Er beauftragt Doktor Sattler oder genauer gesagt seine beiden Mitarbeiter, mal nach der in Japan verschollenen Sieglinde zu forschen. Zeitgleich treffen aus Kiel Informationen zu Kofalski und Böhlmann ein. Ob sie identisch sind, ist nicht zu klären, beide werden jedenfalls als ehemalige CIA-Mitarbeiter geführt. Böhlmann soll sogar ein Doppelagent gewesen sein und für den russischen KGB gearbeitet haben.

Hansen wird klar, weshalb er damals nicht weiterermitteln durfte: Es ging um Geheimdienste in Willy Brandts unmittelbarer Umgebung in Büsum. Wer weiß, was wirklich dahintersteckt und welche kriminellen Abgründe sich da noch auftun? »Wir werden es alles ans

Licht bringen, Chef«, beteuert Merit mit ihrem jugendlichen Charme.

»Da fällt mir ein, Merit, bei all dem Treiben bei unserer Mordaufklärung – was macht eigentlich Mirko, deine Eckzahn-Experten-Beziehung?«, fragt Hansen.

Merit zieht ihren Mund zum Kuss zusammen. »Wir küssen uns über Skype, mehr ist zeitlich nicht drin. Er ist sehr eingespannt, der Gute. Ich ja auch, wie Sie wissen. Wann sollen wir uns denn treffen, außer im Urlaub? Ach, Chef, ich brauche dringend Urlaub. Mirko und ich wollen sehr gern zehn Tage nach Rom fahren, das ist doch etwas für Verliebte, oder?«

Hansen kratzt sich am Hinterkopf. »Gerade jetzt? Muss das jetzt sein, wir sind doch kurz vorm Ziel, Fi-na-le?«

Elvira Seeliger scheint immer zu Hause zu sein. Jedenfalls werden die beiden Ermittler von ihr sofort hereingelassen und wie erwartet zum Tee eingeladen. »Frau Seeliger, wir schätzen Ihren Tee wie Ihre Gastfreundschaft und möchten Sie um Hilfe bitten«, beginnt Hansen. Da plötzlich liegt etwas in der Luft. Er schnuppert kurz und nimmt dieses süßlich strenge, etwas nach Zitrone und Anis riechende Parfüm wahr, das er aus der Wohnung von Sieglinde Diekmann kennt. »Was führte Sie jüngst in die Wohnung von Frau Diekmann?«

Elvira ist überrascht, pariert aber schnell: »Neugier, ich wollte wissen, welchen Blick sie von da oben hatte. Sie ist ja nun für immer weg, was ich nicht bedaure. Ich glaube fest, *sie* hat mir damals meinen Siggi ausgespannt.«

»Was empfinden Sie ihr gegenüber heute?«, fragt Hansen weiter.

»Ja, gedacht habe ich, als ich in der Wohnung war, von hier aus wurde also Willy Brandt und wurde auch mein Siggi belauscht. Das war ein komisches Gefühl. Dann fragte ich mich, wie diese Frau hier wohl über Jahre gelebt hat. Und ob sie aus Überzeugung für die Amerikaner arbeitete.« Elvira lässt ihre Blicke in ihren Garten schweifen und scheint weiter nachzudenken. Hansen gibt ihr Zeit und schweigt. Dann sagt sie: »Ich kann mir so ein Leben nicht vorstellen. Alles ist geheim. Nach außen wird der Schein gewahrt, intern ist es der Horror, vermute ich mal. Und ich stellte mir natürlich vor, wie Siggi hier mit ihr im Bett gelegen hat. Das ist auch heute noch schmerzlich für mich.«

Jetzt ist Merit dran. Hansen nickt ihr zu. »Frau Seeliger, was verband Sie mit Sieglinde Diekmann?«, fragt die Polizeimeisterin.

»Nichts, ich habe sie wohl einige Male gesehen, aber ich wusste nicht viel von ihr. Nun, sie war in Doktor Merings Praxis, sogar ein paarmal. Aber wenn sie behandelt wurde, musste ich den Raum verlassen.«

Hansen geht jetzt ein Wagnis ein, indem er fragt: »Halten Sie es für möglich, dass Sieglinde den Mordauftrag für den Siggi Böhlmann gab und dass Mering ihn ausführte?«

Elvira holt tief Luft. »Leider ja, wenn ich ehrlich bin, ich habe mich das früher öfter gefragt. Mehr noch, ich arbeitete ja ab 1980 in der Praxis Mering als Helferin und habe versucht, in alten Unterlagen etwas über Siggi zu finden. Nichts, rein gar nichts.«

Alle drei schweigen einen Moment.

Elvira zieht ihren Mund in die Breite, überlegt erkennbar, bis sie dann vorsichtig sagt: »Vielleicht hat diese Sieglinde ihn auf dem Gewissen und dann die Leiche in dem Loch da unten im Haus versteckt. Schrecklich wäre das. Sie hätte das aber nicht allein gekonnt. Siggi war zu groß, sie ist zu klein. Also …«

Merit will wissen: »Also?«

Elvira denkt nach und meint dann: »Sie hatte wohl mindestens einen Helfer.«

Hansen leitet das Ende ein: »Haben Sie für uns vielleicht noch ein paar Haare von Siggi, Ihrem Freund von damals? Manchmal gibt es so etwas in Briefen oder Erinnerungskisten, schauen Sie doch mal nach. Eine DNA-Analyse könnte uns sehr weiterhelfen.« Elvira nickt und holt eine Kiste mit Fundstücken aus der vierjährigen Beziehung zu ihm. Sie kramt. Sie öffnet Boxen und zieht tatsächlich drei schwarze Haare aus einem Umschlag. »Versuchen Sie es mit denen, ich bin mir nicht ganz sicher, aber ich glaube, die sind von ihm.«

KAPITEL 36
FRANÇOISE DENEUVE
FOLGT AUF WILLY BRANDT

Prag 1984

Am Ende des Jahres steht die große Verabschiedung in Prag bevor. Ich bin aufgeregt und überlege sogar, hinzufahren. Es ist ein besonderer Moment. Siggi wäre natürlich dabei gewesen, vielleicht hätte er für Willy Brandt die Rede geschrieben. Oder er hätte selbst eine kleine zum Besten gegeben. Sollte ich hinfahren? Zeit hätte ich ja. Letztlich entscheide ich mich dagegen. Ich verfolge das zum Jahresausklang und bei dem zu erwartenden schlechten Wetter lieber zu Hause am Fernsehgerät.

Unter den Geschenken für Willy Brandt, die aus aller Welt eintreffen, ist auch der *Five Kings premium* aus Zypern, wie ich höre. Natürlich von Ole, meinem Freund. Den Brandy hat er besonders gern getrunken, nein, nicht Ole, sondern Brandt. Damit erinnert er sich sicher auch an die Anfänge seiner steilen politischen Karriere, denn im Troodos-Gebirge der Mittelmeerinsel verhandelte er schließlich die deutsche Einheit mit Erich Honecker und Leonid Breschnew vor 1978. Brandt bedauert immer wieder, dass Breschnew bereits tot ist. Dessen Nachfolger Juri Adamowitsch, den er ebenfalls gut kennt, wird zu den Feiern kommen und auch länger in Prag bleiben. Auch die Chinesen sind mit ihrem Präsidenten vertreten. Ein Großteil der afrikanischen Staaten steht mit ihren Anführern auf der Gästeliste. Die Ministerin für den afrikanischen Raum hat darauf bestanden, dass aus Nordafrika alle Staatsoberhäupter dabei sind. Franziska Valeska ist glücklich, denn es haben nicht nur alle sofort zugesagt, sie kommen auch mit Freude und Dankbarkeit, wie in TV Europo berichtet wird. In ihren jeweiligen Ländern haben sich seit der Initiative der Europäer große Dinge zum Besseren verändert. Die Schulungs- und Fortbildungsprogramme laufen auf Hochtouren. »Das gesamte Getriebe läuft bestens und nicht wie früher nur wie geschmiert«, erklärt sie mit Anspielung auf die einstige Korruption. Die ist nun stark zurückgegangen.

In die fröhliche Feier, die am Silvestermorgen beginnt und bis zum nächsten Morgen dauert, stimmen Hunderttausende Menschen ein. Auf der Burg und an der Moldau, am »Tor aller Länder« und am Karlsplatz herrscht großes Gedränge. Es ist ein buntes und vielschichtiges Programm, das abläuft. Fast niemandem fällt auf, dass ein wichtiges Land gar nicht vertreten ist – die USA. Präsident Ronald Reagan hatte sich erst spät zu einer Zusage zu den Feiern durchgerungen. Brandt hatte ihn mehrfach gebeten, doch zu kommen. Nur einen Tag vor dem Fest sagte er mit der Begründung ab, er hätte sich an einer hohlen Nuss verschluckt. Das wurde allgemein mit Bedauern zur Kenntnis genommen, aber eher mit einem Lächeln quittiert. Ich musste richtig lachen, hohle Nuss!

Mit einer beachtlichen Charmeoffensive startet dann die neue Präsidentin der Vereinigten Staaten von Europa in ihr Amt. Françoise Deneuve hält eine wunderbare Rede. Ich möchte sie gern kennenlernen. Sie erreicht ähnlich wie ihr Vorgänger die Herzen der Menschen, ist mitreißend und verbindlich in ihrer Art. Sie umarmt Willy Brandt um Mitternacht im Rampenlicht der Medien aus aller Welt minutenlang. Es ist eine grandiose Feier.

KAPITEL 37
DIE »ZIMTZICKE VOM DIENST«

Büsum 2019

Merit bekommt tatsächlich zehn Tage Urlaub genehmigt. Hansen möchte der Liebesreise seiner jungen Kollegin mit dem flotten Zahnarzt Mirko Vanderbelt aus Bonn nicht im Wege stehen. »Wir fahren mit dem Nachtzug nach Rom«, verrät sie von den Plänen des jungen Paares. »Mirko war noch nie dort, ich schon einmal, wir frühstücken dann nahe am Roma Termini, dem größten Bahnhof Europas. Dann geht's zum Kolosseum und am Tiber entlang. Ich freue mich riesig. Danke, Chef, dass das jetzt klappt.« Merit ist begeistert. Schon nächste Woche soll es losgehen. »Und lösen Sie in der Zeit nicht schon alles, ich will dabei sein, Herr Hansen«, sagt sie ihm zum Abschied.

Hansen lächelt. Der »Leuchtturm« wartet ohnehin auf ein paar Ergebnisse der Kieler Ermittler und möchte auch zu den Fällen Böhlmann und Mering etwas Abstand gewinnen. Er plant zwei freie Tage, die er dann mit Swantje verbringen kann. »Merit, grüß Mirko, und er soll doch mal wieder vorbeikommen hier in Büsum, viel Spaß in Rom jedenfalls«, wünscht Hansen.

Die Tage vergehen für ihn schnell. Mit Swantje verbringt er einen Tag in Husum. Sie schlendern am Binnenhafen entlang, schauen im Kulturzentrum Speicher vorbei und ins Theodor-Storm-Zentrum. Das Schloss mit dem Park gefällt ihnen. Sie lachen viel und erzählen sich alte Anekdoten aus Büsumer Kindheitstagen. Die Lehrer von damals sind ihr Thema, das sie zum Lachen bringt. »Heute Abend kochen wir zu Hause etwas mit Büsumer Scholle, Dithmarscher Kohl und einer kleinen Überraschung«, schlägt Hansen vor, dem das viel Spaß macht.

»Die Überraschung bin ich dann als Nachtisch«, schlägt Henry lächelnd vor. Sie müssen beide lachen.

Es scheint so, als könnten beide Ermittler aus Büsum ein paar feine Tage verbringen. Am nächsten Vormittag sitzen Henry und Swantje gemütlich in der »360-Grad-Bar«. Als hätten sie es geahnt, kommt Peer vorbei. »Na, ihr beiden Turteltauben, heute mal frei? Swantje, was tut sich denn bei dir? Neue Stelle in Aussicht?«, fragt der Segler, der so uncharmant direkt sein kann.

»Wird sich alles richten«, antwortet Swantje ausweichend, denn sie möchte ihm jetzt nichts von ihrer neuen Stelle in Tunesien erzählen. Peer pfeift fröhlich vor sich hin, haut Hansen kurz auf beide Schultern und fragt ihn: »Läuft bei dir?«

Der ist das inzwischen schon gewohnt und sagt nur: »I bims.«

Peer leuchten die Augen. »Du kannst ja Jugendsprache, Mensch. I bims ist doch 2017 das Jugendwort gewesen. Das heißt: Ich bin's oder Ich bin«, erzählt Peer.

»So wie ›läuft bei dir‹ das Jugendwort 2014 war, mein Lieber. Swag war 2001 dran. Das ist eine lässig-coole Ausstrahlung, so wie du sie immer hast, Peer«, untermauert Hansen sein Wissen.

»Du überraschst mich immer wieder, Henry«, geht der Segler-Freund auf ihn ein. »Ich war mal in Australien, da haben sie auch Swags, das sind so Bündel an persönlichem Zeugs, wozu immer der Schlafsack für draußen gehört. Swagging ist das Herumziehen durchs Land, nur mit seinem Bündel dabei. Manchmal möchte ich das auch heute wieder machen, swaggen.«

»Du würdest doch mit deiner Segeljolle swaggen gehen, Peer«, stellt Hansen fest, »warst du denn mit Dörte Kubier mal wieder auf See?«

Peer sofort: »Ja, die ist ja herrlich drauf, hat für ihr Alter mächtig Charme, so eine flotte 70-Jährige kenne ich sonst gar nicht. Aber die hat ja über ihren toten Bruder, diesen Mering, abgelästert, was das Zeug hält. Hatte der denn wirklich so viel auf dem Kerbholz? Der soll ja nur so das Geld gescheffelt haben. Jetzt liegt das alles in dieser blöden Stiftung auf Zypern.«

Hansen findet das ganz spannend und erkundigt sich weiter. Dörte Kubier hat Peer gegenüber behauptet, ihr Bruder habe den »Ötzi von Büsum«, wie Peer die Knochenfunde nennt, in ihren Keller gelegt und einmauern lassen. Der habe immer versucht, ihr etwas unterzuschieben. Noch schlimmer sei diese Oxana, die »Zimtzicke vom Dienst«, wie sie sie nannte. Die habe ja Haare auf den Zähnen und hätte ihn nach Jahren schließlich dazu gebracht, ihn zu heiraten. Hansen amüsiert, wie Peer bei seinen Bezeichnungen dazu immer Gänsefüßchen in die Luft malt. Dieses Air-Quoten läuft bei ihm scheinbar unbewusst ab. Mit den gekrümmten Zeige- und Mittelfingern der erhobenen Hände fährt er dazu rhythmisch auf und ab. Hansen kann jedes Mal sein Lächeln dazu nicht unterdrücken.

»Soso, die Zimtzicke vom Dienst«, wiederholt Hansen. Mehr sagt er nicht. Er denkt aber, diese Version mit dem Leiche-Unterschieben bei der Schwester hält er durchaus für möglich. Bloß, dass die Kubier das dem Peer erzählt, den sie kaum kennt, findet er zumindest absichtsvoll. Er nimmt an, sie denkt, dass es Peer ihm weitererzählt, was ja nun auch geschah.

»Na, noch einen Witz auf Lager?«, möchte Hansen von Peer wissen.

»Pass auf: Ein Ire, ein Däne und ein Deutscher stehen in der Kneipe. Die Tür geht auf. Jesus tritt herein und meint: Ich heile durch Handauflegen«, erzählt Peer. »Kennste?«

Hansen strahlt. »Nein, aber gleich.«

Peer weiter: »Okay, der Ire legt seinen Tennisarm hin. Jesus legt seine Hand auf den kaputten Arm – zack, geheilt. Dann sagt der Däne: Mach mal meinen Nacken wieder ganz. Jesus legt seine Hände auf den Nacken und heilt ihn sofort. Der Däne: Klasse. Dann will sich Jesus dem Deutschen zuwenden, doch der wehrt sofort ab, indem er sagt: Fass mich nicht an, ich bin sechs Wochen krankgeschrieben!«

Sogar Swantje, die das mitgehört hat, weil sie noch neben Henry sitzt, muss lachen. Peer verabschiedet sich nun und wünscht einen fröhlichen Tag. »Ich gehe heute Abend zur Gammelfleischparty«, kündigt er noch an.

»Das ist von 2008!«, ruft Hansen ihm nach, der offenbar die Jugendwörter der Jahre mal auswendig gelernt hat.

Hansens Handy klingelt. Er sieht schon, was auf ihn zukommt: Doktor Sattler aus Kiel. »Moin, hier ist die Ostküste! Wie viele neue Morde haben Sie denn heute schon aufgedeckt, Hansen?«, gibt sich der Vorgesetzte fast jovial, was für den formal gepolten Sattler ungewöhnlich ist.

Hansen bleibt kühl: »Moin, Doktor Sattler, null bisher. Und Sie?«

Der Mann aus Kiel bleibt in der Tonlage. »Was Gott nicht sieht, das sieht das Landeskriminalamt«, behauptet Doktor Sattler und fährt fort: »Ich habe Neues über diese Oxana Weder, die lasse ich ja elektronisch verfolgen. Die war öfter in den beiden Mering-Immobilien, die jetzt an die Stiftung auf Zypern übergehen. Die hat kein Spendensiegel und erklärt auch ihre Finanzen nicht korrekt. Vermutlich fließt da viel Geld wieder ab. Hören Sie, Hansen?«

Der räuspert sich nur und meint: »Ja, das mit Gott haben Sie schön gesagt, aber nach meiner minimalistischen christlichen Grundausbildung sieht der liebe Gott alles, da bleibt folglich für Sie nicht viel übrig im Landeskriminalamt. Klassisches Eigentor, Doktor Sattler. So, den Rest wusste ich schon. Diese Oxana hat sogar in das Mering-Haus reingekotzt, ich war ja drin. Also die ist nicht echt, aber wir müssen da noch Beweise für ihre Beihilfe zu den Giftmorden herbeischaffen. Über die Krankenkassen, mit denen er abgerechnet hat, vielleicht. Oder wenn es doch noch Zeugen gäbe. Alles zäh, leider. Aber, Doktor Sattler, was meldet Japan?«

Der Vorgesetzte übergeht das mit dem Eigentor und dem lieben Gott, ist ganz stolz auf die Ermittlungen seiner zwei Assistenten und erzählt: »Da ist diese Sieglinde Diekmann untergetaucht. Sie heißt jetzt Mary Goldworthy und wohnt in Hiroshima. Vermutlich denkt sie, da wird es so schnell keinen neuen Atomangriff geben. Aber dass wir an die herankommen, das glaube ich nicht. Die wird vom CIA abgeschirmt. Die würden uns das auch nie mitteilen. Wir haben das über einen befreundeten Dienst bekommen. Sie muss aber in den letzten Tagen von Böhlmann mit dem eine Liaison gehabt haben, es spricht viel dafür, dass sie ihn umgebracht hat. Unser Dienst meint, der CIA hätte herausgefunden, Böhlmann würde für den KGB arbeiten. Der KGB wiederum will erfahren haben, der Mitarbeiter Brandts sei nun in den Händen der CIA, dank dieser Sieglinde Diekmann, und hätte den – halten Sie sich fest, Hansen – hätte vom CIA den Auftrag, Brandt umzubringen.«

Hansen springt auf. »Das kann ich kaum glauben, das ist typisches Geheimdienstgeschwätz. Gut, nicht unser Bier. Wir brauchen nun Beweise, dass die Diekmann bei Mering den Mord an Böhlmann in Auftrag gab und dass Kofalski und Böhlmann identisch sind. Spendieren Sie mir eine Dienstreise nach Japan, Chef. Ich befrage diese Goldworthy, das ist ja zumindest ein kreativer Name, sie hält sich also für Gold wert. Dieser Stiftungstyp aus Zypern war ja hier, eine schräge Büronummer zog der ab. Er will die Kontobelege der vergangenen zehn Jahre mailen. Ich bin skeptisch. Ich habe beim Gericht mal einen Beschluss auf Konteneinsicht beantragt. Dann könnten wir Geldströme nachverfolgen und sehen, was dieser Mering so alles angestellt hat. Seine Kontodaten hier lasse ich gerade prüfen.«

Doktor Sattler macht einen gelösten Eindruck: »Wir stehen kurz vor der ersten Festnahme, von wegen nur Beifang, die dicken Fische sind jetzt dran. Bis bald.«

Hansen schüttelt den Kopf und entgegnet am Telefon amüsiert: »Na, denn mal Butter bei die Fische, wie wir Nordfriesen sagen. Stürmische Grüße von der Westküste!«

KAPITEL 38
DOCH KEIN HEIMATHAFEN

Prag und Büsum 1985

Willy Brandt genießt seine Pension, er wohnt weiter mit seiner Familie in Prag. Er ist nun 71 Jahre alt. Das Rentendasein will erst einmal erprobt sein. Seinen Mietvertrag für das Penthouse in Büsum hat der pensionierte Präsident noch einmal verlängert und genießt nun ein paar schöne Tage dort oben im Hochhaus, wie ich von Ole weiß. Wieder ist er gut getarnt mit seiner Wollmütze, die er tief ins Gesicht zieht. Außer Ole und mir wissen immer noch nur wenige, dass er hier ist. Er lässt sich auch kaum blicken draußen. Nur einmal sehe ich ihn von weitem, aber auch nur, weil Ole mich vorher darauf hinweist.

Ole spricht sogar mit ihm und haut ihm anerkennend auf die Schulter. Das ist so seine Art, die ihm selbst der Mann aus Prag verzeiht und sanft dazu lächelt. Brandt ist es gewohnt, Zustimmung zu empfangen, auf welche Art auch immer. Ole kennt er noch von früheren Zeiten, als er mit ihm öfter im Schiff mitfuhr. Diesmal ist es Willy Brandt zu kalt für einen Ausflug zu Wasser. »Das machen wir dann nächstes Mal, wenn es wärmer ist«, kündigt er an. Somit ist klar, dass er weiterhin Büsum besuchen will.

Was mich zu der Zeit beschäftigt, ist aber die Frage, wie es bei Agenten so zugeht. Ich denke an Siggi Böhlmann und frage mich, ob er tatsächlich spionierte. Diesen smarten, großen Mann mit gutem Aussehen kann ich mir zwar als Informanten vorstellen, aber nicht als Verräter. Meine Wahrnehmung von ihm zeigte ihn mir als verbindlich, überlegt, gebildet. Es waren schon Eigenschaften, die ihn für einen Agenten qualifizierten. Auch hatte er das Vertrauen Brandts. Er neigte etwas sehr dazu, Dinge auszuplaudern. Das merkte ich selbst, da er mir oft geheime Sachen aus dem Umfeld Willy Brandts erzählte. Das geschah zwar unter dem Siegel der Verschwiegenheit, aber es geschah. Sonst hätte ich vieles in meinen Memoiren auch gar nicht so schreiben können. Ich glaube ja, Männer haben oft ein hormonelles Problem. Sie vertrauen besonders Frauen mehr an, als ihnen lieb ist, und merken es vor allem nicht. Wenn ihnen eine enge Bezugsperson fehlt, das war bei Siggi so, dann sind sie leicht zu knacken. Ich meine damit, dass diese Sieglinde als CIA-Spionin es sicher leicht hatte, von ihm Geheimnisse zu erfahren. Ich war ja gar nicht darauf aus. Was sollte ich mit all dem Wissen anfangen? Wenn wir uns sahen, hatten wir schließlich andere Dinge zu bereden. Aber ich male mir aus, dass deren Zusammensein, wie oft oder selten es auch gewesen sein mag, für Siggi sicher einen hohen Datenverlust bedeutete.

Dann war Siggi leider sprunghaft statt treu. Er schien immer etwas anderes im Kopf zu haben, als gerade gespielt wurde. Mit Körper und Geist im Hier und Jetzt sein – das erfüllte sich bei ihm, glaube ich, nie. Ich konnte ihm eine gewisse Ruhe bieten, musste dann aber feststellen, dass ich nur einer seiner vielen Häfen war, die er so ansteuerte. Einen Heimathafen hat er nie gesucht. Schade!

KAPITEL 39
BETTY LEBT – UND WIE!

Büsum und Zypern 2019

Merit ist aus Rom zurück. »Es war wunderbar, ich habe mich selten so gut erholt. Diese Stadt ist ja der Hammer. Wir haben draußen gesessen, im alten Stadtteil Trastevere. Ich konnte mein Minimal-Italienisch testen«, schwärmt Merit. Hansen hört gern zu und frischt seine Romkenntnisse auf diese Weise etwas auf. Es weht ein Hauch italienische Frische durch das Kommissariat. »Und bei Ihnen? Ich brenne schon darauf, endlich die oder den Täter zu fassen. Was fehlt uns noch zum Glück?«, fragt ihn Merit.

»Zum Glück nicht viel, zum gelösten Fall noch so einiges«, verrät Hansen und bringt seine Kollegin auf den neuesten Stand der Ermittlungen.

»Den Satz mit Gott und dem Landeskriminalamt, den hat er wirklich gesagt, dieser Doktor Sattler?«, fragt Merit noch einmal nach. Sie lacht laut auf. »Also fehlen uns die Bauarbeiter des Hauses am Kurpark und die Kontobelege aus Zypern, richtig, Chef?«

Der nickt. Merit erhält von Hansen den Namen der Baufirma von damals, die es inzwischen nicht mehr gibt. Doch kennt er einen früheren Mitarbeiter. »Den befrage ich mal, wohnt ja hier um die Ecke«, kündigt sie an. Hansen schaut sich derweil sein stattliches Mail-Aufkommen durch. Er ist nicht so erpicht auf diese Form der Datensammlung, dadurch bleiben oft schon mal wichtige Nachrichten eine gewisse Zeit unerkannt. Da klickt er auf eine Mail der Assistenten Doktor Sattlers: Betty Johannsen lebt. Verwundert liest sich Hansen die Zeilen durch. Diese Frau lebte einst in Bonn, war mit Kofalski befreundet und verschwand dann von der Bildfläche, etwa 1978. Auch ihr zweiter Name Swetlana Neudörfer taucht auf. Also sind die Aussagen von Oxana richtig, die sie ja mal in Bonn aufgesucht hatte und diesen Namen an der Klingel fand. Die 1951 geborene Frau lebte offenbar sehr exzessiv. Sie liebte Partys, zog sich bunt an, trank gern Alkohol. Sie surfte und segelte, mochte gern Fisch. An Männer machte sie sich gern heran, zumal wenn sie größer als 1,80 Meter waren. Sie selbst ist mit 1,65 Meter eher kleiner, schlank, hat lange schwarze oder inzwischen auch graue Haare, braune Augen und einen roten Kussmund. Es gibt ein Lebenszeichen von vor einem Jahr, da musste sie ihren Führerschein wegen Drogenfahrt abgeben. Das war in Düsseldorf. Ihre aktuelle Adresse ist nicht bekannt.

Hansen rätselt, als er das gelesen hat. Woher haben die das und warum fehlt so vieles? Ein Anruf bei Doktor Sattler bringt nur wenig Klarheit, denn der sagt: »Also, das haben wir von einem befreundeten Nachrichtendienst, mehr kann ich nicht sagen, es ist auch nur ein Mosaiksteinchen, weil wir das vollständige Dossier über diese Frau leider nicht bekommen. Da gibt es Sperrvermerke. Unser europäischer Dienst gibt dazu gar keine Auskunft. Ich weiß, das hilft nicht viel, aber da sind uns auch in Kiel, im Vorzimmer Gottes, die Hände gebunden.«

Hansen muss wieder lachen. »Verstehe, Doktor Sattler«, sagt der Büsumer Oberkommissar, »Sie haben ja eine gesunde Selbstironie, das kannte ich gar nicht, sehr schön, Doktor Sattler, also der Aufenthaltsort der Guten wäre natürlich hilfreich oder zumindest ihr heutiger Name. Ich glaube, sie ist für uns ein wichtiges Mosaiksteinchen. Haben Sie Auto, Adresse, Führerschein alles schon geprüft? Die Frau könnte doch hier ganz in der Nähe leben ...«

Der Kieler Vorgesetzte: »Könnte. Für Konjunktive sind Sie zuständig, Hansen, wir liefern nur Fakten.«

Hansen setzt noch nach: »Und Imperative!«

Doch Doktor Sattler schränkt ein: »Das war früher, jetzt sind wir doch ein Team, Hansen.«

Der nickt am Telefon.

Der Kieler Vorgesetzte liefert noch nach: »Klar, alles geprüft von uns. Das Auto war nicht von ihr, der Halter verrät nichts, ihre Anschrift bekommen wir nicht, sie hat keinen offiziellen Wohnsitz in Deutschland.«

Hansen lässt aber nicht locker: »Dann schicken Sie mir bitte den Teil der Informationen auch noch.«

Jetzt ist er nicht sehr viel schlauer. Doch scheint diese mysteriöse Frau noch zu leben, offenbar sogar unter ihrem alten Namen Betty. Hansen ruft kurzerhand bei den Kollegen in Düsseldorf an. Nach zähem Durchfragen gerät er tatsächlich an einen älteren Polizeimeister, der vor einem Jahr die Frau bei der Fahrzeugkontrolle überprüft hat. Der sagt nur: »Eine tolle Frau, lange schwarze Haare, roter Kussmund, aber eben schwer verraucht mit Cannabis. Was damals schon komisch war, sie hatte keinen europäischen Ausweis wie wir alle, aber einen ganz alten von Zypern. Der Führerschein war deutsch, ihre Adresse irgendetwas auf Zypern. Beim Eingeben ihrer Daten gab es laufend Sperrvermerke. Sie durfte auch nicht weiter befragt werden. Alles wie Entzug des Führerscheins, sie war Wiederholungstäterin, und Geldstrafe, das wurde über eine Berliner Adresse abgewickelt.« Hansen hat so etwas noch nie gehört, glaubt seinem Düsseldorfer Kollegen aber. Der sagt dann: »Ach, und sie sah nicht so aus wie auf dem Bild im Führerschein, irgendwie ganz anders.«

Das findet Hansen spannend und er fragt ihn: »Fotografieren Sie tolle Frauen manchmal? Haben Sie vielleicht ein Bild von ihr auf Ihrem Handy, spaßeshalber natürlich nur«, versucht Hansen den »kleinen Dienstweg«.

Der Polizist sagt: »Nö, hab ich nicht, aber ich lass Ihnen mal ein Phantombild anfertigen, soweit mir die Gute noch in Erinnerung ist. Bis bald.«

Hansen bedankt sich und reibt sich die Hände. Dann kommt Merit zurück. Sie hat keinen Maurer zu bieten, der damals beim Kellerausbau dabei gewesen sein könnte.

»Schade, schade, dann konzentrieren wir uns lieber beide mal auf diese Betty …«, schlägt Hansen vor und erzählt ihr, dass sie bald ein Bild von ihr bekommen, von den Düsseldorfer Kollegen. Merit und Hansen fällt auf, dass sie nun drei Frauen im Visier haben, die gern Cannabis rauchen: Oxana, Betty und Elvira. Gibt es da einen Zusammenhang? Ihnen ist klar, dass diese Betty weiterhin mit den Geheimdiensten zu tun hat, sonst gäbe es nicht diese Sperrvermerke und diese mysteriöse Berliner Adresse. Aber Zypern? Wenn sie dort eine Adresse hat, hängt das mit dieser ominösen Stiftung Bluetooth zusammen? Das wäre ja ein Ansatz, da mal nachzufragen.

Hansen greift zum Hörer. »Die sind uns eine Stunde voraus, also dürften sie noch im Büro sein, ich versuch's mal bei diesem Stiftungs-Clown, der hier war«, kündigt Hansen sein Tun an. Merit ist gespannt. Schon nach wenigen Sekunden schaltet der Kripomann auf Esperanto um. Offenbar hat er den Mann erreicht. Das Gespräch zieht sich. Merit wird schon ungeduldig. Da legt Hansen auf. »Also, ich habe ihm die beiden Schlüssel der Immobilien schicken wollen, die ich von ihm geliehen hatte. Aber ich soll sie wem geben? Richtig, an Dörte Kubier, denn die hat beide gekauft. Überraschung, oder? Warum nur ausgerechnet die beiden Dinger von ihrem toten Bruder? Kosten? Zwei Millionen Ecu für beides! Finde ich krass viel. Dann: Kontobelege will er schicken, das sei kein Problem. Und der Hammer: Klar kennt er die liebe Betty. Die sieht er öfter in Limassol. Sie gehen manchmal ins Café, denn sie wohnt dort, arbeitet aber nicht für die Stiftung.«

Merit bleibt der Mund offen stehen. »Arbeitet aber nicht für die Stiftung?«, fragt sie nach. »Glauben Sie das? Also schnell meine Theorie: Die hat auch Morde bei Mering in Auftrag gegeben und das Honorar dafür gleich bei der Stiftung in den Briefkasten gesteckt. Super einfach. Wird sich auf keinem Beleg finden, den Sie bekommen.« Merit gerät so richtig in Schwung.

»Wir müssen eine Falle bauen, Merit, ich habe so eine wilde Idee. Wirklich nur eine Fantasie. Aber diese Betty raucht bestimmt mit der Oxana ›Weder-Noch‹, wie ich sie ja gerne nenne, hier in Büsum Cannabis, wir sollten Betty irgendwie signalisieren, sie müsse hierherkommen, dann schnappen wir sie uns«, bastelt Hansen an einem Plan.

Merit ist begeistert: »So etwas liebe ich, Fallen bauen, prima, Kollege Hansen. Nur wie? Ich habe eine Idee.«

Dann trudeln bei Hansen per Mail Kontobelege aus Limassol ein. Sie reichen zehn Jahre zurück. Brav sind Überweisungen von Doktor Mering aus Meldorf zu sehen. Es sind abzugsfähige Spenden von 10.000 bis 100.000 Ecu, tituliert mit Anlage 1 bis 100. Alles nicht besonders auffällig. Es scheint, als habe jemand seine aktuellen Überschüsse auf das Stiftungskonto überwiesen, in Deutschland die Steuern reduziert und auf Zypern keine gezahlt. Prima. Öfter gibt es Barabhebungen, die fünfstellig sind, und Mieten für das Büro auf Zypern sowie für Reisekosten des Mitarbeiters. Offenbar ist er auf Honorarbasis ohne festen Vertrag angestellt. Ihm werden verschieden hohe Beträge von 10.000 oder 12.000 Ecu überwiesen. Vollständig ist das auf keinen Fall. »Diese Belege zeigen nicht viel, da hattest du recht, Merit, wir müssten uns den Laden auf Zypern mal ansehen, Dienstreise in die Sonne wäre ja was, aber bringt uns das was?«, meint Hansen.

»Nein, Chef, wir basteln weiter an unserer Falle, und zwar benutzen wir Elvira als Lockvogel. Die wollte doch immer, dass wir diese Betty fangen. Wenn die Theorie stimmt und Oxana und Betty sich öfter in Büsum treffen, dann soll Elvira einen Cannabis-Abend veranstalten und beide einladen.« Merit schaut Hansen erwartungsfroh an. Der stimmt sofort zu. Also weihen sie Elvira ein. Die ist überrascht bis überrumpelt, will aber mitmachen und schlägt Oxana am nächsten Tag bei einem ihrer Cannabis-Besuche genau das vor: Betty einladen.

Oxana ist überrascht. Sie knistern zusammen: Sie rauchen etwas Cannabis und kichern kräftig. »Wie kommst du darauf, dass ich zu ihr Kontakt habe, Elvira?«, piepst sie vor sich hin.

»War nur so eine Idee, ich habe bei dir mal ein Bild von ihr gesehen, da dachte ich, sie ist vielleicht mal hier und ihr habt Kontakt.«

Oxana nickt. Sie umarmen sich und sind schon ziemlich weit auf Harmonielinie. Das Treffen mit Betty wird gleich vereinbart – am Telefon. Oxana klingelt bei ihr in Limassol auf Zypern durch und hat sie sofort am Apparat. Auch sie ist offenbar gut drauf, wie Elvira später den beiden Ermittlern erzählt. Oxana und Betty haben fast ständig Kontakt, solange es die Stiftung gibt und es da immer mal etwas mit dem Geld zu regeln gibt. »Von guten alten Zeiten erzählen und etwas rauchen, warum nicht?«, denkt Betty. Ein Abend zu dritt, an dem alle »high« sind, das kann sie sich gut vorstellen.

KAPITEL 40
DER TEMPORÄRE MAGNETISMUS

Büsum und Hamburg 1985

Was wohl Siggis Töchter machen? Sie dürften jetzt, im Jahr 1985, etwa 17 oder 18 Jahre alt sein. Ob sie noch in Hamburg leben? Das frage ich mich manchmal. Und ihre jeweiligen Mütter, wie es denen wohl geht? Ob sie jemals versuchten, den Siggi ausfindig zu machen? Bestimmt. Ob sie viel gemeinsam unternehmen, vielleicht zu viert – zwei Mütter, zwei Töchter. Wäre ja lustig, wenn sie zusammen eine Wohngemeinschaft hätten.

Mein Leben nimmt einen anderen Verlauf. Ich lerne nach Peter weiter neue Männer kennen. Die sind meist in der Badekur an der Dithmarscher Westküste unterwegs und sonnen sich. Ich bin ihre Urlaubsbekanntschaft, mehr nicht. Mit Anfang 30 bin ich für ein Abenteuer zu haben, dachte ich zumindest. Aber es reiht sich Enttäuschung an Enttäuschung. Was bringt mir das? Es ist keine Liebe da, nur ein temporärer Magnetismus. Ich suche aber nach der Liebe des Lebens. Gut, das ist ein großer Wunsch, doch hegen wir den nicht alle? Ich gebe es jedenfalls zu.

Mein Pech mit Männern setzt sich jedenfalls fort. Warum denke ich bei jedem neuen Flirt, denn für die Scheißmänner ist es ja nie was anderes, dass das nun die große Liebe werden kann, nach der ich mich so sehne? Ankommen. Zweisamkeit genießen, Familie gründen. Das ist es doch, was ich will. Klar, die meisten Typen sind nur zur Kur hier an der Dithmarscher Westküste und ein Abenteuer als Kurschatten ist besser als nichts – dachte ich zumindest. Aber wenn ich ehrlich bin, hinterlässt jeder One-Night-Stand eine Narbe auf meiner Seele, bröckelt die mühsam aufgebaute Fassade meiner Selbstachtung, verglüht auch der letzte Funken Hoffnung. Die tolle Frau, die ich sein will, sehen andere in mir, ich schon lange nicht mehr.

Mit 20, ja, da liegst du noch am Strand von Sankt Peter-Ording, und das nicht, weil der so weit ist, sondern weil du dort mit deiner Liebschaft strandetest. Und wenn der Typ dann weg ist, hach, da drehst du dich um und sagst: »Du kannst mich mal.« Aber jetzt, mit Anfang 30, die Uhr tickt, immer lauter tickt sie. Natürlich liebe ich mein Leben, ich kann machen, was ich will, habe Freundinnen, mit denen ich Interessen und Hobbys teile, besuche Museen, Konzerte und Lesungen auch gerne allein. Aber irgendetwas fehlt. Diese Leere, die immer größer wird. Wie füllt man Leere? Wie werde ich eine tolle Frau?

Die neue Präsidentin Europas, Françoise Deneuve, das ist eine tolle Frau. Wie die es schafft, Menschen zu begeistern und einzubinden. Gut, mit der muss ich mich ja nun auch nicht vergleichen, aber ihre Karriere sollte uns Frauen Mut machen.

KAPITEL 41
DIE CANNABIS-OFFENSIVE

Büsum 2019

Um das Treffen der drei Frauen Oxana, Betty und Elvira in der nächsten Woche überwachen zu können, lassen sich Hansen und Merit etwas einfallen. »Sattler hat ja die Telefonüberwachung aktiv, also schalten die sich in das Handy von Oxana ein, das läuft also, reicht mir aber nicht«, beginnt Hansen seine Überlegungen im Kommissariat. Seine junge Kollegin möchte wieder die Privatdetektei einschalten, die schon erfolgreich die Behandlungsakten 1977-80 entwendet, kopiert und wieder bei Oxana im Wohnzimmer ins Regal gestellt hat. »Die werden die Rauchmelder wechseln und mit Videokamera und Mikrofon wieder einbauen, perfekt, läuft in Echtzeitübertragung«, ist sie sich sicher. Hansen nickt wieder, betont, dass er offiziell diesen Auftrag nicht erteile. Elvira, ihr Lockvogel, soll mit einem Mikrofon ausgestattet werden. Damit ließe sich ebenfalls alles live verfolgen. Einzige Gefahr: Die beiden anderen Frauen bemerken das. Hansen verwirft die Idee deshalb auch wieder. Elvira soll dafür in ihrer Handtasche und in der Gesäßtasche jeweils ein Handy im Aufnahmemodus dabeihaben. Dem stimmt sie auch zu. Für Elvira ist es die große Chance, vielleicht abschließend Klarheit zu bekommen, warum ihr Siggi damals verschwand und wer ihn tötete oder töten ließ. Dafür einiges zu geben, ist sie bereit.

Nun haben die Düsseldorfer Kollegen das Phantombild von Betty geschickt. Es zeigt ein rundes, leicht bräunliches Gesicht mit braunen Augen, das zu einer kleinen, schmalen, schlanken Frau mit schulterlangen schwarzen Haaren gehört, in denen einzelne Strähnen grau sind. Sie hat den erwähnten Kussmund mit den wulstigen Lippen. Vorn hängen ihre Haare bis über die Augenbrauen als Pony herab. Sie trägt eine dünne mattgoldene Kette. Die ist halb unter ihrer oben weit aufgeknöpften weißen Bluse zu sehen. Sie lächelt.

»Wirklich hübsch«, findet Hansen.

»Sie scheint sich mit ihren 68 Jahren gut gehalten zu haben, die hätte ich deutlich jünger geschätzt, so Ende 40 vielleicht«, erzählt Merit von ihrem Eindruck. Was sollen sie mit dem Bild tun? Sie verwahren es zunächst, bis sie wissen, wie dieses Treffen nächste Woche abläuft. Mit den aktuellen Flugdaten bei der Anreise aus Zypern müssten sie aber in der Lage sein, Näheres über die genauen Koordinaten von Betty Johannsen zu erfahren.

Nach Feierabend ist Hansen wieder in seiner Lieblingsbar und schaut aufs Meer. Diese Weite, diese Küstenlinie, das gefällt ihm stets aufs Neue. Er hat sich ein Craftbier aus Dithmarschen geöffnet. Heute wählt er die Sorte »Achtern Diek Landbier«. Wie zu erwarten, springt Peer Taubald auf ihn zu. »Henry, ich habe Neuigkeiten, die Dörte Kubier, mit der war ich wieder segeln, die hat die beiden Immobilien von der Stiftung gekauft, die vorher ihrem Bruder gehörten. Weißt du, warum?«

Hansen ist erst gelangweilt, weil er das schon wusste, dann aber sagt er: »Na, wegen der guten Lage sind die doppelt so viel wert, wie sie bezahlt hat.«

Peer entgegnet: »Weil sie ein paar Erinnerungsstücke an ihn haben wollte. Verstehst du das? Sie fand ihn doch blöd, hinterhältig und heuchlerisch. Nun will sie sich mithilfe der Villa und der Wohnung an ihn erinnern.«

Hansen wird hellhörig. »Vielleicht gibt es irgendetwas darin, was sie zur Erinnerung an ihn behalten möchte, aber sie wird doch da nicht selbst wohnen, oder?«, fragt er nach.

»Doch, beides will sie selbst nutzen, in die Villa zieht sie ein, die Wohnung im Hochhaus wird an Feriengäste vermietet, oder sie lässt ihre Gäste da drin und richtet sich alles selbst ein«, korrigiert ihn Peer.

»Was es alles gibt«, wiegelt Hansen ab, doch denkt er, er wird in Kürze diese Schwester Merings mal selbst besuchen, sie bekommt ja noch die beiden Schlüssel von ihm. Auf die Erinnerungsstücke ist er sehr gespannt.

»Neulich war ich übrigens mal wieder im Konzert, ganz vorn, weißt du, es war so super wie immer, ich habe sogar die Dörte mit reingeschleust, auch umsonst. Die war voll begeistert. Im Kopf ist die noch ganz jung«, setzt Peer noch einen drauf.

»Ach, na dann entwickelt sich da ja was zwischen euch, meinen Glückwunsch, Peer«, knurrt Hansen.

»Quatsch, nicht, was du denkst, die ist flott, aber die ist doch 70, nee, Henry, nee. Ich bin zwar auf der Suche, aber ich brauche doch was Jüngeres«, tönt Peer. »Noch was, Henry, neulich traf ich meinen Freund Hannes, der war früher Bauarbeiter. Weißt du, was der so gemauert hat? Nee, kommst du nicht drauf: das Haus, in dem der Ötzi von Büsum lag. Da staunst du, was? Ich hab seine Nummer, vielleicht interessiert es dich.«

Hansen ist wieder hellwach. »Ja klar, gib mal her.«

Peer ist bald wieder dabei, sich auf sein Fahrrad zu schwingen, und fährt Richtung Hafen zu seiner Jolle »Trischen«.

Hansen wählt die gerade erhaltene Nummer, augenblicklich ist Hannes dran. Sie treffen sich im Ortsteil Hirtenstall. Was der pensionierte Maurer da erzählt, ist tatsächlich packend, denn er war dabei, als Dörte Kubier den Auftrag gab, im Keller des Rohbaus einen Schacht zu mauern. Er verstand schon damals den Sinn nicht, aber sie bestand darauf. »Als ich das neulich las, da hätten die Knochen drin gelegen, da war mir das sofort klar«, erzählt Hannes ganz entspannt, als hätte er nur darauf gewartet, dass ihn endlich einmal jemand danach fragt.

»War denn der Bruder, dieser Doktor Rolf Mering, auch mal da und hat den Schacht begutachtet?«, möchte Hansen noch wissen.

»Klar doch, der gab ja genauso seine Anweisungen, die beiden standen im Keller und maßen mit Zollstöcken alles ab. Später habe ich nie wieder was davon gehört. Aber dieser Schacht war dann zugemauert, schlampig, nicht von einem Fachmann wie mir. Aber das war mir doch egal.«

Hansen bedankt sich.

Sein nächstes Ziel: Dörte Kubier. »Moin, Frau Kubier, ich habe hier noch von der Stiftung aus Zypern die beiden Schlüssel für Ihre neuen Immobilien, meinen Glückwunsch. Konnten Sie denn den Preis noch drücken?«, gibt sich der Ermittler höchst jovial gegenüber der 70-jährigen Immobilienhändlerin.

»Nicht so richtig, aber mir lag ja an den beiden Besitztümern meines Bruders, ich verbinde damit so viel«, erläutert sie.

»Ach, was denn? Ich dachte, Sie mochten Ihren Bruder nicht sonderlich?«, kontert Hansen.

»Das stimmt, aber wenn nun jemand Fremdes das alles hätte, nein, das konnte ich mir nicht vorstellen. Es ist doch etwas Besonderes.«

»Zeigen Sie mir doch mal in der Villa die Erinnerungsstücke, wir können ja mal hingehen«, fordert Hansen sie auf.

»Ja«, sagt sie, und beide stehen kurz danach im Wohnzimmer von Merings Villa, in dem sich bis vor kurzem noch der Fleck auf dem Boden befand. »Es riecht noch schlecht, aber ich werde das alte Holz herausreißen lassen, die Wände hier verschieben und mir einen hübschen Wohnbereich schaffen. Erinnerungen hängen vor allem an diesem Teil.« Sie zeigt einen großzügigen Nebenraum zum Wohnzimmer, der Hansen bisher nicht aufgefallen war und eher an eine Abstellkammer erinnert.

»Hier war das große Aquarium«, sagt sie stolz. »Ich mochte ja die Fische, ich habe sie oft gefüttert und meinem Bruder neue mitgebracht. Das große Becken war für mich über Jahre, wenn nicht Jahrzehnte, ein einzigartiger Freizeitpark. Was da alles herumschwamm, großartig.«

Hansen lässt sie erzählen und macht sich so seine Gedanken. Spontan denkt er an Piranhas, die ja blutgierig sind und angeblich sogar Menschen verzehren. »Haie hatten Sie wohl nicht drin, oder?«, spottet er.

»Nein, was denken Sie, aber wir hatten Muränen, Barrakudas, Nashornfisch, Drückerfisch und auch einen Stachelrochen«, zählt die ältere Dame dem Ermittler auf.

»Ach, harmlos«, sagt er so dahin, obwohl ihm spätestens, als er zu Hause in seinem geliebten Fisch-Lexikon nachblättert, klar wird, dass alle diese Arten auch Menschen sehr gefährlich werden können.

Hansen bedankt sich und verabschiedet sich, einer alten Sitte folgend, mit einer harmlos klingenden Bemerkung: »Dann bis bald, ach, mir fällt gerade ein, Sie sagten doch, von dem Schacht damals im Keller Ihres Hauses am Kurpark hätten Sie nichts gewusst. Aber warum standen dann Sie und Ihr Bruder damals mit dem Zollstock im Keller, um diesen Schacht bauen zu lassen?«

Dörte Kubier behält die Fassung, obwohl ihr diese Frage doch fast den Atem raubt. »Äh, nee, wie kommen Sie darauf?«

Hansen zuckt mit den Schultern: »Berufsgeheimnis, bis bald!«

Im Kommissariat blättert Hansen noch mal diesen dicken Aktenordner durch, in dem die Kopien der Behandlungen in Merings Praxis von 1977 bis 1980 drin sind. Irgendwo muss es doch einen Hinweis geben, den er noch nicht gefunden hat, ist er sich sicher. Seiner Ansicht nach müssten die Namen Böhlmann oder Kofalski auftauchen. Doch davon ist keine Spur zu finden. Jetzt geht er die Daten durch und stößt so auf ein paar Lücken. Ganze Tage fehlen dabei. In der fraglichen Zeit Dezember 1978 sind es immerhin fünf Tage, die gar nicht belegt sind. Diese Daten notiert sich Hansen, denn er vermutet, dass genau da die Morde geschehen sein müssen, die tödlichen Behandlungen mit Blausäure.

Merit ist schon aufgeregt: »Noch zwei Tage bis zum Cannabis-Treffen bei Oxana, alles ist vorbereitet, die Anlage zur Liveübertragung ist installiert, es kann losgehen.«

Hansen schmunzelt: »Du würdest wohl am liebsten hinter der Tür stehen und zusehen, Merit.«

Sie schüttelt den Kopf. »Das wäre mir zu dicht dran, ich müsste auch wegen des süßlichen Heugeruchs kräftig husten, nein, ich stelle mir vor, wir sitzen hier vor dem Bildschirm und verfolgen alles live mit, das wäre klasse. Ich hoffe, das läuft.«

Betty Johannsen kommt tatsächlich aus Zypern angeflogen, landet in Hamburg und fährt im Leihwagen bis Büsum. Sie ist schon einen Tag eher da. Die Überwachungskamera am Flughafen, die sie registriert – dank Doktor Sattlers Hilfe –, zeigen Hansen: Sie sieht dem Bild der Phantomzeichnung aus Düsseldorf recht ähnlich. Sie und Oxana scheinen sich gut zu verstehen. Das wird rasch klar. Betty übernachtet bei ihr, sie gehen zusammen am Wasser entlang. Doktor Sattler aus Kiel, der Oxanas Handy orten kann, erstellt ein munteres Bewegungsprofil. Am nächsten Tag trifft um 13 Uhr, wie verabredet, Elvira ein. Sie nehmen zu dritt tatsächlich im Wohnzimmer so Platz, dass die versteckte Kamera im Rauchmelder sie im Visier hat. Merit und Hansen verfolgen das Geschehen mit sichtlicher Spannung an ihrem Bildschirm im Kommissariat. »Bullen-TV« nennt Merit das abwertend, aber das entspricht nicht ihrer Stimmung. Sie ist gespannt wie nie zuvor in diesem Fall. Selbst Hansen, der coole Norddeutsche, läuft zur Höchstform auf. Er legt die Stirn in Falten und holt mehrmals tief Luft.

Zu sehen ist dies: Betty begrüßt Elvira vorsichtig mit Handschlag. Oxana hat ein Mixgetränk bereitgestellt. »Habt euch nicht so, wir sind doch alle Freundinnen«, leitet sie die Runde ein und schenkt in jeden Becher noch ein kleines Glas Gin nach. Sie prosten auf die Zukunft und die glorreiche Vergangenheit. Es gibt einen Büsumer Krabbencocktail, den Oxana vorbereitet hat. Dann serviert sie den Nachtisch mit Apfelmus und getrockneten Hanfblüten als leichte Einstimmung auf alles Weitere.

Die Damen lachen schon und haben sich wie in alten Tagen in dem überhitzten Raum ihrer Kleidung bis auf T-Shirts und ultrakurze Hosen entledigt. Die Joints liegen bereit, eine Kerze brennt, und die drei Frauen sitzen im Schneidersitz auf dem Boden. Die Kamera hat freie Sicht von der Decke herunter. Es wird ein paar Stunden dauern, das ist den beiden Zuschauern im Kommissariat klar. Merit und Hansen schauen sich vor ihrem Bildschirm verblüfft an. So etwas haben sie noch nicht erlebt, schon jetzt denken sie: Wie wird das wohl enden?

Jede zündet sich einen Joint an. Sie blasen sich gegenseitig den Rauch ins Gesicht und lachen dann zusammen. Oxana ist dran. Sie kichert bereits. Dann zieht sie kräftig, atmet aus und umarmt beide Frauen. »Wir sind doch ein klasse Team, uns haut so schnell nichts um«, behauptet die Gastgeberin. Sie albern viel und beginnen, dummes Zeug zu erzählen.

Hansen, dem solche Treffen suspekt sind, schaut abschätzig zu Boden und meint zu Merit bohrt: »Hoffentlich vergisst unsere Elvira nicht, was sie alles fragen soll, damit dabei auch etwas Brauchbares für uns herauskommt. Diese Drogenparty hilft uns sonst gar nicht weiter.«
  Merit ist empört: »Das ist ein liebevolles Zusammentreffen von Frauen im Rentenalter, das ist doch wunderbar.

Da fehlt nur noch Dörte. Warten Sie doch mal ab, seien Sie einfach mal entspannt, Chef.«

»Ich glaube ja an die Vergebung von Sünden, aber muss das gleich von der Kripo organisiert sein und in eine Orgie münden? In zwei Stunden sitzen alle nackt da und küssen sich«, vermutet Hansen.

Merit lacht laut auf und schüttelt den Kopf: »Ruhig Blut, Sie sind doch sonst so der Leuchtturm mit Fernblick, jetzt schauen Sie sich mal dieses soziologische Experiment an.«

Die folgenden zwei Stunden geschieht in der Tat einiges Überraschende, was weder Merit noch Hansen so vermutet hätten. Die drei Frauen reden viel über alte Zeiten. Betty erzählt am meisten, einmal von ihrem Freund Heinz Kofalski, den sie in Bonn kennengelernt hatte. Der habe oft Zahnschmerzen gehabt und sei dann zum Glück zu Doktor Mering gekommen, dann über ihre Zeit auf Zypern, wohin sie bald entschwand, so etwa 1979. »Da war ich sicher vor allen anderen Geheimdienstleuten«, beteuert sie. Oft sei sie aber wieder in Büsum gewesen, zu Oxana habe sie stets engen Kontakt gehabt, schon wegen der vielen »Aufträge« für Doktor Mering. Sie hätte da Zahnkranke vermittelt, die schwierigen Fälle, wie sie Elvira weismachen will.

Die meint nur unverblümt: »Aber du hast auch meinen Siggi auf dem Gewissen, wie hast du ihn denn umgebracht?«

Sie ziehen alle drei kräftig an dem nächsten Joint. »Siggi? Ich weiß, mit dem warst du liiert. Der verschwand plötzlich 1978. Es musste sein, Elvirachen. Tut mir leid. Wie das geschah? Das war doch einfach! Zack, rein zu Mering, Blausäure in den hohlen Zahn, bald war er tot, der musste weg, sorry, Elvira, aber der sollte Willy Brandt umbringen. Das wollten meine Auftraggeber rein gar nicht. Das kannst du doch verstehen, oder? Ich meine: Willy Brandt umbringen – was wäre mit Europa? Wo würden wir heute leben, wenn das tatsächlich passiert wäre? Chaos hoch drei wäre jetzt. Wir hatten das alles gehört von der Sieglinde Diekmann vom CIA. Die hörte doch seit Jahren den Brandt ab. Sie sollte auch deinen Siggi einfangen und ihn ausfragen. Daraus ergab sich eine Liaison. Gut. Wir vom KGB bekamen das natürlich mit und hörten wiederum die Sieglinde ab. Die Wohnung von Brandt hatten wir ja ohnehin verwanzt, doch fiel irgendwann die Technik aus. Die Batterien waren leer oder so etwas in der Art. Ich bekam jedenfalls den Auftrag, diesen Siggi zu beseitigen, weil der angeblich vom CIA angeworben worden war, durch diese Sieglinde. Klar? Also haben wir mitbekommen, der CIA hätte über Sieglinde an Siggi den Auftrag gegeben, er müsse sofort Brandt umbringen. Damit wollten die Amis die Vereinigung Europas, vor allem mit den Russen, verhindern. Das war glasklar. Also mussten wir, die Russen, handeln, und zwar sofort, schnell, verstehst du?«

Elvira schüttelt den Kopf und regt sich ziemlich auf: »Das ist doch alles erstunken und erlogen. Niemals hätte Siggi das getan. Das schwöre ich! Ich sage ja, du bist ein Biest, Betty, weiter nichts. Der Siggi hätte den Brandt doch nie umgebracht, glaubst *du* das denn?«

Betty holt etwas aus, wirkt aber recht ruhig dabei, obwohl es sie merklich berührt: »Die Russen waren sich zu hundert Prozent sicher, sonst hätten sie bei mir nie diesen Mord in Auftrag gegeben. Also noch einmal: Mein Auftraggeber, also der KGB, hat alles mitgehört. Und da dein Siggi im Bett eine wahre Plaudertasche war, erzählte er eines Nachts von einem wichtigen Auftrag und dem vielen Geld, das er dann haben werde, und dass er dann aber umgehend wegmüsse aus Europa, mit neuer Identität. Aber das sei auch egal, denn er würde gerne mit ihr, also der Sieglinde, zusammen verschwinden. Und sie sagte natürlich zu und gab ihm überzeugend zu verstehen, wie sehr sie sich auf ein neues Leben, wo auch immer, mit ihm freue. Und da auch dein lieber Siggi, liebe Elvira, seinen Verstand im Bett abgegeben hat – vielleicht waren auch Drogen und Alkohol im Spiel, wer weiß das schon? –, erzählte er also, dass er Willy Brandt umbringen soll. Es tat mir ja auch leid, ich war ja auch mit ihm befreundet, ein Frauenversteher auf allen Ebenen, dieser Siggi.«

Elvira kreischt auf: »Wie, du warst mit Böhlmann befreundet? Wann denn das?«

Betty und Oxana kichern los. Sie ziehen kräftig am zweiten Joint, den sie sich angesteckt haben. Beide wissen, was Elvira bestenfalls ahnt. »Och, Elvira, als ich in Bonn lebte, hieß der Siggi noch Heinz und Kofalski mit Nachnamen. Da war ich mit ihm zusammen. Als er öfter nach Büsum kam, da hast du ihn als Böhlmann kennengelernt und dich in ihn verliebt. Das hat mich echt gekränkt. Oxana auch. Die war ja in Bonn auch in ihn verliebt. Echt heftig. Wir mussten ihn uns alle teilen. Aber du hattest immer die besten Karten, Elvira. Dich mochte er wirklich«, beschwört Betty.

Elvira ist außer sich vor Wut. »*Du* hast ihn umgebracht, das fasse ich nicht, du Schlampe, du eiskalte Nudel. Ich gehe!«

Oxana beruhigt sie und bietet ihr noch einen Schluck von dem Cocktail an, diesmal mit zwei Gläschen Gin drin.

Kurze Zeit später kippt Elvira nach hinten auf eine Matte, die Oxana offensichtlich für jede schon bereitgelegt hatte, und scheint erst einmal zu schlafen. Die beiden anderen rauchen munter weiter. »Du musst der Elvira nicht alles erzählen, Betty«, mahnt Oxana und plaudert weiter, »wer weiß, ob die dichthält. Also von den Aufträgen vom KGB von dir für unsere Praxis sollte sie nicht so viel wissen, auch nicht von dem vielen Geld, das da für das Aushorchen und die Morde alles eintrudelte. Ich bin immer noch platt, dass das über Jahrzehnte lief und nie aufflog. Du hast dich ja schön abgesetzt nach Limassol und da deinen Stiftungsheini gehabt. Mit dem bist du doch immer noch zusammen, oder? Jetzt ist es ja auch an der Zeit, das ganze Geld mal auszugeben.«

Betty kichert. »Ja, das machen wir doch mit vollen Händen, jetzt kommen ja noch die zwei Millionen für die Immobilien von Doktor Mering, das überweist uns jetzt seine Schwester. Soll die doch mit dem alten Kram glücklich werden. Ich hörte, die will sogar in die Villa einziehen. Warum das denn? Das schafft doch nur böse Erinnerungen an die vielen Toten und dieses ekelige Aquarium. Das ist doch nicht mehr da, oder?«, fragt Betty Oxana.

»Nein, um Gottes willen, das habe ich als Erstes entsorgen lassen. Unten drin lagen tatsächlich noch Knochen, ich finde das alles gruselig«, entgegnet Oxana.

»Und was macht unsere Sieglinde?«, erkundigt sich Betty.

»Die war doch deine Gegnerin, die CIA, du KGB, oder?«, wendet Oxana ein.

»Ja, schon, aber wir waren Kolleginnen, immerhin«, beteuert Betty.

»Die lebt jetzt in Japan, hat eine neue Identität vom CIA bekommen, wir waren sogar zusammen da. Sie blieb, ich fuhr zurück«, meint Oxana.

»Ehrlich? Der KGB finanziert mir noch nicht mal meine alte Identität. Aber ich kann mich nicht beklagen. Die decken mich noch, wenn nötig. Sonst könnte ich doch nicht einmal einfach so hierherkommen, ich muss immer noch vorsichtig sein.« Betty nimmt wieder einen tiefen Zug. Oxana hat Musik eingelegt – die Dire Straits sind von einer CD zu hören. Schon liegen sich beide in den Armen und bewegen sich rhythmisch.

Hansen ist auf einmal sehr zufrieden. Was die beiden Frauen bisher erzählt haben, ist ja schon viel mehr als erwartet. Sie reden freimütig. Nur, was wird aus Elvira? Wird sie aufwachen? Und was kommt dann? Merit hat eine Prognose: »Sie wird dableiben.«

Nach einer knappen Stunde ist Elvira wieder hellwach. Sie steht auf und holt sich einen Drink, den ihr Oxana anbietet – Orangensaft. »Hast du was Tolles geträumt, meine Liebe?«, erkundigt sich die Gastgeberin.

»Ja, ich sah meinen Siggi, einen breiten Strand, es muss Sankt Peter-Ording gewesen sein, und wir gingen Arm in Arm dort lang. Wir küssten uns. Es war ein Fest, pure Freude«, plaudert Elvira drauflos und ihre Augen leuchten.

»Hast du jemals einen Mann richtig geliebt?«, erkundigt sich Oxana.

»Aus heutiger Sicht muss ich sagen: Siggi. Damals habe ich das nicht so gespürt. Er war oft abweisend, er war ängstlich, er schien ständig auf der Flucht zu sein.«

Betty schaltet sich ein: »Klar war er das, so viele Geliebte, wie er hatte, dann die zwei gleichaltrigen Kinder von zwei Frauen, das stresst doch. Sein Job war anstrengend. Er war, glaube ich, froh, wenn er in Büsum war, bei Willy Brandt.«

Elvira lässt das keine Ruhe. Sie fragt Betty: »Hast du jemals wen geliebt, Betty?«

Die zuckt mit den Schultern und meint: »Lass uns noch eine rauchen, Oxana hat einen großen Vorrat, ich weiß, dass sie vor einem Jahr ein ganzes Kilogramm Cannabis gekauft hat, du sagtest doch, im Sonderangebot. Das war natürlich eine heftige Summe.«

Elvira blickt etwas traurig drein. »Und du, Oxana, hast du jemals einen Menschen geliebt? Deinen Mann zum Beispiel?«

Ohne Zögern schüttelt sie den Kopf. »Den Mering bestimmt nicht, allerdings, vielleicht in meiner Jugend, da gab es mal einen Freund, den ich auch später noch echt toll fand, aber sonst? Ich weiß nicht.«

Die Live-Übertragung ins Kommissariat läuft immer noch bestens. Merit zieht die Lippen nach innen. »Herr Hansen, das sind ja schwerwiegende Fragen und sehr offene Antworten, hätte ich gar nicht gedacht. Mein Bild von Siggi Böhlmann wird immer klarer. Die größte Sehnsucht des Menschen ist es doch, geliebt zu werden und Anerkennung zu finden. Das ist ihm offenbar nicht gelungen«, bekennt Merit.

Hansen fühlt sich auch wie in einem spannenden Kinofilm, dessen Ende völlig offen ist. »Das wissen wir noch nicht, zumindest Anerkennung kann er ja bekommen haben. Aber mein Bild von Elvira gewinnt an Kontur. Sie ist tatsächlich eine Seele. Sie schlägt die richtigen Töne an und bringt sie auch bei mir zum Klingen, ich verstehe einfach, wie sie sich fühlen muss, ausgenutzt«, bekennt der Kripo-Chef von Büsum. Er ist tatsächlich ein bisschen ergriffen.

Die drei Frauen sitzen wieder im Schneidersitz auf dem Teppich mitten im Wohnzimmer. Cannabis kommt in einen neuen Joint, und schon macht ein neuer rauchender Stängel die Runde. Die drei schweigen und genießen. »Habt ihr schon damals geraucht?«, möchte Elvira wissen.

»Ja, schon immer, wir haben sogar in Merings Praxis mit angeblichen Patienten geraucht. Das Zeug macht ja nicht abhängig und schädigt nicht die Organe. So brachten wir die zum Plaudern, es war immer ein Highlight für mich. Lachgas war schon gut, aber dann waren die betäubt und wir konnten sie nicht so gut befragen, aber mit Cannabis waren die high und redeten drauflos. Weißt du noch, dieser niedliche Agent, dieser kleine Israeli, Oxana, wie wir den zum Reden brachten?«, fragt Betty. Sie hat offenbar jegliche Scheu verloren in dieser heiteren Runde, offen alles Geheime zu erzählen. Elvira konzentriert sich ganz aufs Genießen, als wäre sie dieser Reden überdrüssig. Es scheint sie geradezu anzuwidern, was diese gewissenlose Betty so alles zum Besten gibt.

Gegen 20 Uhr liegen alle drei wie betäubt auf ihren Matten. Hansen und Merit schalten ab. Sie haben genug. Am nächsten Morgen gegen 10 Uhr lässt Elvira sich mit dem Taxi nach Hause fahren. Doch vorher hat sie an Oxana noch eine große Bitte, was die alte Akte von Kofalski angeht.

»Du hast die Unterlagen von damals, und ich weiß es«, stellt Elvira fest, »bitte lass mich hineinblicken.«

»Bitte, meine Liebe, wenn es dich beruhigt«, lautet die Antwort. Oxana legt ihr die Ordner hin, die sie alle aus Merings Haus gerettet hat. Dabei sind auch die beiden, die Sieglinde noch kurz vor dem Tod Merings abgeholt hatte.

Elvira blättert und findet schnell Kofalski. Sie besieht sich die Röntgenaufnahme vom Gebiss. An der Seite steht Praxis Doktor Vanderbelt, Bonn, 1978 – und der Name Heinz Kofalski. Dann aber findet sie eine andere Aufnahme, die ebenfalls die beiden verlagerten Eckzähne zeigt, die große Besonderheit in Kofalskis Gebiss, anhand dessen er identifiziert wurde. Doch diese Aufnahme, ebenfalls von 1978, trägt den Namen Siegfried Böhlmann. Beide Aufnahmen sind identisch. »Woher kommt die zweite?«, fragt Elvira. Oxana schlicht: »Die haben wir hier machen lassen, um mit der Krankenkasse doppelt abzurechnen, Böhlmann hatte eine und Kofalski hatte eine andere.«

KAPITEL 42
ELVIRA BRAUCHT TROST

Sankt Peter-Ording 2019

Ich schließe meine Wohnungstür in Böhl auf, koche mir einen starken Tee und starre an die Wand. Habe ich das alles nur geträumt? Habe ich mich wirklich mit Oxana und der Schlampe Betty bekifft? Ist mein Siggi tatsächlich dieser Heinz? Sind die alten Knochen, die im Fundament des Hauses von Merings Schwester lagen, die von meinem geliebten Siggi? Dann war ich ihm seit seinem Tod so nahe, wie ich nie glaubte? Aber das Schlimmste: Er starb offenbar in der Praxis, in der ich arbeitete, ab 1980. Ich begann genau dort zu arbeiten, wo Siggi zwei Jahre zuvor starb. Das kann ich nicht verkraften. Das ist zu viel für mich. Ich kann das alles gar nicht glauben. Ein Spaziergang am Meer wird mir guttun. Der Wind, die Weite, die Wellen – da kann ich meine wirren Gedanken am besten sortieren. Nur noch schnell eine Flasche Wasser und neue Taschentücher. Okay, geträumt habe ich das wirklich nicht. Hier ist ja auch noch das Handy des Oberkommissars Hansen aus meiner Handtasche. Das hat ja alles aufgenommen, wie ich hoffe. Das höre ich mir später an.

Es ist Spätherbst, auch für mich. Damit muss ich mich abfinden. Der milde Wind spielt mit meinem Haar am

Strand von Sankt Peter-Ording. Seit der Knochenfunde von Büsum ist nicht mehr als ein halbes Jahr vergangen. Jetzt ist ein Moment erreicht, in dem ich mich frage, was dieses halbe Jahr mit meinem Leben gemacht hat, besonders die letzten zwei Tage. Ich saß mit den Mörderinnen meines Geliebten zusammen. Mehr noch: Sie waren auch Geliebte meines Siggis. Sie brachten ihn eiskalt um. Nein, das alles geht über mein Verständnis weit hinaus. Ich möchte diese Menschen nicht wiedersehen. Ich nicht! Das kann niemand verlangen.

Was ich jetzt brauche, ist Luft zum Atmen und ein lieber Mensch. Ole. Ja, Ole muss kommen. Mein Jugendfreund hilft mir sicher. Schon am Telefon merkt er mir an, dass ich durchhänge. Da muss ich gar nicht viel reden, Ole hört das an meiner Stimme. Tatsächlich ist er nach einer Stunde da.

Ole klingelt nicht, er klopft. Ich höre das sofort. Ich öffne die Haustür. Wir umarmen uns lange. Er nimmt Platz zum Tee, den ich immer bereithalte. Ich erzähle ihm von dem Doppelleben Heinz Kofalskis und Siggi Böhlmanns. Er hört geduldig zu. Er fragt behutsam nach, wie ich mich damit fühle. Als ich »schlecht und gut zugleich« sage, ist er beruhigt. »Ich habe ja einen Teil der Geschichte von dir und Siggi mit Willy Brandt miterlebt, hier höre ich ein bisschen von der Ergänzung und von deinen Gefühlen, das ist auch für mich ein Abschluss jener Zeit«, bekräftigt Ole.

Wir erzählen uns jetzt etwas von Willy Brandt und seinem Ende. Er starb 1992 und wurde in Prag begraben. Ich bin dann ein paar Jahre später mit Ole mal hingefahren. Wir haben auch Siggis Säule am »Tor aller Länder« in Prag angesehen. Wir haben über die Zeit von damals geredet. Das hilft mir auch jetzt.

Endlich kann ich mit dem Kapitel Siggi abschließen, und es ist gut. Endlich habe ich die erwünschte Klarheit, auch wenn sie schmerzt. Er ist nicht von der Toten Armee Fraktion, nicht von den Israelis ermordet worden, Siggi ging sich selbst auf den Leim. Er hat seine Mörderinnen zu sich ins Bett gebeten. Das ist die einfache, bittere Wahrheit. Ole umarmt mich wieder, weil mir einfach so die Tränen laufen, ich glaube, literweise. Irgendwann fängt Ole an zu reden: »Es gibt so viele Arten von Liebe, Elvira. Du hast ein paar dieser Spielarten kennengelernt. Du hast einen Mann geliebt, den du nicht für dich hattest, und doch warst du mit ihm glücklich. Du hattest eine Ahnung von seinen Eskapaden und nun viele Jahre später die Beweise. Aber es ist eine versöhnliche Erinnerung an ihn, wie ich mir vorstelle. Und du hast mir gerade erzählt, dass die beiden anderen Frauen sagten, er habe nur dich wirklich geliebt, das finde ich fast das Schönste daran. Ein unglaubliches Lob, Elvira. Du …«

Ich berühre Ole am Arm und meine nur: »Ja, ich hatte es zudem ja immer geahnt, aber jetzt weiß ich es. Das tut nach dem anfänglichen Schock ganz gut. Aber froh bin ich, dass die, die ihn auf dem Gewissen haben, nun wirklich überführt werden können. Dass sie hinter Gitter kommen. Ich bin so froh und empfinde da auch kein Mitleid mit diesen Frauen.«

Ole hat sich noch ein paar weitere tröstende Worte zurechtgelegt: »Niemand ist das Ende von etwas, du auch nicht, aber jeder kann ein Anfang von etwas sein. Du warst für Siggi der Anfang eines besonderen Teils seines Lebens, vermutlich sogar seines schönsten Teils. Er hätte in dir einen Heimathafen gefunden, wenn er denn einen gesucht hätte. Hat er aber nicht. Du bist auch nie sein Ende gewesen. Das ist doch wunderbar, Elvira.«

Ich nicke stumm. Mir kullern erneut ein paar Tränen über die Wangen. Ein paar? Nein, es ist wieder ein Wasserfall. Muss mir das peinlich sein? Nein, gar nicht.

Ole umarmt mich fest. Er sagt dann: »Weißt du, wie wir im Kurpark von Büsum den Apfelbaum pflanzten und immer mal wieder was geerntet haben, das ist doch eine hübsche Tradition.«

Ich lächele wieder und ich denke daran. »Ja, Ole, vielleicht ist es unser Baum der Erkenntnis, von dem haben wir uns genährt, wenn es Zeit war. Das teile ich mit keinem anderen Menschen auf der Welt.« Ich bin jetzt selig und zufrieden. Dann blicke ich ein wenig verschmitzt zu meinem Jugendfreund hinüber. »Ach, wegen unserer Wette – du weißt schon, das falsche Lutherzitat mit dem Apfelbäumchen – gebührt dir ja noch der Lohn. Fünf Mark sind ein Ecu, hier, für dich, Ole.« Ich lege ihm die Münze auf den Tisch.

Ole lacht lauthals. »Endlich haben wir auch das geklärt, was für ein Tag! Den Ecu lege ich unter unseren Baum der Erkenntnis, so als Talisman. Wenn einer von uns in Not ist, kann er sich bedienen.« Wir lachen beide über diesen Einfall. Ach, wie tut mir das gut.

»Elvira, wenn das dann nicht ausreicht, hast du bei mir immer Kredit, glaub mir, bis ans Lebensende«, verspricht er mir in die Hand.

Mir bleibt nur: »Ich weiß, Ole, viel wichtiger ist für mich, dass du da bist, wenn ich dich brauche, so wie eben. Danke, Ole!«

KAPITEL 43
DREI FRAUEN UNTER ANKLAGE

Büsum 2019

Hansen fackelt am nächsten Tag nicht lange. Er lässt um 12 Uhr zwei der drei Frauen des netten Cannabis-Abends zum Kommissariat bringen: Oxana und Betty. Elvira als Kronzeugin lässt er lieber zu Hause. Das ist aus zwei Gründen eine gute Idee: sie zu schützen vor möglichen Übergriffen und sie seelisch zu schonen. Er beordert aber auch Dörte Kubier zu der Runde.

Merit zeigt sich ziemlich cool. Sie weiß, was kommt. Sie hat dieses abschließende Verhör mit ihrem Chef seit vergangener Nacht vorbereitet und eingeübt. Natürlich sind die illegalen Aufzeichnungen per Rauchmelderkamera kein Beweismittel, aber sie haben viel Klarheit gebracht. Zumindest sind der Besitz und das Rauchen von Cannabis seit Gründung der Vereinigten Staaten von Europa straffrei. Da braucht sich Hansen also in der Richtung keine Vorwürfe zu machen, er hätte die Frauen zu einer Straftat angestiftet. Außerdem gibt es keine bleibenden Schäden und keine Abhängigkeit. Nur am Steuer ist Cannabis weiterhin verboten. Hansen selbst hat früher auch ab und zu mal eine geraucht, wie er gegenüber Merit zugibt.

»Nehmen Sie Platz, meine Damen«, beginnt Hansen seine Schlussabrechnung. Er lächelt sie an und meint süffisant: »Das Rauchen, selbst von Cannabis, ist hier leider verboten, aber vielleicht darf ich Ihnen einen Tee anbieten? Machen Sie es sich gemütlich.« Hansen ist dann aber kein Herumredner. Er kommt rasch zum Ziel, was auf manchen etwas verstörend wirkt.

»Sie, Frau Oxana Weder, wie fühlen Sie sich so mit mindestens drei Morden auf dem Gewissen? Konnten Sie immer gut schlafen, Sie und Herr Doktor Mering? Oder hatten Sie zwischendurch doch mal Skrupel?« Hansen lässt eine kurze Pause, die aber niemand ausfüllt, schon gar nicht Oxana Weder. So fährt er in ruhigem Ton fort: »Die Praxis, in der Sie mehr als 30 Jahre aktiv waren, war eine hochkarätige Tötungsmanufaktur. Sie selbst legten oft genug Hand an. Dafür haben wir nun die Beweise. Ihr Chef, Meister und später kurzzeitig auch Ehemann arbeitete im Auftrag verschiedener Geheimdienste. Mal kam die Order vom CIA, mal vom KGB, der Zahnarzt war nicht wählerisch, was die Gesinnung betraf. Sie wussten das, denn Sie hörten die Gespräche mit und fädelten vereinzelt auch die Taten und anschließende Abrechnung ein. Dann kam das Geld für die Tötung an, entweder per Geldbotin, also von Sieglinde Diekmann, die ja nun unter neuem Namen dank CIA in Japan lebt, oder über Sie, Frau Johannsen. Sie konnten das Geld ja beim nächsten Spaziergang auf Zypern persönlich bei der Stiftung abgeben, wie praktisch. Das war allerdings erst in den vergangenen zehn Jahren so, vorher gab es ja die Stiftung noch nicht.«

Hansen nimmt einen kräftigen Schluck Tee und schaut die Frauen an, die starr wie Skulpturen auf ihren Stühlen sitzen und vor sich hin glotzen. Der Kripochef wendet sich erneut Betty Johannsen zu: »Was haben Sie denn vor Gründung der Stiftung auf Zypern mit dem Geld gemacht, Frau Johannsen?«

Diese wirkt empört und entgegnet nur kurz:
»Kein Kommentar.«

»Auch gut, dann erzähle ich Ihnen jetzt mal, wie Sie das mit der Blausäure hinbekommen haben. Den Delinquenten wurden mit Blausäure getränkte Wattepellets in einen aufgebohrten Backenzahn eingesetzt, der nur provisorisch verschlossen wurde, so dass nach kurzer Zeit die Blausäure ihren Weg in den Mundraum und Magen und somit den Verdauungstrakt fand. Die Person brach durch das rasch wirkende Gift bald zusammen, der herbeigerufene Arzt, wenn er überhaupt untersuchte, stellte Herzversagen fest. Ein natürlicher Tod war bescheinigt. Als die Aufträge von den Geheimdiensten dann nicht mehr so kamen, hat Doktor Mering sich mehr auf Sterbehilfe verlegt. Genug alte Patienten, die ihm ihr Leid klagten, gab es ja. ›Ach, Herr Doktor, wie schön wäre es, morgen einfach nicht mehr aufzuwachen‹, das wird er wohl öfter gehört haben, und natürlich half man da gern, gegen eine kleine, oder besser größere Spende an die Stiftung. Und die Kranken spendeten sicher gern für die Kinder in Afrika, denen sie mit ihrem Tod eine bessere Zukunft gestalten konnten. Dabei flossen erhebliche Summen an die Stiftung. Weitere zehn Fälle sind bisher aktenkundig. Die Untersuchungen laufen.«

Merit blickt Hansen an und zieht die Augenbrauen hoch. Von den drei Damen kommt keine Reaktion. Seelenruhig fährt Hansen also fort: »Kommen wir zu Sieglinde Diekmann, die sich vor Wochen nach Japan abgesetzt hat. Deshalb will ich hier nur kurz erwähnen, was wir über sie wissen. Ergänzungen von Ihnen sind sehr erwünscht. Sie arbeitete lange Jahre für den CIA und hörte Willy Brandts Gespräche ab, oft die, die er mit seinem Mitarbeiter Siggi Böhlmann führte. Im Spätherbst 1978 erhielt Sieglinde den Auftrag, Böhlmann für den CIA anzuwerben. Dass Siggi im Bett sehr gesprächig war, hatte sich herumgesprochen, und so wird Frau Diekmann leichtes Spiel gehabt haben, oder?«

Die Frauen sitzen mit versteinerter Miene vor Hansen. »Auch von mir kein Kommentar«, gibt Oxana Weder von sich, eine der engsten Freundinnen Sieglindes, mit der sie schließlich in Japan war. Hansen schaut Oxana an. »Elvira Seeliger, die heute nicht hier ist, erwähnte, ihr Siggi habe bei ihrer letzten Begegnung von einem Fehler gesprochen. Und der bestand darin, wie wir nun wissen, auf das verlockende Angebot des CIA eingegangen zu sein, das Sieglinde Diekmann ihm unterbreitet hatte. So, aber der entscheidendste Punkt, werte Zuhörerinnen, ist dieser: Der CIA hatte Böhlmann tatsächlich den Auftrag erteilt, Willy Brandt zu töten. Das konnten wir recherchieren. Und diese Tatsache veranlasste die Gegenseite, den russischen Geheimdienst, zum augenblicklichen Handeln. Böhlmann musste sofort verschwinden. Zack. Aus. Fertig. Auftrag an Betty Johannsen, die bewährte Helferin der Russen. Dass sie auch eine Beziehung zu Böhlmann hatte, störte sie offenbar nicht, ein eiskaltes Luder also. Dienst ist Dienst.«

Betty verzieht ihr Gesicht zu einer grimmigen Maske Richtung Hansen, sagt aber nichts.

»Noch einmal zu Ihnen, Frau Johannsen, oder darf ich Sie Betty nennen?

Über Sie, Betty, gelangten schon seit den alten Bonner Tagen wichtige Informationen von Brandt über Heinz Kofalski, wie unser Siggi ja auch hieß, als Bettgeflüster nach Moskau. Doch 1978 erhielten Sie vom KGB den Auftrag, genau diesen Mann zu töten. Da half nur die Meldorfer Tötungs-Manufaktur Mering, die Sie ja durch Ihre Freundin Oxana schon kannten. Da Kofalski fast ständig unter Zahnschmerzen litt, war es leicht, ihn zu einer kurzen Behandlung in Meldorf zu bewegen. Komisch nur, dass er das vor seiner Büsumer Hauptfreundin und gelernten Zahnarzthelferin Elvira geheim halten konnte. Sie hätte ihn vermutlich begleitet und sofort Verdacht geschöpft. Allein der Mandelgeruch von der Blausäure im Behandlungsraum wäre ihr aufgefallen. Die Opfer hatten ja gar keine Chance, Verdacht zu schöpfen, so schnell, wie Sie sie mit Lachgas betäubten. Wer von Ihnen beiden hat denn das mit Blausäure getränkte Wattebäuschchen dann in den Zahn gelegt? Waren Sie es, Betty Johannsen, oder Sie, Oxana Weder?«, fragt Hansen und macht eine Pause.

»Eindeutig ich«, erwidert Oxana. »Betty brachte nur das Geld.«

Hansen nickt: »Das werte ich mal als Geständnis. Doch es geht ja noch weiter. Warum legten Sie die Leiche Kofalskis oder Böhlmanns nicht wie in vielen anderen Fällen in Norddeutschlands größtes privates Aquarium, das in Doktor Merings Haus stand? Der Körper wäre in den Schlünden vieler kleiner und größerer Fische gelandet. Sie hatten ja eine Zucht der gefährlichsten Arten in dem Becken.

Die Knochen hätte vermutlich niemand entdeckt. Doch Sie wählten einen verhängnisvollen anderen Weg. Und der führte uns nach so vielen Jahren zu Ihnen, danke schön!«

Oxana und Betty sinken in sich zusammen. Sie haben alle ihre Fröhlichkeit verloren, ihre Körperhaltung verrät Zerfall. Sie scheinen zu ahnen, dass Mordanklagen folgen, in deren Folge sie sicher den Rest ihres Lebens im Gefängnis verbringen werden.

»Frau Kubier, auch Sie spielen keine rühmliche Rolle«, setzt Hansen seinen Monolog fort. »Dass Sie nichts von dem Schacht im Keller Ihres Hauses am Kurpark wussten, ist schlicht eine Lüge. Ihr Maurer Hannes musste den Schacht extra mauern und hat sich hinterher über den Pfusch gewundert, weil ein anderer diesen zugemauert hat. War es Ihr Bruder, mit dem zusammen Sie die Leiche ja schließlich dorthin schafften? Kein Wunder, dass Sie sich Ihrem Bruder in so seltsamer, absonderlicher und zwiespältiger Weise verbunden fühlten. Zu dumm nur: Sie verkauften das Haus und rechneten wohl nicht damit, dass es eines Tages abgerissen wurde und man dabei auf die Leiche stieß. Und heute, mehr als 40 Jahre später, konnten wir nur anhand der verlagerten Eckzähne, dieser absoluten Seltenheit, den Mann identifizieren. Zumindest einmal. So kamen wir auf Heinz Kofalski. Ein zweites Mal taten wir das anhand von Haaren, die uns Elvira Seeliger von ihrem Geliebten Siggi gab. Die DNA-Analyse bestätigte: Es war Böhlmann.«

Gäbe es eine Steigerung von Stille, so könnte sie jetzt in diesem Raum erlebt werden. Die Atmosphäre ist geradezu gespenstisch. Die drei Frauen sitzen auf ihren Stühlen und blicken vor sich auf den beigen Boden des Kommissariats.

Merit verfolgt angespannt das große Finale, das sie ganz ihrem Chef Hansen überlässt.

Der meint nun weiter: »Ich nehme weiterhin an, dass Sie, Betty, Ihren Auftrag bis zum Letzten ausgeführt und bei der ungewöhnlichen Bestattung auch mit dabei waren. Ist das richtig?«
Merit und Hansen hören ein leises Ja aus ihrer Richtung.

»Okay, bleibt noch die Frage, wie Doktor Mering selbst ums Leben kam. Der Gute sei sexuell überfordert worden in der einen Woche Ehe mit Oxana, hatten Sie einmal vermutet, Frau Kubier. Nun, das wissen wir nicht, aber als Todesursache hält das einer Überprüfung nicht stand, denn er wurde vergiftet. Rizin fand unser Gerichtsmediziner als Gift im Körper. Mehr noch: Er fand den Einstich der Spritze im Rücken, ziemlich weit oben. Mit den eigenen Händen hätte Mering diese Stelle kaum erreicht. Schlecht für eine Selbsttötung. Auch diese Spur führt zu Ihnen, Betty, denn Sie hatten erneut hoch gepokert und die Stiftung mit einer immens hohen Police begünstigen lassen – zwei Millionen Ecu auf den Tod Merings. Und an Sie sollte dann das Geld ausgezahlt werden für diverse Dienstleistungen für die Stiftung. Also verabreichten Sie zusammen mit Oxana ihm die Spritze mit Rizin. Wir können das anhand der Fingerabdrücke nachweisen, denn wir fanden sowohl die Spritze als auch den gefälschten Abschiedsbrief Merings. Darin nahm er jede Schuld auf sich und entlastete sogar seine namentlich aufgeführten Helferinnen. Grober Unfug im Fall von Oxana, nett im Fall von Elvira, die ja tatsächlich nichts mit den Morden zu tun hatte. Betty wurde vorsichtshalber nicht erwähnt. Die Schriftproben zeigen jedoch eindeutig: Den Brief schrieb Betty Johannsen. Am Füller fanden sich zwar auch Fingerabdrücke von Oxana, aber die schrieb nicht. Haben Sie noch Fragen? Sie sind alle drei vorläufig festgenommen.«

Zwei Polizisten führen die Frauen ab, die kein Wort mehr sagen. Stilvoll drückt der Oberkommissar jeder der Frauen aber vorher noch die Hand. Dann schüttelt er nur den Kopf. Merit ist ebenso sprachlos. Als die beiden allein im Verhörzimmer sitzen, fällt auch von ihnen die Anspannung ab. Merit und Hansen fallen sich in die Arme. Geschafft! »Wir rufen mal sofort die beiden Vanderbelts in Bonn an, denen haben wir ja fast alles zu verdanken«, schlägt Hansen vor. Merit wählt auf ihrem Handy und hat sofort Mirko dran: »Wir haben alle gefasst, Mirko. Dank euch! Ich melde mich später noch einmal. Grüß deinen Vater und ein Danke von Hansen an euch beide!«

Merit gluckst vor Freude. Wie das alles gedacht war von den Damen und so herrlich schiefliof, das freut sie richtig. Sie reflektiert vor sich hin: Als hübscher Nebeneffekt des plötzlichen Todes Merings sollte Oxana, die frischgebackene Ehefrau, eine beachtliche Summe erben. Die Immobilien aber wanderten auch an die Stiftung. Diese wiederum verkaufte sie postwendend an Dörte Kubier, die Schwester des Toten. Warum? Geld sofort ist besser als langweiliges Kapital, hieß die Devise. Außerdem war durch den Kauf durch die Schwester sichergestellt, dass kein Fremder über irgendwelche Nachforschungen oder dumme Zufälle der Tötungsmaschinerie auf die Schliche gekommen wäre. Die Stiftung verfügte nun über stolze zwölf Millionen Ecu und gab freiwillig schon zu, die Hälfte ihres Überschusses für die Verwaltung ausgeben zu müssen. Und das bei nur einem Mitarbeiter. Betty Johannsen hätte auch damit über ihren Geliebten, also genau diesen Mitarbeiter, eine gute Altersversorgung gehabt, wenn sie nicht zu viel Cannabis geraucht hätte.

Hansen meint nur noch: »Im Grunde kamen wir dieser Betty durch den Führerscheinentzug wegen Drogenkonsums in Düsseldorf auf die Schliche. Doch wird auch sie heute noch durch die Geheimdienste gedeckt. Sieglinde Diekmann lebt als Mary Goldworthy mit vom CIA finanzierter neuer Identität in Hiroshima. Möge sie ihre gerechte Strafe erleiden. Gratulation und einen Orden aber verdient Elvira Seeliger. Sie wird wichtigste Zeugin in den Prozessen! Wir sollten sie sofort besuchen, Merit.«

Die beiden springen in ihren Wagen und fahren zu Elviras Haus in Böhl. Mit einem großen Blumengebinde in der Hand stehen sie vor der Tür, die sich langsam öffnet. Beide fallen der Frau um den Hals. Sie hat wie immer Tee gekocht. Nach ein paar einleitenden Worten von Hansen, der die Festnahme der drei Frauen erläutert, sagt er zu ihr: »Sie waren unser Star, und Sie haben menschliche Größe gezeigt. Sie sind eine Seele und haben mitgeholfen, den Mord an Siggi Böhlmann, einem der Architekten Europas, nach so vielen Jahren aufzuklären. Was ihm offensichtlich fehlte, waren die Liebe und das Geliebtwerden. Bis auf einen Menschen – Sie eben. Dank Ihnen, Frau Seeliger, ist nun ein Netzwerk von Betrügern und Mördern ans Licht gekommen, deren Gelddynamo auf Hochtouren summte und deren Erträge in der Bucht von Limassol vor Anker gingen. Auch das ist nun vorbei.«

Elvira wirkt erleichtert. Sie bedankt sich, auch für das Vertrauen in sie beim Cannabis-Abend und überhaupt.

»Sie haben das alles fabelhaft gemacht, Frau Seeliger, Sie sind die Kronzeugin! Sie waren unser Leuchtturm, wenn ich das so sagen darf«, lobt Hansen sie. Er und Merit bleiben noch ein paar Minuten, fahren dann aber schnell wieder ins Kommissariat.

»Chef, Respekt, das haben auch Sie großartig gemacht«, lobt ihn Merit derweil.

»Du auch, ohne dich wären wir nicht so weit gekommen, vielleicht hätte ich zwischendrin resigniert. Ich war kurz davor. Und? Was nun? Was wirst du tun nach dieser aufregenden Zeit?«, fragt Hansen seine junge Mitarbeiterin.

Merit: »Mirko und ich möchten gern nach Amsterdam ziehen. Da lebten seine Vorfahren. Ich könnte dort beim Europäischen Geheimdienst arbeiten. Das hatten wir uns neulich schon überlegt. Die Stadt ist auch sehr vielfältig. Also, ich glaube, ich muss Büsum verlassen.«

Hansen lässt die Mundwinkel hängen und meint: »Das wäre jammerschade, Merit. Ich würde es sehr bedauern, denn durch dich ist viel Schwung hier in den Laden gekommen. Aber natürlich wünsche ich euch beiden das Allerbeste.«

Merits Handy klingelt. TV Europo möchte Elvira, Merit und Hansen interviewen. »Die erste Intervieweinladung fürs Fernsehen, wie prima, da sagen wir gern zu, oder?«, fragt Merit.

»Du hast ja immer von Talkshows gesprochen, das scheint der Anfang zu sein«, meint Hansen.

Merit fügt hinzu: »Ich hatte doch immer gesagt, es wird alles gut am Ende, und wenn es nicht gut ist, dann ist es nicht das Ende. Dies ist es nun. Gut, oder, Chef?«

Hansen lacht und nickt anerkennend. Er schüttelt seiner Mitarbeiterin kräftig die Hand. Dann sagt er etwas nachdenklich: »Es bleibt ja noch mächtig was aufzuarbeiten, die restlichen Fälle aus der Tötungspraxis Mering, und natürlich, Merit, unser Heimatfilm, den Ole für uns anfing zu drehen, ist noch nicht fertig. Mein Tagebuch über diesen Fall zeigt auch große Lücken. Ich hörte von Elvira, dass sie eines geschrieben hat. Das beginnt schon 1972 und erzählt viel von den Ideen Willy Brandts, der deutschen Einheit und dem Weg zum Vereinten Europa, es skizziert aber auch ihre Seelenzustände und die enge Verbindung mit Böhlmann. Da ist viel drin, und ich werde ihr meine Aufzeichnungen von unseren Ermittlungen dazu anvertrauen. Da kann sie einiges in ihr Manuskript einfügen, so als Reflexionen und Ergänzungen. Das wird ganz bestimmt ein tolles Buch, ein Bestseller. Ich habe sowieso nicht das Händchen für die Schriftstellerei.«

Nun hat es auch Doktor Sattler aus Kiel geschafft, Hansen ans Telefon zu bekommen. »Meinen herzlichen Glückwunsch, lieber Hansen. Sie und die junge Polizeimeisterin Merit Hoyer haben das bravourös gelöst. Respekt! Und dann in der Kürze der Zeit. Was Sie beide alles aufgedeckt haben und mit welchem Scharfsinn. Wenn ich eine Stelle frei hätte, ich würde Sie glatt zur Beförderung vorschlagen, Hansen. Nur leider, leider ist da nichts in Sicht. Aber wer weiß. Übrigens hat auch der Europäische Geheimdienst in Prag schon eine kleine Dankesmail geschickt. Auch von dort also unsere Glückwünsche«, erzählt ihr Vorgesetzter vom Landeskriminalamt scheinbar endlos vor sich hin.

Hansen grinst zwar, aber setzt langsam zur Gegenrede an. »Ja, Verehrtester, diesmal hat das Zusammenspiel zwischen uns ja geklappt. Dank Ihrer Hilfe und der beiden Assistenten sind wir doch vorangekommen. Oder sollen wir auch noch Gottes Hilfe mitberücksichtigen? Wahrscheinlich hat er den Teil geliefert, den das Landeskriminalamt nicht sehen konnte. Wie auch immer: Ich bin froh, dass mich mein Selbstverständnis als Polizist nie verlassen hat, auch, als wir diese Sperre von Ihnen bekamen und wir nicht mehr weiterermitteln sollten. Harter Tobak. Und wir haben ein Stück Geschichte um Willy Brandt geklärt. Das allein war es doch schon wert.«

Hansen legt eine Pause ein, um zu hören, ob dieser Sattler überhaupt noch in der Leitung ist. Der übergeht die Anspielungen auf Gott und die Sperre und meint dann: »Ja, Hansen, wir werden alle in die Geschichtsbücher eingehen.«

Der Büsumer Kommissar ist amüsiert: »Alle? Dann wird es ja ein ziemlich dickes Buch. Ich bin sowieso skeptisch, ob es in 100 Jahren noch Geschichtsbücher gibt. Da können Sie dann eine Liste von Kurzfilmen anklicken. Heute las ich, dass in ganz Europa das Telefonbuch abgeschafft wird. Gedruckte Klassiker sterben aus, Doktor Sattler. Sie haben aber bestimmt noch ein paar zu Hause liegen, oder?«

»Darauf können Sie Gift nehmen, Bücher sind meine Leidenschaft«, bekennt Sattler zum Abschied.

»Na dann einen fröhlichen Goethe, Hesse, Shakespeare, Balzac, Rousseau oder Boccaccio und Aristoteles. Ermitteln Sie wohl!«, beendet Hansen das wie immer anstrengende Gespräch mit seinem Vorgesetzten. Aber dann geht es ihm augenblicklich besser, denn seine Freundin Swantje ruft an: »Wo kann ich dir wann um den Hals fallen? Du und Merit, ihr habt ja den Fall gelöst, wie ich höre.«

Hansen freut sich: »Komm doch gleich vorbei, wir gehen ein Eis essen, hier am Leuchtturm.«

*

Am späten Nachmittag ist Hansen, wie so oft, wieder in der »360-Grad-Bar« in Büsum am Watt. Peer springt auf ihn zu. »Ich höre, die Dörte ist festgenommen, was ist denn da los? Fall geklärt, Henry?«, beginnt Peer ein Interview, das dem Polizisten nicht so behagt.

»Ja, der Fall ist gelöst, es gab in der Praxis Doktor Mering in Meldorf eine Art Tötungsmanufaktur über viele Jahrzehnte, und da wurde auch dieser Kofalski beseitigt, dessen Knochen wir neulich im Fundament am Kurpark fanden. Frau Kubier war involviert.« Hansen hält weitere Erklärungen nicht für angebracht.

»Ach, dann kann die Dörte gar nicht mit mir aufs Freikonzert erste Reihe mitkommen, Helene Fischer nächste Woche in Hamburg. Wie schade, ach, wie schade«, nörgelt Peer. Dann strahlen seine Augen und er sagt feierlich: »Jetzt, Henry, ist es an der Zeit, das große Geheimnis zu lüften, halt dich bitte fest.«

Henry ist tatsächlich sehr entspannt heute. Was für ein Tag für den Chefermittler von Büsum! Er freut sich auf die Auflösung der illegalen Besuche. Peer läuft zur Höchstform auf und macht Hansen mit seiner Vorrede den Mund wässerig: »Ich saß neben Bill Clinton bei den Olympischen Spielen, ich habe 14 Konzerte von Michael Jackson live miterlebt und Rod Stewart hinter der Bühne getroffen. Alles gratis. Und wie mache ich das? Also: Ich ziehe mir einen schwarzen Anzug an und trage Schlips sowie schwarze Schuhe. Jetzt wirke ich offiziell. Manchmal auch eine Sonnenbrille, dann werde ich als Chef der Sicherheit beim Einlass schnell akzeptiert. Als den gebe ich mich aus und frage das Personal: ›Na, bei euch hier alles in Ordnung? Braucht ihr noch Verstärkung?‹ Dann gehe ich weiter. Keiner hat je bezweifelt, dass ich Sicherheitschef bin. An dem kleinsten Einlass veranstalte ich dasselbe Spiel. Irgendwann bin ich als der ›Herbert‹, oder wie immer ich mich vorstelle, akzeptiert. Dann erst suche ich mir einen vertrauenswürdigen Kumpel aus dem Sicherheitsdienst heraus und ziehe ihn ins Vertrauen: ›Pass auf, in einer halben Stunde bin ich wieder hier, aber im T-Shirt, ich brauche dann diesen Anzug nicht mehr, ich gehe dann genau hier bei dir rein, okay?‹ Die Sache läuft dann. Ich setze noch mal nach mit: ›Ich verlass mich auf dich, alles klar!‹. Dann, Henry, bin ich drin. Gut, es gibt noch zwei andere Varianten. Die erzähle ich dir nächstes Mal. Alle erzeugen immer etwas Herzklopfen. Aber ohne geht es ja nicht.«

Hansen schüttelt den Kopf. »Und das soll funktionieren? Bei allem, was ich von Sicherheit bei Großveranstaltungen weiß, läuft das professioneller ab mit der Kontrolle. Da wärst du schneller raus, als du denkst. Aber wenn es dir gelingt, vielleicht solltest du mal in der Schulung für Sicherheitsdienste ein Referat halten. Motto: ›Peer, der Mann ohne Ticket, kommt immer gratis in die erste Reihe‹.« Er zuckt mit den Schultern und bekennt: »Wäre ich nie drauf gekommen, aber nun, ich muss ab morgen ganz andere Fälle lösen. Die haben vor einer Stunde eine tote Frau vor Trischen im Meer gefunden. Hoffentlich geht es diesmal ohne Spione.«

PERSONEN

Henry Hansen – der 52 Jahre alte Chefermittler in Büsum ist Kriminaloberkommissar, hier geboren und aufgewachsen. Wegen seiner 1,93 Meter Größe heißt er auch »Leuchtturm«, wegen seines Spürsinns »die Nase«. Seit kurzem ist er von seiner Stelle als Kripomann auf Sylt zurück in seiner alten Heimat, was ihn wahnsinnig freut.

Swantje Brackwedel – wuchs wie Henry in Büsum auf. Beide kennen sich gut seit Kindheitstagen. Die jetzt 52-Jährige war bis vor kurzem Bürgermeisterin der Gemeinde Sylt und sucht nun eine neue Stelle.

Merit Hoyer – die kesse 28-jährige Polizeimeisterin ist die rechte Hand von Henry Hansen in Büsum. Sie stammt aus Berlin, was ihr sprachlich manchmal anzuhören ist, findet aber die schleswig-holsteinische Westküste ideal zum Leben und Arbeiten.

Doktor Roman Sattler – der Kriminaldirektor (65 Jahre) im Landeskriminalamt Kiel ist Hansens Vorgesetzter. Beide verbindet eine tiefe gegenseitige Abneigung. Sie kennen sich schon von Sylter Tagen, doch hier ist einiges anders.

Siegfried (Siggi) Böhlmann – 1945 in Sankt Peter-Ording geboren, lernte Versicherungskaufmann und arbeitete ein paar Jahre als enger Mitarbeiter Willy Brandts, als der Bundeskanzler war. 1,80 Meter groß, dunkle kurze Haare, fein gekleidet.

Doktor Rolf Mering – 75-jähriger Zahnarzt mit einer Praxis in Meldorf, die er gerade aufgegeben hat. Er will sich auf Zypern zur Ruhe setzen.

Dörte Kubier – 70 Jahre alte, aber sehr jung gebliebene Schwester von Zahnarzt Mering, Immobilienhändlerin, wohnt allein in Friedrichstadt und segelt gern.

Peer Taubald – 45 Jahre alter Lebenskünstler mit lockerem Mundwerk, besitzt die Jolle »Trischen«, mit der er gern segelt und andere dazu mitnimmt. Sein großes Hobby: sich unerkannt und ohne Ticket zu großen Musikfestivals, Tennismatches oder Fernsehshows in die erste Reihe zu schmuggeln. Er hat es mehr als tausend Mal erfolgreich geschafft und nervt Hansen damit.

Elvira Seeliger – 68-jährige Zahnarzthelferin, fing 1980 in Merings Praxis an und hörte 2015 auf. Sie liebt das Meer, den Strand und Büsum, woher sie stammt (sie wurde dort 1951 geboren). Nun lebt sie schon lange in ihrem Haus im Sankt Peter-Ordinger Ortsteil Böhl.

Betty Johannsen – lebenslustige Frau, 68 Jahre alt, 1,65 Meter groß, schwarze, schulterlange Haare, hat eine Ausbildung als Zahnarzthelferin und lebte in Bonn.

Oxana Weder – Zahnarzthelferin in der Praxis Doktor Merings. Mit Dauerwelle, großer Nase, Bluse und Rock wirkt sie auf Männer eher wie ein Mauerblümchen. Sie ist jetzt 66 Jahre alt.

Heinz Kofalski – in Sankt Peter-Ording geboren, nachdem seine schwangere Mutter aus Polen in den letzten Kriegstagen mit dem Umweg über Dänemark dort gelandet war. Seinen Vater lernte er nie kennen. Lebte in Bonn und hat oft Zahnprobleme.

Doktor Richard Vanderbelt – war Zahnarzt in Bonn bis zu seinem Ruhestand. Mit seinen 80 Jahren ist er ausgesprochen fit und vor allem mit einem brillanten Gedächtnis gesegnet.

Doktor Mirko Vanderbelt – 39-jähriger Sohn von Richard Vanderbelt, führt als Zahnarzt die Praxis seines Vaters fort. Single, liebt die Küste und das Meer. Seine Vorfahren stammen aus Amsterdam.

Sieglinde Diekmann – 75-jährige schlanke, blonde Frau mit einem sympathischen Lächeln. Sie wirkt immer noch äußerst attraktiv auf Männer, arbeitete fast ihr ganzes Leben für den amerikanischen Geheimdienst CIA.

Ole Smart – Kapitän in Büsum, steuert die »Hein Mück«. Der 67-Jährige kennt Elvira Seeliger seit Kindheitstagen. Beide verbindet das Geheimnis um einen gemeinsam gepflanzten Apfelbaum im Büsumer Kurpark.

*Weitere Titel finden Sie auf den
folgenden Seiten und im Internet:*

WWW.GMEINER-SPANNUNG.DE

Alle Bücher von Knut Diers:

**Chefermittler Henry Hansen ermittelt:
1. Fall: Der Spion von Büsum**
ISBN 978-3-8392-2370-3

Wer mordet schon auf Sylt?
ISBN 978-3-8392-1863-1

Mörderisches Emsland
ISBN 978-3-8392-2060-3

Lieblingsplätze Ostfriesische Inseln
ISBN 978-3-8392-2622-3

Lieblingsplätze im Harz
ISBN 978-3-8392-0158-9

Lieblingsplätze im Weserbergland
ISBN 978-3-8392-0388-0

WWW.GMEINER-VERLAG.DE
Wir machen's spannend

DIE NEUEN Lieblingsplätze

ISBN 978-3-8392-0370-5 — Lieblingsplätze im Bayerischen Wald

ISBN 978-3-8392-0373-6 — Lieblingsplätze im Emsland

ISBN 978-3-8392-0371-2 — Lieblingsplätze im Berchtesgadener Land

ISBN 978-3-8392-0158-9 — Lieblingsplätze im Harz

ISBN 978-3-8392-0372-9 — Lieblingsplätze am Bodensee

ISBN 978-3-8392-0376-7 — Lieblingsplätze in Hohenlohe

ISBN 978-3-8392-0378-1 — Lieblingsplätze in Kärnten

ISBN 978-3-8392-0386-6 — Lieblingsplätze im Salzburger Land

ISBN 978-3-8392-0375-0 — Lieblingsplätze für Wanderer Schwäbische Alb

ISBN 978-3-8392-0380-4 — Lieblingsplätze Nordsee Niedersachsen

ISBN 978-3-8392-0381-1 — Lieblingsplätze Nordsee Schleswig-Holstein

ISBN 978-3-8392-0382-8 — Lieblingsplätze in Oberösterreich

ISBN 978-3-8392-0383-5 — Lieblingsplätze im Osnabrücker Land

ISBN 978-3-8392-0374-3 — Lieblingsplätze in Franken

ISBN 978-3-8392-0377-4 — Lieblingsplätze in und um München nachhaltig

ISBN 978-3-8392-0385-9 — Lieblingsplätze rund um Berlin

GMEINER KULTUR

WWW.GMEINER-VERLAG.DE
Mensch, Kultur, Region